Sobre dioses, moscas y abogados desesperados

DON JULIO, LA MOSCA MISTERIOSA

Escrito por Anna María Lascurain

Dedicado con mucho afecto a mis tíos Carlos y Rosita Rodriguez

y

A Tata BokoKato Endoki con todo mi agradecimiento

Capítulo Uno

Calle 72-Este
Nueva York, NY

Sus ojos eran oscuros y sombríos como su alma. La solitaria luna menguante que colgaba en el cielo de medianoche no le proporcionaba ningún apoyo ni le ofrecía soluciones. El suicidio era la única opción posible para Garland Nowell.

Las mangas de la blanca camisa de algodón con puños de mancuernillas de la exclusiva firma Brioni, que había comprado recientemente en Neiman Marcus por la exorbitante cantidad de casi quinientos dólares, pronto se convertiría en un trapo manchado de sangre. ¡Qué irónico era esto! Pero pensándolo bien, toda su vida había sido una fuente de ironía sin final, como lo fueron las altas ambiciones nubladas por situaciones desafortunadas y las inacabables críticas sobre sus colegas. Garland había llegado a las grandes ligas, nada menos que a la prestigiosa firma neoyorquina de Boxdell y Harris. Era el joven que se había abierto camino en la escena social neoyorquina, veraneando en Easthampton y navegando en el estrecho de Long Island, donde había conocido a Sissy Blackwood, una mujer rubia y sensual, la compañera perfecta para el futuro socio en Boxdell. Garland Nowell siempre se había preocupado por haber tomado siempre en su vida las decisiones más convenientes, pero lamentablemente, su caída había sido tan rápida como su ascenso.

Después de tragarse el primer vaso de whisky en la jarra de Baccarat, Garland se sirvió otro. El alcohol sacudió su cerebro con la fuerza de un huracán. Garland no estaba acostumbrado a beber whisky escocés, y mucho menos un Glenfiddich de 1937 que había robado de la reserva privadas de su socio en el bufete de abogados. El hurto fue un acto de lo más bajo.

¿Qué importancia podía tener ese pequeño delito? Su carrera en la empresa había terminado como resultado de haber aconsejado a uno de los clientes más importantes que llegara a un acuerdo monetario con los demandantes en un caso de envenenamiento tóxico masivo en vez de arriesgarse a un veredicto del jurado. ¡Habían encontrado plomo goteando en las paredes de una cadena de guarderías! La firma legal para la que Garland trabajaba había tomado la decisión de aconsejar a la compañía demandada que no compensara a los padres que habían presentado la demanda. Por el contrario, Garland le explicó al representante de la compañía que un jurado no vería favorablemente el hecho de que la aseguradora supiera sobre la existencia de la pintura con plomo cuando inicialmente se aseguraron las guardería. Su análisis de la estrategia fue perfecto y la compañía de seguros, estuvo muy satisfecha con el resultado final que fue un pago de unos cuantos cientos de miles en lugar de varios millones que hubiera sido el veredicto del jurado.

Sin embargo, el Sr. Boxdell no estuvo de acuerdo. Garland sabía que su visión de la ley estaba controlada por el dinero, y que en su mente los derechos, la igualdad, la ecuanimidad y la justicia no deberían formar parte en un litigio. Una vez que el cliente decidió llegar a un acuerdo, las preciosas horas facturables de la firma se habían ido a la basura junto con el trabajo de Garland.

Boxdell lo despidió y lo obligó a hacer el "paseíllo" a las 9:30 de la mañana frente a toda la empresa, para que todos pudieran verlo guardar sus pertenencias personales. Lo hizo irse atravesando el pasillo más largo de la oficina para que los otros abogados, asistentes legales y secretarios supieran que había sido despedido. Y si eso no fuera suficiente, el viejo se dedicó a proveer pésimas referencias de Garland a cada una de las principales firmas de Nueva York. Garland se dio cuenta de que no recibía respuesta a los 50 currículos que había enviado por toda la ciudad de Nueva York. Oficialmente, nunca recibió un rechazo o solicitud de entrevista; simplemente fue absolutamente ignorado. Boxdell había decidido arruinar su carrera y estaba haciendo un trabajo maravilloso llevando a cabo su propósito.

Cuando lo escoltaron a la puerta principal de la oficina bajo la mirada burlona de todos sus colegas, Garland le hizo creer al guardia de seguridad que su billetera se le había caído en la oficina del Sr. Boxdell durante una revisión de archivos. Gracias a sus dedos ágiles, a un guardia de seguridad estúpido y a una caja que se suponía que solo llevaba sus objetos personales, se escapó con el whisky escondiéndolo debajo de diplomas y certificados, y luego puso su billetera sobre la pila de objetos para dar efecto.

"La tengo Louie. Estaba justo aquí en el suelo. ¡Gracias a Dios, que la encontré !"

"Sí, eso es fantástico". Bostezó. "Ni siquiera debería haberte dejado entrar aquí. Tenemos que irnos ". Se dio cuenta de que Louie miraba a todas partes menos donde debiera de mirar. El robo del whisky escocés fue una pequeña recompensa para el pobre abogado.

Así que esto era en lo que se había convertido su vida. Después de haber sido despedido hacía unas semanas, todo lo que él valoraba había desaparecido. Garland se sorprendió de lo rápidamente en que los colegas de la empresa se convirtieron en desconocidos. A la gente le encanta ignorar a las personas que perciben como fracasados y parias. La promesa de amor eterno de Sissy reflejada en un anillo de diamantes Marquis Tiffany de dos quilates, también desapareció. Después de todo, nadie quiere casarse con un hombre en cuyo futuro ya no entra la posibilidad de asociarse con un bufete de abogados importante de la ciudad de Nueva York. No solo había desaparecido su estilo de vida, sino también el de ella. Garland sacudió su cabeza. Una oleada de rabia emocional le ahogó el corazón al recordar sus palabras de despedida:

"Si hubiera querido casarme con un abogado pobre, lo habría hecho con un funcionario público como un fiscal general del estado o un fiscal del condado. ¡Ansiaba tanto tener una buena vida!"

Y ahora su vida se terminaría de golpe. Rompería el vidrio de Baccarat y se cortaría la muñeca con uno de los fragmentos de cristal. Se aseguraría de cortar la vena con un tajo vertical en lugar de uno horizontal con el fin de destrozarla y sangrar más rápido. Los dos tragos de Glenfiddich estaban teniendo el efecto deseado. Estaba mareado pero todavía bajo control. Garland comenzó a levantar el vaso Baccarat Harmonie y notó que se había quedado un poco de whisky en el fondo. Un destello de la cara burlona de Appleton Boxdell pasó por su mente momentáneamente mientras observaba el último sorbo del whisky escocés.

Al viejo Boxdell nunca le gustaba desperdiciar nada. ¡Qué pena! ¡Tú sí que eres un desperdicio, viejo asqueroso! Pensó mientras levantaba el vaso sobre su cabeza para dejarlo caer con un movimiento aplastante.

"¿Va a terminar eso señor?"

"¿Qué? ¿Quién está hablando?"

"Mi pregunta era ¿va a terminar eso? ¿El whisky?"

Garland se asustó. Miró alrededor de la habitación ... y no vio a nadie. La voz era suave, profunda y rica con un toque de melodioso acento cubano. "¿Cómo entraste aquí? Mira, no puedo verte. ¡Pero estoy armado!" Corrió hacia un mueble de la sala de estar y sacó una pistola calibre 22 de cañón recortado. Garland se giró y apuntó el arma hacia el vacío.

"Por favor señor, será una pérdida de tiempo. No soy tan rápido como una bala, pero soy un acróbata experimentado ".

A pesar de la advertencia de la voz, el abogado comenzó a disparar al vacío, mientras ésta se reía a carcajadas. Hizo agujeros en el techo y las paredes, pero no consiguió darle al objetivo.

"Evidentemente usted no es de Tejas señor. Dispara como un niño pequeño en una caseta de tiro de feria ".

"¿Dónde estás?"

"Justo en el mostrador, señor".

"No puedo verte! ¡Y deja de llamarme "señor"! ¿Dónde estás?"

"Por favor. Cálmese. Estoy aquí en el mostrador. Si mira con cuidado podrá verme."

Garland arrojó el arma al suelo y casi sin aliento dijo, "Bien, ya sé lo que es esto. Estoy alucinando por el alcohol. Esto es un delirium tremens."

La voz se rió. "No señor. El delirium tremens solo aparece cuando se deja de beber alcohol, ¿verdad? No oh, no, no, no, usted no tiene delirium tremens ".

El hombre pobre hombre no sabía si iba o venía, o si ya se había ido. Comenzó a sudar y mientras se pasaba los dedos por el cabello rizado, se dio cuenta de que, en ese momento específico de su vida, había perdido su prestigioso trabajo, su prometida, y ahora estaba perdiendo la razón. ¿Estaba escuchando voces? Se sintió más perdido y confuso de lo que se había sentido jamás en su vida. Esa tenía que ser la única explicación para la voz en su cabeza que le preguntaba si iba a terminar su whisky, justo antes de suicidarse. Psicosis. Alucinaciones previas a la muerte. Soltó el arma, luego giró y se dejó caer en el sofá boca abajo. "Dios mío. Tal vez ya estoy muerto y simplemente no me doy cuenta ".

"Señor, por favor, levántese del sofá y siéntese donde estaba en la mesa cerca del whisky".

Giró su rostro de lado y se dirigió al aire. "Vete y déjame morir".

"¡Ay, ay, ay! Señor, no va a morirse! Solo levántese y siéntese frente a la mesa, por favor ".

Garland se puso de pie. Agarrándose la cabeza con ambas manos, tropezó con la mesa. Se dejó caer en una silla. "¡Ay chico, qué dolor de cabeza tan horrible tengo! De acuerdo, señor fantasma ".

"No señor, no soy un fantasma. Soy una criatura viviente. Venga y compruébelo por sí mismo. Estoy sobre la mesa ".

Garland miró hacia la mesa. Vio la botella de whisky medio vacía y el vaso de vidrio. No había nada más frente a él, a excepción de una gran mosca que había aterrizado encima de la botella de whisky. "No veo nada."

"Sin embargo, esa nada lo está viendo a usted", se rió entre dientes. "Lleva una camisa blanca con iniciales 'GN' bordadas en los puños. Hecha a mano en Italia. Muy exquisita y muy cara. Tiene buen gusto."

"¿Dónde estás exactamente? Escuché que es una voz incorpórea. Veo una botella, un vaso y una mosca blanca ".

"Si, si, señor. Entonces me ve. Creo que tiene una lupa en ese mostrador".

Garland se puso de pie y agarró una lupa de gran tamaño que había usado para

leer la letra pequeña de algunas obras antiguas que había estado investigando. A pesar de sentir náuseas, preguntó: "¿Dónde debería mirar?"

"¡Ponga la lupa sobre mí!" Estoy sobre la botella de whisky".

Con una renuencia casi vergonzosa, el abogado miró la parte superior de la botella de whisky y pasó la lupa por encima. Vio un par de grandes ojos rosados compuestos de muchos otros. Había un mechón de pelo entre los dos grandes ojos que colgaba hacia abajo. Las alas asomaban a través de un diminuto chaleco de terciopelo rojo con ribetes dorados que cubrían el tórax del insecto. Las patas traseras de la mosca estaban cubiertas por un pequeño par de pantalones gauchos verdes y un par de minúsculas botas de vaquero negras. Sus patas delanteras estaban cubiertas con guantes de cuero marrón. Tenía una guitarrita atada en medio de la espalda entre las alas plateadas como si fuera un trovador errante. La mosca se puso de pie sobre sus dos patas traseras, se quitó los guantes y guiñó uno de sus grandes ojos a Garland.

Lo último que recordó el abogado suicida justo antes de desmayarse fue una sonriente mosca vestida como un vaquero sudamericano.

Capítulo Dos

Recuperó la consciencia al alegre sonido de una guitarra flamenca. No sabía cuánto tiempo había estado tendido en el suelo. Podrían haber pasado minutos, horas, o incluso días. Cuando Garland abrió los ojos, la mosca había aterrizado en el medio de su pecho. Le dio un manotazo al insecto y se puso de pie.

"¡Lárgate!", dijo agarrando el teléfono celular que había dejado en un mostrador cercano. "Psiquiatras. Debo consultar a los psiquiatras de Google ".

"Señor, usted no necesita un médico, especialmente un psiquiatra. Todos saben que los psiquiatras están medio locos de todos modos ".

Garland estaba desorientado y no sabía qué hacer. En ese momento pensó que ya que estaba perdiendo la cordura, lo mejor era dejarse llevar.

"Está bien, estoy dispuesto a aceptar el hecho de que estoy hablando con una mosca. Eso es lo que eres ¿verdad? Una simple mosca doméstica. Quiero decir que no eres como un alienígena de otro planeta, ¿verdad?"

"Bueno, estamos llegando a una conclusión. Sí, soy una mosca. Sin embargo, no soy una mosca común".

"Sí, por supuesto que no. Las moscas domésticas normales no hablan con las personas. Simplemente van a la comida o a la materia fecal".

"Señor, yo no como materia fecal. Mientras que algunos de mis hermanos lo hacen, yo prefería la basura podrida en el restaurante The Sign of the Dove, pero una vez que el restaurante cerró, comencé a cenar en La Bernardin ".

Garland hizo una mueca. "Pensé que quizás podrías ser más el tipo de mosca de Taco Bell".

"¿Por qué comería un tamal gringo rancio cuadro puedo disfrutar de las sobras de pato a la naranja?"

Garland colocó ambas manos a los lados de su cabeza. "Entonces, ¿así es como se experimenta la locura? Hablando con un amigo imaginario, que encima es una mosca. Necesito llamar a un doctor. Tal vez ese whisky escocés estaba envenenado ..."

Antes de que pudiera terminar la frase, escuchó un silbido agudo que zumbaba en la habitación y le gritaba en español. Se imaginó que la mosca lo estaría maldiciendo. No entendió ni una palabra de lo que decía, pero reconoció la palabra "imbécil" ya que parecía ser lo mismo en inglés que en español, solo con un poco más énfasis en la última sílaba. Su ego se empequeñeció todavía más al darse cuenta de que tenía enfrente a un insecto que lo estaba llamando idiota.

"¿Por qué no?" El pensó. *"Todos los demás me odian. ¿Por qué no me odiaría una mosca que habla?"*

La mosca finalmente se detuvo en un brazo del sofá. "Estoy perdiendo la paciencia, señor, y nos estamos quedando sin tiempo".

"¿Se está acabando el tiempo para qué? ¿Qué tipo de horario tiene una mosca? ¿Se cierra temprano el basurero?"

La mosca suspiró como si el peso del mundo estuviera sobre sus hombros. "Es usted un abogado y acaba de perder su trabajo, ¿verdad?"

Garland alzó las cejas y vio como la mosca albina comenzaba a flotar frente a su cara. "¿Cómo supiste eso?" Puso la lupa sobre el insecto y vio como la mosca, aún vestida con pantalones gauchos, flotaba en el aire sobre sus patas traseras. Le preguntó riéndose "¿Ha escuchado a alguien decir 'sé una mosca en la pared'? Yo estaba en su pared la semana pasada, justo cuando Boxdell le dio el patadón." Giró la pierna de atrás en un movimiento de patada como para enfatizar el punto.

"¿Así que viste cuando me despidieron?"

"No fue el momento más culminante de mi día o del suyo señor. Pero el mundo es un lugar extraño. Se cierra una puerta y se abre una ventana, ¿verdad?"

"Entonces ¿qué quieres de mi?"

"Déjeme ver. Fue a una escuela primaria privada, tiene una licenciatura en psicología de la Universidad Rutgers y otra de la facultad de derecho de Fordham. Es usted un joven muy brillante con comienzos humildes, ¿verdad?

"Yo era un estudiante becario. Mi padre era calderero y mi madre desapareció hace años. ¿Y qué?"

"¿Ha olvidado de dónde viene, señor? ¿Es eso lo que pasó cuando fue a la gran firma de abogados? ¿Se olvidó de todas esas personas sin importancia que le ayudaron a llegar allí? Sustituyó a todos los viejos amigos del vecindario por los nuevos ricos, ¿eh?"

"Deja de llamarme señor".

"Pero es un término que indica respeto ..."

"¡No necesito el respeto de una mosca doméstica!"

"No se haga ilusiones. No tiene mi respeto. Todavía no, Garland Nowell." La mosca doméstica albina sacudió uno de los pies enguantado hacia él.

Garland miró al techo. Las palabras de la mosca habían asestado un golpe bajo en el corazón del joven abogado. Mientras recordaba su ascenso meteórico en su antiguo bufete de abogados, se dio cuenta de que había dejado atrás a todos los amigos de su barrio. No era nada personal. Les hablaba cada vez con menos frecuencia porque, en su opinión, ser un asociado en una gran empresa significaba desarrollar un nuevo estilo de vida. Debía de asistir a la mayor cantidad de eventos sociales, incluso si algunos de los asistentes le desagradaban. Garland tenía un plan y estaba decidido a crecer en ciertos círculos sociales y financieros. Esto funcionó .... temporalmente. Garland creció y creció en la escalera empresaria y luego se estrelló igual que una ola al llegar a la orilla.

Mientras miraba a través de la lupa, llegó a la conclusión de que no tenía más remedio que aceptar el hecho de que había perdido la razón y que estaba hablando con una mosca. Una mosca que sabía más sobre él de lo que él mismo sabía. Decidido a tomar el control de la situación, comenzó a hacer preguntas sobre la marcha. Colocó la lupa sobre la mosca e intentó captar parte de la luz de la luna que entraba por la ventana de su apartamento. Pensó que tal vez sus delirios terminarían si pudiera matar a la mosca asándola con el resplandor de la luz de la luna.

La mosca presintió lo que estaba a punto de hacer. Nuevamente se rió de Garland. "Ya sabe, algunas personas les hacen eso a las hormigas, pero no pueden hacérnoslo a las moscas porque nos movemos demasiado rápido ". Luego comenzó a revolotear alrededor de la sala, despegando y aterrizando a una velocidad vertiginosa. Mientras los ojos de Garland intentaban seguir sus movimientos, su cabeza giraba en círculos hasta el punto de mareo.

"¡Deja de volar antes de que te rompa una lata de Raid en la cabeza! ¿Tienes un nombre mosca voladora?

"Si. Julio Javier Hortachea de López. Puede llamarme don Julio." La mosca revoloteó frente a la nariz de Garland. Garland colocó la lupa sobre la mosca y lo observó mientras hablaba. Todavía estaba vestido como un gaucho con la guitarrita en la espalda.

"Nací en Cuba en 1958. Sin embargo, fui enviado a Puerto Rico cuando era una larva joven ..."

"Pensaba que las moscas solo vivían como veinte días. O sea que fuiste enviado a Puerto Rico cuando eras solo una mosca bebé? Oh vamos..."

La mosca levantó la cabeza con indignación. "No existe nada que sea una mosca bebé señor. Son huevos, larvas, pupas y moscas. Ese es el ciclo de vida de una mosca normal. ¿Puedo terminar mi historia sin más interrupciones por su parte?"

El joven abogado levantó las manos. "¿Por qué no? ¿Entonces eres una mosca de 58 años? ¿Cómo llegaste de Cuba a Puerto Rico? ¿Volaste?"

"No, no lo hice. No soy un Boeing 747. Soy un insecto, o al menos parcialmente insecto. Me escondí en una caja de plátanos. ¿Por qué necesita Puerto Rico un cajón de plátanos de Cuba? No tengo idea ni me importa. Pero así es como llegué a un pueblo de Puerto Rico y luego a una bodega en Paterson, Nueva Jersey. La mosca comenzó a moverse de un lado a otro. "Pero mi historia es mucho más complicada que eso. Se estará preguntando por qué puedo hablar, ¿verdad?"

"La verdad es que sí se me ha pasado por la mente".

"Se lo voy a decir aunque es un poco complicado". Debemos de mirar el pasado para entender el presente y el por qué necesito contratar sus servicios para ayudarme a resolver un asesinato".

"¿Contratar mis servicios? Sí, claro. ¿Tienes una chequera?" Garland miró el vaso vacío que había querido usar para cortarse las venas. Sin decir nada, se encogió de hombres y se sirvió otro vaso de whisky. "¡Vale! Empieza a hablar".

Capítulo Tres

Oficina legal de Julio López
Paterson, Nueva Jersey
1988

Julio López era un joven abogado recién graduado de la Universidad de Derecho de Rutgers. Era el primero en su familia en obtener una educación más allá del octavo grado. Sus calificaciones en la universidad estaban muy por debajo de la mediocridad, y esto culminó en un periodo académico probatorio durante su segundo año. López sobrevivió un procedimiento legal aterrador llamado "Orden para mostrar causa" que analizaba por qué no debería ser expulsado. Por suerte para él, el hecho de que las calificaciones de su actual semestre habían mejorado notablemente y la promesa de que él sería un abogado para el pueblo lo salvaron de la expulsión.

Finalmente se graduó y pudo comenzar a desarrollar su práctica después de haber tomado el examen del Colegio de Abogados de Nueva Jersey cinco veces. Julio no era material para una gran empresa ni siquiera para una de mediana importancia. No tenía ni las calificaciones, ni el temperamento, ni mucho menos las conexiones del club de campo para esa vida. Así que en su lugar se conformó con una pequeña oficina en Straight Street en Paterson en un edificio propiedad de su tío Teófilo Castillo, un santero local. En el escaparate de la oficina de dos habitaciones de la firma se anunciaban, además de los servicios legales, asistencia notarial y seguros de automóvil.

Un nuevo Cadillac Seville paró y aparcó en doble fila frente a la oficina de Julio como si fuera el dueño de Straight Street. Un hombre bajito vestido completamente con ropa de algodón blanco salió del automóvil. Apoyándose en un bastón, caminó lentamente y se dirigió a la oficina de Julio. Se detuvo en una silla destartalada junto al escritorio del joven. Julio como siempre, estaba feliz de ver a su tío

"Tío Teo, ¡Qué gusto verle! ¿Le apetece un café?"

"No, Julio. Bebí demasiado hoy Si tomo más café, me saldrán alas y volaré lejos ".

"Sí Tío, lo entiendo perfectamente. Yo también ya he tomado como tres tazas". Julio sonrió. "Gracias por ayudarme con la oficina. No podría haberlo hecho sin usted".

"Trabajaste mucho para convertirte en abogado. Tus padres estarían muy orgullosos de ti. Sus espíritus me dijeron que lo estaban. ¡Por supuesto!"

Una mirada de preocupación cruzó la cara del anciano. "Escucha, tengo una cita para almorzar, pero hay algo que debo decirte. Estoy muy preocupado por ti. Hice una lectura psíquica el otro día y no me gusta nada lo que vi ".

"Tío, sabe que lo quiero mucho. Usted es el padre que nunca tuve, pero yo simplemente no creo en las mismas cosas que usted. Respeto que sea un santero, pero trato de mantenerme lejos de todo eso".

Julio vio como la cara de su tío se oscurecía. Sabía que se le venía encima una conversación muy seria. Tenía un nuevo cliente que llegaría en unos 15 minutos y no quería que su tío siguiera hablando sobre sus advertencias del mundo de los espíritus.

"Julio, quiero que entiendas algo. No elegí esta vida. Los orishas, los dioses y las diosas, me eligieron. Me dieron la capacidad de ver el futuro, ayudar, sanar o matar. Nunca lastimaría a nadie porque elegí el camino de la luz. Pero cuando se presenta una advertencia, debes escucharla e ignorar a tu ego por cinco minutos. Leí las conchas de cauri. Hablan de una situación con una mujer que necesita ayuda. Me piden que te diga que la rechaces y reces por ella, pero que no te involucres ".

"Tío, ¿estás hablando de una novia o algo así? Ya he ayudado con suficientes noviazgos rotos. Estoy harto de todo eso ".

"No sobrino, no es eso. Estoy hablando de una mujer que entra en tu vida buscando respuestas, y te imploro que la rechaces por tu propio bien ".

Julio sabía que su tío Teo era considerado un poderoso santero local, y aunque no compartía sus creencias, sí era cierto que las respetaba profundamente. El no entendía el mundo de su tío. Era un mundo de santos católicos, magia de Yoruba y dioses de los ríos nigeriano. Era un mundo en el que no debía entrometerse.

"Bueno, si veo que entra en mi oficina una mujer desconocida con ojos de color extraño, mi secretaria, Leticia, y yo vamos pedirle que se vaya". Julio miró hacia la puerta. "Tío Teo, hay un coche de policía de Paterson justo detrás de su Cadillac. Le van a multar o remolcar su carro si no lo mueve".

Parecía despreocupado. "Está bien. No te preocupes. Conozco a ese policía. Estaba teniendo problemas en el trabajo y le di una bolsa de mojo como remedio. Poco después le comunicaron que iba a ser ascendido". Teo miró por la ventana y saludó al oficial. El agente le sonrió, le devolvió el saludo, se subió a su coche de patrulla y se fue.

"¿Ves? Te dije que no me iba a molestar. ¿Sabes sobrino? Eres más sensible de lo que crees. Tienes el don de la sabiduría. Posees la capacidad de ver más allá del velo de esta vida. Tienes espíritus que te guían". Suspiró. "Sin embargo, te niegas a aceptar este regalo". Suspiró de nuevo. "La mujer que te busca tiene los ojos grises y el cabello negro. Evítala ". Se apoyó en su bastón y se puso de pie". Tengo que llegar a mi cita. Tengo una sesión programada con una jovencita que está teniendo algunos problemas con el novio. Y además tengo muchas ganas de comerme unos tacos".

Julio sabía exactamente dónde iría su tío a por los tacos. "¿Entonces se va a encontrar con la chica en el Grand Teton Grille de Granny Knockers? ¿Ese antro gogo que ofrece los 'martes de taco con Tanya'? ¿Sabe tía Rosita que va a ir a ese sitio? Además esos tacos, son repugnantes".

El viejo rió. "Por favor, no le digas nada a tu tía. Sí, los tacos son terribles pero los Tetons son muy agradables. Y además hay una jovencita que necesita mi consejo", comenzó a caminar hacia la puerta. "Eres un hombre adulto y no puedo decirte qué hacer. Pero te ruego que tengas cuidado, sobrino. La gente es codiciosa y el mundo es un lugar extraño. Este mundo se ha hecho desconocido para mí. Me preocupas mucho."

"No se preocupe tío. Estaré bien". El anciano salió cojeando por la puerta hacia su auto estacionado en doble fila y se alejó, dejando a Julio incómodo preguntándose si la extraña predicción tendría algún sentido. Hacía mucho tiempo que Julio había aceptado la práctica de santería de su tío. Después de todo era su religión. Además, sabía que su tío se ganaba la vida prediciendo ganadores de lotería, curando enfermos y bendiciendo animales. Había ganado el suficiente dinero como para comprar un nuevo Cadillac, el edificio donde se encontraba la oficina de Julio y pagarle la escuela de leyes. Julio pensaba era un negocio muy próspero. El tío Teo decía que los orishas eran generosos.

A Julio le dolía el estómago. Había algo sobre la predicción que lo ponía nervioso.

****

Julio estaba sudando copiosamente. El calor de ese día hacía que estuviera empapado de sudor cinco minutos después de haberse duchado. Era como si el aire viniera constantemente de un gran horno que surgía de las entrañas del infierno y quemaba las calles de la ciudad de Paterson. Limpiándose el sudor de la frente, Julio miró la hora en su modesto reloj Timex.

"¡Mierda!" El reloj se había parado, y ahora no estaba seguro de si llegaría a tiempo a una cita que tenía. Se había quedado dormido después de haberse bebido un montón de tragos de tequila en Granny Knockers. Recordó que su secretaria, Letty, mencionó algo acerca de que una tal señora Ramos y su hija iban a venir, pero no dijo nada sobre qué tipo de caso era. Pensó que probablemente sería otra demanda sobre resbalones o caídas. Entró en su oficina solo para ser recibido muy secamente por Leticia Greenfield.

"Es un placer verte de nuevo'." Le increpó la delgada y bien vestida mujer a la vez que lo apuntaba acusatoriamente con el dedo índice de una de sus largas uñas de color melón. "Son las diez en punto. Esta señora tenía una cita a las nueve. Y encima tiene una niña enferma. Llegas tardísimo. ¿En qué estabas pensando? Se puso de pie y corrió hacia Julio olfateando su cabeza y hombros. Estuviste en Granny Knockers anoche, ¿verdad? Hueles como una maldita destilería de ginebra ".

Él se encogió de hombros. "Discutamos esto más tarde, ¿de acuerdo?"

"¡Sí, lo haremos!" Apretó los dientes mientras susurraba. "Ahora hazme el favor de ir a la sala de conferencias y habla con esa señora y su pobre niña".

La sala de conferencias no era otra cosa que un inmenso armario de almacenaje sin ventanas. Julio había comprado una mesa de comedor de caoba con patas recortadas y sillas de respaldo alto en una tienda de segunda mano de Goodwill. El tío Teo le había dado un viejo candelabro que había adquirido en una venta de garaje para completar el estilo. Con estos accesorios y una capa de pintura fresca, el armario de un conserje se convirtió en la sala de conferencias de un abogado. Fue en esta sala de conferencias donde Julio López conoció a dos personas que sin quererlo cambiarían el curso de su vida de una forma que él no podía imaginar.

Essi Ramos era una mujer bajita y mofletuda de poco más de treinta años, tan redonda como alta. El pelo negro, largo y liso le caía en cascada por la espalda. Llevaba poco maquillaje a excepción de un brillo de labios color coral, y vestía el uniforme de sirvienta. La rodeaba un aire de cansancio y tristeza. Sentada a su lado había una pequeña y delgada niña de unos cinco años que llevaba una gorrita extraña. Julio se sorprendió y respiró como si le faltara el aire. Había reconocido la gorrita floral porque era como la que su madre había usado una vez ... para ocultar su calva cuando se había sometido a quimioterapia. Se le estremeció el corazón cuando la niña alzó la vista, le sonrió tímidamente y agitó una muñeca de trapo en su dirección como una forma de decir "hola".

Se quedó observando mientras Essi Ramos le ordenaba a su hija que abandonara la sala de conferencias. Notó que Letty ya la estaba esperando con un libro para dibujar y un cartoncito de jugo de manzana. El comenzó la conversación.

"Le pido disculpas por hacerla esperar. Tuve que ver a un juez esta mañana y me retrasé en el juzgado. Lo siento mucho."

"Está bien. Le dije a mi jefe que estaría de vuelta al mediodía. Mi hermano, Esteban Ramos me dio su información. Usted lo representó cuando tuvo un accidente automovilístico ".

Sonrió. "Ah sí, Esteban. ¿Cómo está?"

"Muy bien . Pero otros, incluyéndome a mí, no tanto. Por eso estoy buscando un abogado. Hay un grupo de niños en la escuela P.S. 578 de Passaic que han contraído leucemia, incluida mi pequeña Lili." Las lágrimas brotaron en sus ojos. "Cada día hay más niños enfermos y a nadie parece importarle".

"¿Cuál cree que es la causa de la enfermedad? ¿Algo en la escuela?

"Sí". Essi metió la mano en el bolso, sacó un pedazo de papel con algunos dibujos y se lo dio a Julio.

"¿Que es esto?"

"Hay un montón de tuberías que atraviesan el sótano de la escuela de Lili. Creo que los niños están siendo envenenados por estas tuberías ".

"¿Tiene algo más aparte de este dibujo?"

"No. Entré en el sótano de la escuela y tomé una foto de las tuberías. El conserje que me encontró, agarró la cámara y la rompió. Me dijo que no tenía derecho a estar en el sótano de la escuela y que si alguna vez volvía iba a llamar a la policía. Unos días más tarde recibí esta carta del Sr Van Marcherz, el director de la escuela, en el correo. Le entregó a Julio una carta y un sobre, y él lo leyó. "Dijo que si alguna vez volvía a la escuela, me arrestaría ..."

"Por invasión de propiedad ajena". Terminó su oración. "Increíble. Lo que encuentro aún más sorprendente es que el viejo Van Marcherz todavía esté vivo. Ya era el director cuando yo fui a la P.S.578." El joven abogado suspiró. "¿Qué va a hacer usted si tiene que asistir a una reunión de padres y maestros en nombre de su hija? ¿No aparecer?"

"Enviaré a mi hermano o a mi madre". Sus ojos se llenaron de lágrimas. "Por favor, ¿no hay nada que pueda hacer?"

"¿Ha hablado con el viejo Van Marcherz? ¿Qué hay de sus superiores? ¿El Superintendente? ¿El Consejo de Educación?"

"Nosotros lo intentamos. Unos cuantos padres se reunieron y asistieron a varias asambleas. Nos dijeron que todo estaba bien, que las tuberías eran viejas, pero que estaban en buen estado y que el hecho de que nuestro niños tuvieran cáncer era solo una desafortunada coincidencia. ¿Podemos demandar?"

Julio se sonrojó de repente. Tenía claro en su mente que este caso, incluso si pudiera probar la conexión entre la enfermedad de los niños y las tuberías de agua, podría ser un tipo de caso como el Love Canal, el derrame de Exxon Valdeez o el escape nuclear de Chernóbil. En estas ocasiones, las grandes firmas habían procesado y defendido casos masivos de desastres tóxicos. Él era solo un humilde bufete de los que defienden casos sencillos de resbalones y caídas, tal y como decía el anuncio del escaparate. Pero cuando miró a la desolada mujer sentada en su mesa de conferencias, sintió su ira y su desesperación.

"Mire, deme un poco de tiempo para que examine el caso. No puedo prometerle nada. Ni siquiera puedo presentar una queja oficial porque no tengo ninguna prueba de que alguien haya hecho algo mal. Al menos no todavía."

"Hable con los otros padres. Algunos tienen niños muertos. Esa puede ser toda la prueba que necesita." Ella se levantó de su silla. "Gracias por escucharme y por su interés. Estoy buscando otro tratamiento médico para mi Lili. No me gusta su doctor. Todos los niños afectados tienen el mismo médico en el Centro Médico St. Pancratius ".

"¿Por qué no le gusta?"

"Es un hombre de negocios. Nos trata como el paciente número 101. "Ella comenzó a llorar. "Quiero saber por qué. ¿Por qué le pasó esto a mi hija? Quiero respuestas ".

El puso su mano sobre el hombro de la pobre mujer. "Mire, yo no hago milagros. Pero voy a investigar este caso y le informaré de todo lo que sepa. Tiene mi palabra."

Essi Ramos se secó los ojos y miró con gratitud al joven abogado. "Lili y yo apreciaremos todo lo que pueda hacer". Abrió la puerta de la sala de conferencias y salió. Julio la observó mientras recogía a su hija y salía de la oficina. Letty las acompañó hasta la puerta. Después de que la madre y la hija salieron de la oficina, Letty se volvió hacia él.

"¡Qué hermosa y dulce niña¡ Y tiene unos ojazos grises preciosos iguales a los de su madre."

Al principio, no pensó mucho en el comentario, hasta que recordó la advertencia del tío Teo.

Capítulo Cuatro

Escuela Pública PS 578
Oficina del director Van Marcher
Passaic, Nueva Jersey
1988

Cuando Julio caminó por el pasillo de su antigua escuela primaria, se dio cuenta de que, aunque habían pasado veintitrés años, su odio por los dantescos pasillos de la P.S. 578 no había disminuido. La suya fue una de las primeras familias hispanas en ese distrito escolar en los años sesenta. En ese tiempo la población de Passaic era en su mayoría polaca, italiana e irlandesa. No era fácil ser puertorriqueño entonces, y los derechos civiles eran un concepto todavía en pañales. Fue perseguido, abusado y burlado por su origen étnico en una forma tan cruel que prefería olvidar. Cuando estaba en el quinto grado, tenía frecuentes peleas en el patio de la escuela. Recordaba que Van Marcherz nunca hizo nada para detenerlas. Al contrario, siempre se ponía del lado de los matones y una vez lo castigó por defenderse en una pelea. Mientras caminaba por el pasillo principal de la escuela, comprobó felizmente que había muchas caras morenas mezcladas con las blancas. Esta diversidad racial no existía en la P.S. 578 cuando él estudiaba allí.

La puerta de vidrio marcada con la palabra "Director" tenía las mismas letras negras rotuladas de siempre. Julio se preguntó cuántas veces se habrían repintado en los últimos veinte años. Cuando el vivaracho joven secretario lo dejó entrar, reconoció de inmediato a Van Marcherz. El director seguía siendo alto, y su único cambio físico eran unas pocas canas. Tendría unos cuarenta y ocho años. Todavía usaba las mismas gafas con montura de carey que habían sobrevivido desde los años cincuenta. Cuando vio a Julio dejó los documentos que tenía en su mano y lo miró.

"Bien, bien. Mira quien está aquí. Julio Sánchez vivito y coleando. El rebelde sin causa, je, je. Qué gusto verte." Puso sus papeles en la mesa y extendió una mano. "Bienvenido. ¿Qué te trae de vuelta al viejo campo de batalla? Siéntate, por favor". Hizo un gesto para que se sentara en una vieja silla de cuero.

"Gracias Sr. Van Marcherz." ¿Cómo presentaría el asunto que lo llevaba a la escuela? Tenía que actuar con tacto y suavidad con Van Marchers porque si se mostraba demasiado fuerte, el astuto director lo echaría de la oficina. Tenía que conseguir algún tipo de información. Lo odiaba pero tenía que sobreponerse a su asco y obtener alguna información que le sería útil para desarrollar la causa de acción contra la escuela.

"Te ves bien."

"Gracias. ¿Está bien la familia?"

"Oh, por supuesto. A todos les va muy bien. Tengo un nuevo nieto. ¿Y cómo te va en la vida? ¿Todavía vives con tu loco tío vudú?"

Ese loco tío vudú me crió y me ayudó a asistir a la universidad y a la facultad de derecho, viejo desecado y asqueroso, pensó Julio. *Me pregunto cómo está tu hijo drogadicto. ¡Dios, cómo odio todavía a este tipo!*

"No, tengo un pequeño condominio en el viejo y renovado Fletcher's Yarn Mill. Y al tío Teófilo le va bastante bien. Bueno, en realidad él compró mi condominio y otros tres más. Tiene una casa en la Florida y también conduce un nuevo Cadillac. A él y a la tía Rosita les va bastante bien".

"Hmmm, bastante bien para un simple médico brujo".

"El es un santero. Eso es muy diferente a ser un sacerdote vudú. Pero déjeme decirle por qué estoy aquí".

"Por favor, hazlo."

"Una mujer vino a verme a mi oficina hoy-"

"¿Qué tipo de oficina?"

"Tengo un bufete de abogados. Soy un abogado Sr. Van Marcherz ".

"¿De Verdad? Estoy impresionado. Debes haber mejorado mucho tus calificaciones. ¡Felicidades¡ ¿Estás aquí para decirme que me estás demandando?"

Sacudió la cabeza. "No. Estoy buscando información sobre algunos niños que han contraído cáncer y que son estudiantes de esta escuela. Essi Ramos estuvo en mi oficina hace unos días".

Su rostro medio amistoso se convirtió en una inexpresiva tabla de madera. "Sí, Julio, conozco muy bien a la Sra. Ramos. Ella y varios padres más han ido a verme, quejándose de que de alguna manera la escuela ha causado el cáncer de sus hijos. Es absolutamente absurdo; triste, pero absurdo".

"Señor. Van Marcherz, sus temores tal vez carezcan de fundamento, pero ¿hay alguien que haya estudiado seriamente las quejas de esta gente? Esa es mi pregunta. Este puedo ser un problema medio ambiental." Julio trató de esconder su incomodidad.

"Mira, Julio. No tengo que responder a tus preguntas, pero déjame darte el número del abogado de la escuela. El te podrá ayudar. Lamento que te hayas involucrado en este asunto. Te digo que es una pérdida de tiempo. Toma. Le tendió una tarjeta de presentación. "Diacono Bigelows. ¿Lo conoces?"

Sí, pensó. Bigelows fue el primer abogado que consiguió casos persiguiendo ambulancias. Muy deshonesto pero muy bien conectado políticamente. Si él le dice que está lloviendo afuera, asegúrese de traer su aceite bronceador.

"He oído hablar de él".

"Llama a Deac y dile que te envié. Gracias por la visita."

"Lo haré. Gracias, Sr. Van ". Se dirigió hacia la puerta de la oficina del director. "Solo tengo una pregunta. ¿Cuál es la procedencia del agua que entra a la escuela?"

Él se rió entre dientes. "¿Las tuberías? ¿La Autoridad de Agua de Riverwood? No tengo ni idea. Habla con Deac. Él tiene todas las respuestas a tus preguntas. Lo acompañó hasta la puerta. "Me da mucho gusto ver que te has convertido en un hombre de provecho. "Tenía mis dudas sobre tu futuro".

El joven abogado contuvo su ira. "Nunca he tenido dudas sobre usted, Sr. Van Marcherz. Gracias por la información. Buenos días". Salió de la oficina.

Van Marcherz se quedó de pie junto a la puerta hasta que se aseguró de que Julio se había ido del edificio. Cerró la puerta de su oficina, corrió a su escritorio y levantó su teléfono. El director empezó a tamborilear el escritorio con un dedo hasta que alguien contestó el teléfono en el otro extremo.

"Sí. Tenemos un nuevo problema". Hizo una pausa. "Por supuesto que quiero que lo resuelvas".

Capítulo Cinco

Eran las tres de la mañana. Garland Nowell estaba completamente despierto. Todavía armado con su lupa, Garland se preguntó qué papel podría desempeñar él en un problema de hacía treinta años que involucraba una mosca habladora. El abogado que representaba al grupo de niños que contrajo cáncer se llamaba Julio López, casualmente el mismo nombre que su nuevo amigo alado.

"Esto suena muy kafkiano. ¿Eres Julio López? ¿Te convirtieron en una mosca? Antes de que terminara su frase, Garland vio que la mosca extremadamente molesta zumbaba en la habitación gritando en español. Se dio cuenta de que lo había enojado nuevamente, pero no estaba seguro de por qué. Esperó a que aterrizara. "¿Ahora qué dije?"

"¡No, no soy Julio el abogado! El murió en 1988".

"Bien vale. Pero todavía no entiendo qué o quién eres, y por qué estás aquí".

"¿Recuerda que le dije que el tío de Julio era un santero, verdad? Cuando su sobrino murió, colocó un espíritu dentro de mí, que en aquel entonces era solo una mosca común. Estoy aquí para descubrir por qué murió y la razón por la cual todos esos niños murieron. Pero no puedo hacer esto solo. Lo he estado intentando desde 1988".

"Supongo que no ha funcionado demasiado bien, esa es la razón por la que estás hablando conmigo. ¿Estás diciendo que han pasado 30 años y aún no puedes encontrar un abogado?" Se rió. "En mi negocio eso generalmente significa que no tienes un buen caso".

"Nadie quiere escuchar a una mosca habladora, señor Garlando. He pasado 30 años esquivando matamoscas. Una vez tuve un abogado, pero bebía demasiado y comenzó a hablar no solo conmigo, sino también con los elefantes rosados que veía. Lo que pasó después fue que un grupo de hombres con batas blancas lo subieron a una ambulancia mientras él gritaba, "¡Mosca Julio, ayúdame!" Al escuchar esto los enfermeros se apresuraron a cerrar las puertas de la ambulancia. Y todos sabemos que no es mucho lo que puede hacer un abogado desde el interior de un hospital psiquiátrico ".

"Entonces, ¿qué es lo que quieres que haga?"

"Averiguar qué pasó con Julio y esos niños. Puede presentar una demanda, ¿verdad?

Garland comenzó a caminar. ¿Cómo explicar las complejidades del litigio a una mosca? "Mira, no soy tan mágico como tú. El mundo humano no es tan simple. En primer lugar, tu información tiene treinta años. Necesitamos testigos y declaraciones. La gente muere e incluso si la gente todavía está viva, sus recuerdos son no son muy precisos. En la ley hay algo llamado un estatuto de limitaciones. El tiempo ha pasado, puede ser demasiado tarde para hacer cualquier cosa. Acabo de perder mi trabajo, no tengo dinero en el banco". Levantó las manos. "No soy tu hombre".

"Si, no es usted perfecto y los hechos tampoco son perfectos" Se posó en una mesa, puso sus patas delanteras detrás de su espalda y comenzó a caminar. "Pero precisamente son sus imperfecciones las que pueden salvarnos. Para empezar, necesita un trabajo y yo sé dónde puede encontrar uno, Garlando."

Capítulo Seis

Consultorio Legal Gratuito del Pueblo
Newark, Nueva Jersey

Ina Furnstein había establecido el Consultorio Legal Gratuito del Pueblo en 1993 después de firmar un acuerdo de divorcio tremendamente satisfactorio a la tierna edad de 50 años. Claro que antes tuvo que curar su destrozado corazón, con un estiramiento de cara y otros cuantos arreglitos hechos por su "mecánico brasileño". Después de pagar todas sus deudas con la tarjeta de crédito, la ex Sra. Elisha Stillwater decidió que tenía más dinero del que necesitaba. Ahora era el momento de encontrar la forma de ayudar legalmente a los que quedan atrapados en el sistema y no son lo suficientemente pobres como para recibir los servicios completos de la Sociedad Legal de Ayuda pero no lo suficientemente ricos como para entrar en la oficina de un abogado. Por lo tanto, después de su inicial torbellino de juerga y libertad con el que celebró su divorcio, Elisha Furnstein creó el Consultorio Legal Gratuito del Pueblo.

El consultorio se hizo cargo de los casos perdidos como disputas de dueños de propiedades e inquilinos y casos de derechos civiles que las firmas legales y la Sociedad Legal de Ayuda habían rechazado. La mayoría de los casos no tenían posibilidades y no aportaban beneficios monetarios para el consultorio. Pero eso no importaba. Ina les pagaba muy bien a sus empleados y creía que las personas tenían derecho a los mejores servicios legales que pudieran obtener y no únicamente a los servicios legales que pudieran comprar. Ina era la súper mamá gallina de su personal y sus clientes, y vivía según los principios liberales en los que creía.

Pero a los setenta y cinco años, la alta y delgada pelirroja comenzaba a cansarse, y el dinero para el consultorio legal estaba agotándose. Las donaciones eran escasas y habían llegado prácticamente a un punto muerto. Los días de las fastuosas galas celebradas en el Baltusrol Country Club para la recaudación de fondos habían quedado atrás porque muchos de sus generosos donantes habían fallecido o se habían retirado de la práctica. Ina había tenido que pagar los últimos dos meses de alquiler usando dinero de su cuenta personal de ahorros. La plantilla de personal que había trabajado con ella durante veinticinco años ahora había se había reducido a tres. En su mente, éste podía ser el momento de retirarse discretamente hacia la jubilación. Llamó a Lilliana Danis a su oficina. Esta era una joven abogada de treinta y cinco años que había trabajado en el consultorio durante los últimos cinco.

"Ven aquí, querida. Quiero decirte algo. Pero antes de hacerlo, quiero saber si tu divorcio con el vago de tu marido ya se ha concluido."

La pequeña joven levantó los papeles de divorcio ondeándolos sobre su cabeza. "¡Por fin libre! ¡Por fin libre! Gracias al Dios Todopoderoso soy…"

"…libre por fin". Ambas mujeres gritaron al unísono.

Ina encendió un cigarrillo, y Lili hizo una mueca. "Jefa, este es un edificio libre de humo. El propietario va a enfadarse si huele a tabaco ".

"¿A quién le importa? Pago la suficiente renta aquí para que me deje en paz." ¿Entonces ahora te llamas otra vez Lilliana Ramos?"

La joven abogado asintió. "Sí, tengo mi nombre de nuevo. ¡Estoy tan contenta de recuperar mi apellido!"

"Entonces, ¿qué le dejaste a tu amado George Danis?", preguntó soplando un gran círculo de humo. "Espero que solo su ropa interior".

"Fue un matrimonio de dos años, Ina. No había mucho que repartir. Lo más importante es que el estúpido, vago e infiel de mi marido está fuera de mi vida. Ahora puede buscarse como desplumar a otra persona".

"Me alegro mucho por ti. Así es exactamente como me sentí después de que Milton me dejara. Pero como el mío era un matrimonio de treinta años, me fui con mucho más". Hizo una pausa y miró su perfecta manicura francesa. "Y todavía estoy saboreando los frutos de su trabajo. Pero cambiando de tema, tenemos un problema, querida."

"¿Cuál es el problema, jefa?"

"El consultorio no anda bien. Financieramente nos estamos acercando a la bancarrota, y Lili, voy a cumplir setenta y cinco años la próxima semana y finalmente los estoy sintiendo en cada milímetro de mi cuerpo. Estos viejos huesos me duelen mucho."

"No se te nota".

"Eres tan dulce querida y además una abogada maravillosa. Me encantaría poderte dar las llaves del consultorio e irme a descansar sola a mi casa en Marco Island en Florida, pero necesitas dinero para administrar este bufete. Seamos claros, los clientes a los que atendemos ni siquiera pueden permitirse pagar por el franqueo de sus propias cartas". Ina observó cómo brotaban las lágrimas de los ojos de Lili. "Ahora no te derrumbes. Eres una chica con mucho talento. Puedes trabajar en cualquier lugar".

"Pero yo amo este lugar y la gente con la que trato. Ina, no me imagino trabajando en una empresa normal. Aquí ayudamos a la gente. Salvamos sus casas, les conseguimos tratamiento médico cuando tienen accidentes automovilísticos o les conseguimos un pago por compensación laboral. No puedo verme haciendo gestiones corporativas ".

"Pero, querida, podrías hacerlo si quisieras. Eres de las mejores de tu promoción en la Facultad de Derecho de la Universidad Rutgers y miembro de la Corte Suprema del Estado. Tengo un montón de contactos y me encantaría hacer unas cuantas llamadas telefónicas para ayudarte." Ina se recostó en su silla. "Lo que necesitamos para mantener este lugar es un gran caso en el que podamos obtener muchos honorarios legales. Seguramente eso nos inyectaría dinero durante algunos años más, y podríamos continuar ayudando a personas que necesitan buenos abogados como tú. Y hablando de necesitar ayuda", afirmó mientras recogía una carpeta roja que le entregó a Lilliana. "Tienes dos nuevos clientes".

"¿Dos? ¿Una pareja?"

Una enigmática sonrisa apareció en sus labios. "En cierto sentido. Ve a ver por ti misma. Es un buen caso de derechos civiles".

*****

Lilliana sestaba cansada de escuchar a la gente diciéndole que podría trabajar en un lugar mucho mejor que el Consultorio del Pueblo, pero a ella le encantaba lo que hacía y sentía que realmente estaba ayudando a las personas que lo necesitaban. Sabía que cuando le decía a la gente que estaba trabajando en una agencia de servicios sociales, esta gente pensaba que posiblemente no tendría la capacidad profesional para trabajar en una consulta privada. Ni se imaginaban la cantidad de ofertas laborales realmente lucrativas que había rechazado.

La enigmática expresión de Ina no era desconocida para Lilliana. La última vez que había visto esa mirada en el rostro de su jefa fue cuando ella estaba defendiendo a un grupo de payasos de circo que afirmaban que la compañía del Circo Familiar de los Hermanos Moxie no les pagaba el salario mínimo. Los payasos se presentaron al juzgado vestidos con trajes de payaso completos que incluían grandes narices rojas, caras pintadas de blanco y zapatos gigantes de colores brillantes. Esa era la misma sensación que tenía cuando caminaba hacia la sala de espera, mientras en su cabeza se dibujaba el rótulo de los impresionantes circos romanos que anunciaba "Entrada de Gladiadores".

Dirigió a su nuevo cliente una mirada llena de curiosidad. Este se sentó en una silla como si fuera una persona mucho mayor de sus sesenta y ocho años. Aunque su cabello era muy blanco su bigote negro evidentemente teñido, se extendía cubriendo su labio superior como si fuera un par de alas de murciélago. Mirando su raído abrigo, Lilliana se imaginó que adquiría su ropa en los almacenes del Ejército de Salvación de Newark. Pero lo que llamó más la atención de Lilliana fue un una cosita peluda que se movía rápidamente, dando vueltas debajo de la vieja chaqueta del hombre mientras la examinaba curiosamente con un par de pequeños y brillantes ojos.

"Hola, soy Lilliana Ramos, una abogada. Sr. González? Sr. González? ¿Tiene un animal debajo de tu abrigo?

"Oh, sí." Él le sonrió alegremente mientras rebuscada debajo de su axila hasta encontrar una ardillita que se colocó en la palma de su mano. Lilliana la observó mientras el animalito se ponía de pie apoyado en sus patas traseras. Parecía tener parte de su cuerpecito envuelto en algo. Con una cara tierna e inquieta, la miró fijamente.

"No quiero ser difícil, Sr. González, pero a menos que sea un animal de servicio, no puede traer una mascota a este edificio".

"Oh, pero no es mi mascota. Señor Pepe, dese la vuelta para que esta bella señorita lo vea." En ese momento, Lilliana vio que la ardilla, sentada en la palma de su mano, giraba hacia ella. Llevaba un chalequito con la palabra "Animal de servicio" bordado en la parte posterior. La ardilla emitió un sonido penetrante y luego se zambulló bajo la axila del hombre, dejando que Lilliana viera su colita peluda una vez más.

"Estoy en una película de Fellini", pensó. "Y nadie me dijo que yo era la protagonista".

"Ya veo." Ella reprimió una sonrisa. "Entonces, ¿qué los trae hoy por aquí, señor González?"

"Deseo presentar una demanda por abuso de derechos civiles. El señor Pepe y yo fuimos expulsados del restaurante Stardust Diner en Paterson. El es mi animal de servicio. Deseo demandar al restaurante basándome en la ley que protege a los estadounidenses con discapacidades, la ADA ".

Lilliana comenzó a tomar notas. Se preguntó cómo iba a decirle que los animales salvajes no encajan en los criterios estatales o federales para los animales de servicio. "Señor. González, un animal de servicio está entrenado para hacer algo por su dueño. Un perro guía ayuda a una persona ciega a navegar a través de la vida diaria. Eso es lo que hace un animal de servicio. ¿Está el señor Pepe entrenado para hacer algo?"

"Tengo suerte de tenerlo. Me sentía tan solo que fui a la iglesia para pedir que Dios me mandara a una mujer. Y Dios Todopoderoso me envió al señor Pepe en su lugar ".

"¿Entonces me está diciendo que le pidió a Dios que te mandara a una mujer y en su lugar éste te mandó a una ardilla?"

"Sí."

"¿Y qué servicio brinda?"

"Gracias al señor Pepe ahora por fin puedo salir de mi casa e ir a lugares. No voy a ningún lado sin él. Me acompaña a la tienda, a la iglesia y al supermercado. A todos parece gustarle el señor Pepe, con excepción del desagradable dueño del restaurante. Nos insultó al señor Pepe y a mí. Me dijo que volviera a la calle y que me llevara a mi sucio animal conmigo. El señor Pepe no está sucio. Lo bañé la semana pasada. El siempre huele bien".

"¿Lo bañas?"

"Regularmente, con champú para bebés en un baño para bebés. Le seco la cola con el secador y a él le encanta".

Lilliana no tenía idea de si a las ardillas les gustaba bañarse o si les gustaba que les secaran la cola con un secador. Ella solo tenía un trabajo, y éste era averiguar si el hecho de que un restaurante echara a la calle a un hombre con su mascota ardilla era una violación de la ley de protección de los Americanos con discapacidades. Y para saberlo necesitaba más información.

"Cuénteme cosas sobre usted."

"Serví orgullosamente a nuestro país en Vietnam, y cuando la guerra se terminó y volví a casa ya no era el mismo. Tenía esposa y algunos hijos, pero me abandonaron." Miró al suelo. "Yo era un hombre diferente entonces. Soy mucho mejor ahora. El tratamiento en el hospital de Veteranos en Newark y el señor Pepe me han ayudado tremendamente ".

Ella asintió. "Entonces usted tiene algunos problemas de salud mental, ¿no es así?"

El asintió. "Sí. Iba a la consulta de un terapeuta en el programa Tranquility Harbor en Paterson, pero ya no voy. Ya no necesito el programa desde que comencé a consultar con el señor Pepe. Solo voy a buscar mis medicamentos".

"Ya entiendo. ¿El habla con usted?"

Está más loco de lo que parece pensó Lilliana.

DON JULIO, LA MOSCA MISTERIOSA

"Sí, incluso me dio buenos consejos sobre dónde invertir el dinero de mi pensión. Soy un conserje retirado. No está mal para un anciano que se acerca a los setenta ". Suspiró. "He ido a varios bufetes de abogados, y nadie ha querido tomar mi caso".

La joven abogada escribía furiosamente cuando le llegó la idea de una posible causa de acción. Se le vino a la cabeza una visión rápida de como presentar el caso. Este caso podría dar publicidad al Consultorio del Pueblo. Podía ver los titulares "Un veterano de Vietnam con graves problemas de salud mental y su animal de servicio son expulsados de un lugar público." Aunque el animal de compañía fuera un miembro parlante de la familia de los roedores, el hecho era que la ardilla habladora lo mantenía cuerdo y por lo tanto, no debiera haber sido expulsado del restaurante.

"¿Tomará mi caso? Tengo algo de dinero. Puedo pagar un poco".

"Eso sería útil. Necesito que firme un contrato. Nuestros honorarios se basan en una escala móvil sobre los ingresos, por lo que si tiene un ingreso fijo, podemos ajustar nuestras tarifas".

Sin detenerse, sacó un talonario de cheques y comenzó a escribir. Lilliana vio como el señor Pepe asomaba la cabeza por debajo de la axila del anciano y olisqueaba el aire. "Puedo darle un cheque de cincuenta dólares para comenzar el proceso".

"Gracias. Todo ayuda". Lilliana no tuvo corazón para decirle que solo establecer un caso como este costaría varios miles de dólares. "Señor. González, tengo que decirle que estamos entrando en un nuevo territorio aquí. Creo que tenemos un fuerte argumento de que Pepe ..."

"Señor Pepe. Se ofenderá si no se dirige a él con respeto".

Ella aclaró su garganta. "Sí, por supuesto. Señor Pepe. Creo que tenemos un argumento de que el señor Pepe es un animal de compañía, y que no se le deberían haber pedido que abandonara el restaurante. Desafortunadamente, señor González, el señor Pepe, realmente no está clasificado como un animal de servicio, porque las ardillas son consideradas animales salvajes ".

"Pero como puede ver, no hay nada salvaje en él. Él es tranquilo. Y por favor, llámeme por mi nombre, Fergal ".

Lilliana sonrió. "Entonces, ¿su madre era irlandesa?"

"No, ella era puertorriqueña como mi papá. Fergal era el nombre de nuestro viejo lechero. Justo antes de que yo naciera, él le dio un litro de leche gratis. Estaba tan contenta que me llamó como Fergal Maccoon, el lechero. Mi nombre completo es Fergal José González".

Ella reprimió una risa. "Bueno Fergal, ahora por favor explíqueme con el máximo de detalles posibles lo que pasó en el restaurante."

"Realmente es una historia simple. El lunes pasado alrededor de las siete de la tarde, el señor Pepe y yo fuimos al Stardust Diner. Allí hacen muy buenos sándwiches de atún. Se acercó una camarera y vio la cola del señor Pepe dando vueltas debajo de mi abrigo. Ella me preguntó si tenía un animal debajo de mi abrigo. Le mostré al señor Pepe sentado en la palma de mi mano, y ella se escapó y regresó con el dueño del restaurante, Nico Kuklas. Kuklas me dijo que saliera del restaurante con mi sucia y maloliente ardilla. El señor Pepe estaba muy ofendido".

"¿Le tocó físicamente?"

"No. Solo señaló hacia la puerta y siguió gritando ¡Vamos! ¡Sal! ¡Tú y tu sucia y asquerosa ardilla!"

Lilliana trató de no reírse ante la idea de un griego viejo, cansado y enfadado echando de su restaurante a un viejo loco y a su mascota roedora. "¿Vio la chaqueta del señor Pepe?"

"No. Estaba demasiado ocupado gritándonos e insultándonos. El señor Pepe estaba tan asustado que se escondió bajo mi axila donde se sentía seguro. Contestando su pregunta, no pudo ver su chaqueta de animal de servicio ".

"Ya veo. Debo enviar sus registros médicos al VA y al programa de salud mental Traquility Harbor. ¿Puede hacerlo? Tendrá que firmar un permiso".

"Por supuesto. No tengo nada que esconder."

"Bueno, voy a recomendarle a la directora del consultorio, la Sra. Furnstein que tomemos su caso".

Lilliana observó como el Sr. González se ponía de pie. A pesar de la cola esponjosa que giraba debajo de su axila, el rostro del hombre se iluminó. El sonrió e inclinó su sombrero.

"Gracias. Mi generación fue luchadora. Luchamos por algo. Y nunca nos rendimos. Estoy listo para luchar otra vez. ¡Que tenga un buen día!" Con eso, el Sr. González y el Sr. Pepe abandonaron la Clínica, y como si fuera la señal, Ina Furnstein, salió de su oficina, con el cigarrillo encendido en la mano.

"¿Sabes, queridísima?, me gusta el viejo caballero. No creo que sea un caso que podamos ganar. Según la ley federal y estatal, las ardillas no pueden ser animales de servicio".

Lilliana sonrió. "Cierto. Pero sabes que me fascinan los casos que no podemos ganar."

Capítulo Siete

Garland decidió que era mejor regresar con su padre divorciado mientras pensaba qué hacer. A su padre no le gustó para nada tenerlo de vuelta en casa. Padre e hijo no podrían haber sido más diferentes.

Nicholas Nowell era un hombre grande y rudo, un calderero. Ni siquiera sabía el significado de la palabra paciencia. El no tenía ninguna. Después de que la madre de Garland desapareció con un abogado mucho más joven y rico, Nick Nowell no tenía ningún deseo de tratar con ninguno de "esos abogados chupadores de sangre". Había criado a Garland solo, y se desilusionó cuando Garland decidió hacerse miembro del club de sanguijuelas chupadoras de sangre que él tan vehementemente despreciaba. Poco sabía el padre de Garland sobre la conducta de su hijo, pero imaginaba que a algún parásito importante le había molestado algo que él había hecho.

Encendió un cigarrillo con una inhalación lenta y profunda, y se sentó en su súper mullido sillón. "Entonces el hijo pródigo regresa a casa. ¿Por qué fuiste despedido?

"Resolví un caso que le ahorró mucho dinero a la compañía demandada. Aparentemente no se suponía que hiciera eso. Mi empresa quería que siguiera ordeñando a la compañía. Y no lo hice ".

"Esto es lo que sucede cuando te involucras con esos abogados chupadores de sangre".

"Papá, soy un abogado chupador de sangre".

"De todas las carreras para elegir, ¿tenías que convertirte en una sanguijuela profesional?"

"¿Recuerdas esa caminata en el parque cuando tenía diez años?"

"No."

"Bueno, te la recordaré. Me preguntaste qué quería ser cuando fuera grande y te dije que quería ser historiador. Cuando estábamos caminando en Van Saun Park señalaste a un hombre sin hogar que alimentaba palomas y dijiste: '¿Ves ese vagabundo alimentando a las palomas? El era un historiador. Ahora míralo bien. Más te vale conseguir un trabajo donde puedas ganarte un salario digno '".

Una media sonrisa se dibujó en su rostro y sus ojos brillaron. "Hijo, no recuerdo nada de esa conversación en particular. Pero tengo una pregunta para ti. ¿Ahorraste dinero cuando exprimías a los clientes de la firma de abogados?"

Garland negó con la cabeza. "Gasté mucho en el anillo de compromiso de Sissy, en llevarla de vacaciones a lugares exóticos, en ir a navegar en yates y, en definitiva, en tratar de impresionar a los demás."

Sacudió la cabeza. "Tratando de ser alguien que no eres. Navegando, ¿eh? Y ahora estás a la deriva en las aguas del desempleo. Y probablemente la señorita esa se olvidó de tu nombre en el momento en que perdiste tu trabajo. ¿Fuiste al menos lo suficientemente inteligente como para recuperar el maldito anillo de veinte mil dólares?"

"Aún no."

"¿Qué diablos estás esperando?" Su padre suspiró. "Puedes vivir aquí hasta que te recuperes. Pero estoy jubilado y no tengo el dinero que solía tener. No puedo mantenerte por siempre, Garland. Soy un anciano con una pensión y la jubilación".

"Papá, está bien. Solo necesito un lugar donde vivir hasta que pueda conseguir un nuevo trabajo." Garland suspiró. "Creo que pronto encontraré uno".

"Bueno. Haz lo que tengas que hacer. Echó un vistazo a su reloj. "Estoy cansado. Ya pasó mi hora de dormir ".

"Papá, son las 9:30. Los niños de la escuela secundaria no van a la cama a las 9:30."

"Dulces sueños hijo. Sueña con un gran cheque. ¡Buenas noches!"

Garland se dejó caer en la silla de su padre. "Entonces escuchaste todo. ¿Cuál es el plan?"

Don Julio voló de su hombro y aterrizó suavemente en una lámpara cerca del sillón de su padre. "Esto no va a ser fácil. Su padre no parece feliz de tenerlo aquí."

"No, no lo está. El culpa a los abogados por todos los problemas del mundo. Hay una guerra en un pequeño pueblo en algún lugar de África. Los abogados la causaron. El mercado de valores se bloquea. Los abogados estaban detrás de esto. El inodoro del segundo piso se desbordó ... abogados. Nunca superó el hecho de que mi madre lo dejara por un abogado fiscal porque quería un estilo de vida mejor ".

Don Julio saltó de la lámpara a la mesa, se bajó y comenzó a caminar.

"Garlando, debe vivir con su papá hasta que encuentre trabajo y resuelva la muerte de Julio López".

"No puedo creer que esté escuchando a una mosca con pantalones gauchos".

"Mi madre era de Argentina. Esa es la razón por la que me pongo estos pantalones. Además, a las moscas hembras les encantan. Yo soy muy macho. He enterrado a más de 696 esposas mientras llevaba estos pantalones". Don Julio puso su mano sobre sus caderas e infló su pecho.

"¿Cómo?"

"Garlando, el promedio de vida de una mosca normal es de aproximadamente veinticinco días. He tenido una nueva esposa todos los meses durante los últimos cincuenta y ocho años". Voló y le susurró a Garland al oído. "Mira, debo ser sincero. Este número no incluye las numerosas amantes que tuve entre las esposas muertas". Se golpeó el pecho con las manos. "Así es como un hombre hace las cosas". Mi padre me dijo que una mosca macho debería tener tantas moscas hembras como pelos en las piernas".

"¿Su padre? ¿Pelos en las piernas? ¡No puedo soportar esto! Garland se puso las manos a ambos lados de la cabeza. "¿Sabes que? Deberías haber dejado que me matara. ¿Y supongo que tu madre estaba en la caja de bananas contigo cuando te trasladaron de Cuba?"

"No, mi madre y mi padre murieron hace años. Pero este asunto no es sobre mí. Es sobre usted."

"¿Y ahora qué?"

Levantó la pierna enguantada y señaló el aire. "Primero, debemos ir a ver al Santero Teófilo".

"No voy a visitar a ningún hechicero medio loco".

"No creo que tenga otra opción, señor".

"¡Eso es lo que piensas!" Garland se puso de pie. Agarró un periódico cercano y lo enrolló.

"Un hombre tan grande tratando de matar a una pobre mosca indefensa. ¿No tiene vergüenza?"

Don Julio vio cómo el periódico golpeaba la mesa. Rápidamente se fue volando y comenzó a zumbar alrededor de la habitación. Vio como Garland se tambaleaba tratando de golpearlo salvajemente.

"¿Dónde estás, hijo de perra?" Gritó. "Esto termina esta noche! ¿Dónde estás? Giró el periódico y tiró una lámpara y el cenicero favorito de su padre. Escuchó fuertes zumbidos y risas. Luego escuchó el rasgueo de una guitarra y el canto de una vieja canción popular mexicana.

"Allá en el rancho grande, allá donde vivía, había una rancherita... Ai-i-i-i!"

"¡Cállate!" Garland arrojó el periódico al otro lado de la habitación.

La mosca siguió cantando a todo pulmón. "Que alegre me decía, que alegre me deci-a-a ..."

"¡Bueno! Lo haré. Veré al hechicero. Dejó caer el periódico. "Me rindo, pero por favor, deja de cantar".

"El es un santero poderoso". Usted no quiere enojarlo. Ahora váyase a dormir."

Don Julio aterrizó en el hombro de Garland, y suavemente rasgueó su guitarra. Garland se sentía somnoliento y luego, poco a poco, comenzó a caer en un profundo sueño ... hasta que escuchó una voz potente que gritaba desde el segundo piso con tanta furia que casi lo tiró al suelo y lo despertó de golpe.

"¡Garland! Baja el volumen de la estúpida televisión! ¡Hay un hombre aquí intentando dormir!"

Garland saltó, se sentó en el sillón y le respondió a su padre. "Está bien papá. Lo siento." Sus ojos miraron en la dirección de su hombro. "Me voy a la cama. Simplemente pasea por la habitación y haz algo contigo mismo. Te veo por la mañana. Necesito dormir."

Don Julio voló de su hombro y aterrizó en la lámpara. Se recostó sobre su espalda y rasgueó suavemente su guitarra. Era una noche cálida, y el artrópodo se imaginó que estaba durmiendo bajo una hoja de plátano, en algún lugar de una isla caribeña.

"*La vida de una mosca nunca es fácil*", pensó mientras se dormía en un sueño profundo y tranquilo.

Capítulo Ocho

"¡Despierte! Levántese, amigo!"

Garland abrió los ojos solo para encontrarse a don Julio sentado en su nariz. "Oh, Dios mío, todavía estás aquí." Se lo sacudió de la nariz con un manotazo y la mosca aterrizó en la mesa junto a su cama.

"¡Despiértese! Tenemos mucho trabajo que hacer hoy. Primero debemos encontrar al Santero Teófilo y luego debemos encontrarle a usted un trabajo ".

El abogado estiró sus largos brazos. Parpadeó varias veces y entrecerró los ojos. Después rodó sobre la cama y preguntó. "¿Cómo vas a conseguirme un trabajo ¿Diriges una agencia de empleo?"

"No, Garlando. Simplemente sé dónde podemos encontrar un empleo que sirva nuestros propósitos ".

Garland se sentó en la cama. "No hay 'nuestro' o 'nosotros' mi amigo. ¡No tengo ningún propósito relacionado con la misión en la que estás! En este momento, siento que no tengo ningún propósito en la vida".

"Ah, pero ahí es donde se equivoca usted, amigo mío. Esto es parte del plan maestro. Necesita un cheque salarial".

Garland bajó a trompicones las escaleras y entró en la cocina. Su padre estaba fuera haciendo sus recados. Don Julio voló junto a una cafetera y vio una nota. Aterrizó en el hombro de Garland, y dirigió su atención a la cafetera en la encimera de la cocina.

"Amigo, su padre preparó la cafetera. Dejó una nota que decía 'todo lo que tienes que hacer es presionar el botón'. Qué buen padre tiene. Sabe usted cómo presionar un botón, ¿sí? Le enseñaron eso en la facultad de derecho, ¿verdad?"

"Por supuesto que puedo presionar un botón" gruñó Garland. "Mi padre tiene razón cuando me dice que salga a buscar un trabajo y que tiré demasiado dinero para comprarle un anillo de compromiso a Sissy".

La mosca se indignó. "Su padre tiene razón. Derrochó todo ese dinero tratando de impresiona a una mujer que no se interesa por usted. Usted necesita una mujer hispana."

"¡Ay Dios mío! Eso es todo lo que necesito. Por favor déjame que me tome mi café antes de que empieces a darme consejos. Háblame sobre el santero. ¿Qué tipo de persona es?"

"No le voy a decir ni una palabra. Usted puede decidir qué tipo de persona es después de que lo haya conocido."

Al salir de la casa, don Julio se sentó en su hombro. El joven abogado torció la cabeza para mirar hacia su hombro izquierdo y observar a don Julio. Vio que la mosca estaba tumbada sobre su espalda con los brazos extendidos, agitando sus alas suavemente y que llevaba gafas de sol. Para todos los efectos, estaba disfrutando el viaje en el hombro de Garland. La chaqueta del joven abogado tenía unas hombreras que parecían una cama muy cómoda.

"Me gusta esta chaqueta. El acolchado de los hombros es muy cómodo."

"Esa comodidad va a durar muy poco. Tengo un descapotable."

"¿Qué tipo de descapotable?"

Un auto, idiota. ¡Mira!". Señaló un Z4BMW Roadster rojo brillante.

"Debido a que estoy de buen humor señor, voy a ignorar su insulto. Ah, ¿qué tenemos aquí?" Don Julio saltó de su hombro, voló hacia el automóvil y aterrizó en el capó del BMW. La mosca saltó arriba y abajo en el capó del automóvil. Voló en círculos y le gritó a Garland. "¿No es este un coche de 50.000 dólares? Usted tiene un excelente gusto, amigo".

"Sí, lo tengo." Suspiró. "Y éste es un auto de 77.000 dólares. Pero disfruta el viaje porque va a ser el último. Lo devolveré al concesionario mañana. Lo alquilé y no me puedo dar el lujo de pagar 1.000 dólares al mes en un automóvil como éste cuando ya no tengo trabajo".

"¿Así que no hay más coche?"

"Así es. Hay que decir *adiós coche*." Después de acariciar cariñosamente el techo de lona de su auto, Garland pulsó el botón de su llave para abrir la puerta del automóvil. Abrió la puerta lentamente y se sentó en el auto, obviamente frustrado por todo lo que lo rodeaba. Julio voló y aterrizó en el tablero del automóvil. Garland apoyó la cabeza en el volante y suspiró. "¿Qué estoy haciendo? "Ya perdí mi trabajo y perdí a mi novia. Ahora estoy perdiendo mi auto y mi mente".

"Piensa demasiado en lo que perdió y no puede ver lo que tiene frente a usted, su futuro."

Golpeó el volante con sus manos. "¿Qué puede saber una mosca vieja y cansada sobre la vida?"

"Sé más sobre la vida que usted. He visto el sufrimiento humano durante décadas. He visto cosas buenas y he visto cosas malas. He mirado en los ojos de los ángeles y he montado en las colas de los demonios. Y todo es igual para mí. Aún tiene mucho que aprender sobre la vida. Quizás el viejo santero pueda enseñarle algo sobre la vida. Levante su cabeza del volante y deje de gimotear. ¡Vamos!"

****

Echó un vistazo en el espejo retrovisor. Le sobrevino la repentina sensación de estar atrapado como una rata en un barco que se hunde. Todo parecía estar al revés.

"Todo esto es un complot organizado por alguien", pensó.

Podría ser que la CIA lo estuviera siguiendo porque la mosca había sido un experimento fracasado. En unos instantes, los agentes de la CIA aparecerían para capturar a la mosca y devolverlo a un laboratorio subterráneo cerca del Dugway Proving Ground, una instalación del ejército de los Estados Unidos donde se prueban armas biológicas y químicas. Después de recapturar a la mosca, Garland sería ejecutado y su muerte parecería ser un accidente. Miró hacia atrás en el espejo retrovisor. El vehículo detrás de él se acercaba cada vez más, y podía ver a los agentes de la CIA en el asiento delantero del vehículo encubierto.

En realidad, detrás de él había una camioneta destartalada con tres hombres con camisetas sucias. A menos que la CIA se ocultara en el interior de un camión que decía "Trabajos de construcción a bajo costo", la agencia no tenía nada que ver con él ni con su situación. Esta era una deducción absolutamente demencial de Garland.

Condujo por Main Street en Paterson buscando la dirección del santero de don Julio. Garland tenía sus dudas sobre la posibilidad de encontrar al espiritista con una información de hacía treinta años que le había dado una mosca habladora. Don Julio le dijo que tenía la dirección de la bodega del santero en Main Street en Paterson. Estaba cerca del Hospital St. Joseph en Paterson, Nueva Jersey. Garland conocía Paterson porque había tenido un juicio en el edificio del tribunal del condado de Passaic. Se preguntó como sería posible encontrar a un santero en esa ciudad. ¿Aparecería el nombre de Teófilo López escrito en blancas letras grandes en una ventana de un local tal y como está escrito el precio de un automóvil en un lote de autos usados?

¿Qué le diría a este hombre cuando empezara a hacer preguntas sobre su sobrino muerto? ¿Cómo le iba a explicar quién era él? ¿Le diría que lo envió una mosca a la que le había hecho un maleficio? Todos estos pensamientos golpeaban la cabeza de Garland mientras conducía por la calle de Paterson en medio de una gran cantidad de personas sin hogar que vagaban sin rumbo por sus calles. Mientras tanto don Julio se paseaba por el tablero del BMW.

"¡Garlando, gire aquí!"

Giró el volante bruscamente y miró la a mosca. "¿Don Julio, qué seguridad tienes de que este tipo esté vivo? ¿Y ahora qué hacemos?"

"Bueno. Estoy progresando. Esta vez no me llamó un hijo de perra. Esta vez me llamó por mi nombre."

"Solo responde la pregunta".

"El santero vino a verme la semana pasada en un sueño y estaba sonriendo".

"¿Entonces tuviste un sueño sobre él? ¿En eso se basa todo este viaje? ¿En tu estúpido sueño?"

"Los sueños no son estúpidos. Hay mensajes en los sueños que deben ser interpretados. ¡Disminuya la velocidad, allí está! Bodega de Santa Clara!"

Garland vio un lugar de estacionamiento e inmediatamente se detuvo en el espacio, lo que aparentemente molestó al conductor del camión detrás de él. El conductor frenó de golpe y le gritó algo a Garland. Este estacionó el coche y lo apagó.

"Ya estamos aquí." Suspiró. "Terminemos con esto". Garland abrió la puerta del automóvil. Don Julio se bajó de su hombro. Antes de entrar en la tienda, Garland hizo una pausa.

La Bodega de Santa Clara tenía una ventana colorida. Un pequeño altar limpio sostenía una hermosa estatua de la Virgen de la Caridad de Cobre, rodeada de girasoles, miel y velas amarillas. La cara de la Virgen era serena y tranquila. Miraba por la ventana como bendiciendo al mundo frente a ella . Mientras Garland estudiaba la estatua, se sintió invadido por una sensación de paz y serenidad, hasta que Julio le mordió la oreja.

"¡Ay! ¡Qué diablos! "Se agarró la oreja. Garland sintió un dolor agudo recorriendo su cuerpo desde la punta de su oreja hasta los dedos de los pies. Sintió como una descarga eléctrica en su oído. "¿Por qué me mordiste?"

"Necesitaba su atención. Estamos perdiendo el tiempo".

"Siento que mi oído está empezando a hincharse. ¿Eres venenoso?"

"Puede ponerle un antibiótico más tarde. ¡Ahora necesitamos enfocarnos!

Usando la mano que no estaba tocando su dolorida oreja, Garland abrió la puerta de la bodega lo que activó el sonido de una campanilla. Las paredes estaban llenas de velas, incienso y los llamados aceites mágicos. Había un aceite *Ven a mí*, un aceite *Las siete suertes*, un aceite *Los siete poderes africanos*, un aceite *Dulces sueños* y una lista de aceites necesarios para una variedad de propósitos mundanos y metafísicos. Cogió un frasco de líquido rojizo con la etiqueta *Sangre de dragón*. Garland inclinó la cabeza y le susurró a la mosca que estaba sentado sobre sus hombros. "Los dragones no existen. ¿Cómo es posible que este hombre tenga su sangre?"

"La sangre de dragón es una resina de árboles de palmeras exclusivas del sudeste de Asia. No se necesita un reptil gigante que eche fuego por la boca para conseguirla."

Garland no vio a nadie pero escuchó una dulce y melodiosa voz. "¿Hola?"

Una mujer afroamericana alta y completamente vestida de blanco apareció de detrás de una cortina de terciopelo rojo, Su piel era de color caramelo y sus ojos tenían un atisbo de posible ascendencia asiática. Llevaba la cabeza cubierta por un turbante blanco. Sus ojos eran grandes y penetrantes, y mientras caminaba, movía su cuerpo con la agilidad de una leona en plena caza. Ella lo estudió. Fue extraño. Garland se sintió excitado y aterrorizado al mismo tiempo.

"¿Cómo lo puedo ayudar?", Preguntó ella.

Garland sintió que don Julio zumbaba cerca de su oreja y susurraba. "Dígale que está buscando al santero Teófilo".

"Sí, señora. Estoy buscando el santoro Te-e-fillo."

La mujer ladeó la cabeza. "santoro Te-e-fillo? Lo siento, no lo conozco. No hay nadie aquí con ese nombre".

Garland sintió otro mordisco y se dio un golpe en la oreja. "¡Para!"

"¿Perdón señor?"

"Lo siento, es que esta mosca me está molestando".

Garland sintió que la mosca muy enfadada aterrizaba en su oreja otra vez y le susurró: "¡Tú lo pronuncias Te-e-fillo y es Te-ó-filo! Teófilo López!"

"Lo siento, probablemente haya dicho mal su nombre. Estoy buscando a Teófilo."

Ella sonrió. "Hace tiempo que el no es el propietario de este local. Se lo compré hace años. Pero si usted tiene un problema espiritual, tal vez yo podría ayudarlo."

"¿Sabe dónde puedo encontrarlo? ¿Está vivo?"

La voz de la mujer se volvió cautelosa. "Señor, el señor López está vivo, pero es una persona muy privada. Y ya no recibe clientes. El está retirado, por así decirlo".

"¿Cómo lo sabe?" Garland se aclaró la garganta. "Él y yo tenemos un amigo en común, mi cliente, don Julio López. Soy el abogado de don Julio. Mi nombre es Garland Nowell".

"¿Está tratando de demandar al santero López? Yo no quiero ser parte de eso."

"La impresionante mujer se dio la vuelta y comenzó a alejarse.

"Por favor espere. Aquí esta mi número de teléfono. No estoy quiero demandar a nadie. Mi cliente, el Sr. López es, ¿como se lo explicaría? una especie de pariente, y quiere contactarlo. Está tratando de conseguir cualquier información posible. Le agradecería mucho si usted pudiera hacer que me llamara. Por favor. Es muy importante."

Ella se dio la vuelta y suspiró. "Bien, quizás pueda ayudarlo. Deme el número." Caminó hacia él y tomó de su mano el número de teléfono escrito en un trozo de papel. "Ya vuelvo" dijo y regresó a la habitación detrás de la cortina de terciopelo rojo.

Mientras se frotaba la dolorida oreja, Garland miró las estatuas en la pequeña bodega. "Julio, este mordisco ha hinchado mi oreja tanto que siento como si tuviera una coliflor saliendo de mi cabeza. Te voy a aplastar con un periódico enrollado."

Don Julio descansó otra vez en la oreja de Garland. "Cálmese. La santera guapa ya viene de regreso."

La dueña de la tienda sonrió. Parecía mucho más relajada y cordial. "Bueno, Sr. Nowell. Parece que don Teófilo los ha estado esperando a usted y a don Julio por bastante tiempo. Aquí está su dirección y número de teléfono. Sugirió que lo visitara hoy mismo." Le devolvió el mismo trozo de papel, pero esta vez tenía escritos en la parte posterior la dirección y el número de teléfono de Teófilo López.

Garland tomó el papel con una sonrisa de agradecimiento. Conseguir la información que estaba buscando había sido mucho más fácil de lo que él había pensado. "Gracias señorita..."

"Aintzane. La gente simplemente me llama Zani para abreviar ". Ella sonrió. "Debe de haber impresionado realmente a don Teófilo. Ya sabe, yo era uno de sus alumnos. Pero usted..."

"¿Sí?"

"El santero Teófilo parecía realmente sorprendido. Dijo que ha estado esperando su llegada por años. Debe ser usted un santero especialmente dotado. ¿También estudió santería con don Teófilo?"

"¿Qué?" Justo en ese momento la mosca le mordió la otra oreja. "¡Ay! ¡Sí! ¡Sí! Estoy dotado y ahora me tengo que ir. ¡Gracias, gracias por todo!" Garland corrió hacia la puerta y cuando se volvió vio una expresión muy confusa en la cara de Zani. "¡Adiós!" Cerró de golpe la puerta de la bodega y se paró en la acera donde empezó a gritar como loco dando puñetazos en el aire. La gente que pasaba por la calle lo miraba con curiosidad.

"¡Si me muerdes una vez más te juro por Dios que te mataré. Te rociaré con repelente de insectos y compraré un matamoscas. Te pisaré hasta que tus sesos te salgan por el culo. Entonces Julio, la mosca habladora ya no existirá! Ya lo has oído. Si me muerdes una vez más te mataré." Don Julio aterrizó en el centro de su nariz. Para poderlo ver, Garland tuvo que torcer los ojos.

"Bueno. Me portaré bien. Pero es que a veces es usted tan idiota. Creía que los abogados eran inteligentes. Esa santera tan guapa nos ayudó mucho. Don Teófilo le dijo algo sobre usted que la impresionó. Apuesto a que le dijo que era un santero".

"Oh, no", suspiró. "Escucha ¿Podrías por favor aterrizar en otro lado? Mirarte desde este ángulo está acabando con mi vista."

De acuerdo". Don Julio despegó de su nariz y aterrizó en su hombro. "Esto es mucho mejor que su grasienta nariz". Pensé que estaba a punto de resbalarme. Mis pies se tambaleaban. Tal vez sean las botas de cuero ".

"Pensé que vosotros las moscas teníais ventosas en los pies".

"No, los que nos dan la estabilidad son los pelitos pegajosos que tenemos en la parte inferior de nuestras patas."

Garland miró la parte posterior del papel arrugado que le había dado Zani. "Parece que tu santero se fue de Paterson y ahora vive en la costa de Nueva Jersey. Vive en Ocean Grove cerca de la playa. El viejo debe de haber hecho muy buenos negocios. Esas casas cuestan muchísimo dinero".

"¿Cómo qué precio tienen?"

"Como un millón de dólares por lo menos. ¿Cómo es posible que un viejo cubano, dueño de una tienda de artículos religiosos pudiera hacer tanto dinero?"

"Señor, Teófilo es un hombre honesto. El nunca haría nada que fuera contra la ley ".

"Estás seguro de eso, Julio".

"Sí. Ahora vamos a darnos un buen paseo. Me encanta el océano. Don Julio se recostó en la comodidad de las hombreras del traje de Garland. "Amigo, no le molesta si tomo una siestecita, ¿verdad?".

Segundos después, Garland cargó la dirección de Teófilo López en su GPS. Sería un viaje de sesenta y un millas y necesitaba gasolina. Mientras conducía comenzó a hacerse preguntas sobre su futuro y su mente se llenaba con todo tipo de pensamientos. El nunca había sido una persona espiritual, pero sentía que algo o alguien estaba tratando de encaminarlo. ¿Pero hacia donde?¿Con qué propósito? El no tenía ni idea. Estaba completamente fuera de su mundo. El hecho de que su compañero en los últimos días fuera una mosca que hablaba estaba haciendo su camino mucho más peculiar. Mientras aceleraba y buscaba las señalizaciones para la Ruta 80-Este, Garland escuchó ronquidos suaves provenientes de su compañero alado. Sonrió. Bueno al menos, uno de los dos descansaría un poco.

Capítulo Nueve

Abrió los ojos y extendió sus largos brazos sobre la cama agradeciendo la oscuridad. Su habitación estaba casi completamente a oscuras, excepto por una molesta franja de luz que se había filtrado y se reflejaba en el techo. La luz le molestaba, así que cerró los ojos. ¡Qué invasión!

Tredd Van Marcherz vivía en un sótano a medio terminar propiedad de su padre. Solo tenía dos pequeñas ventanas cubiertas por cortinas opacas. El dependía de esas cortinas para protegerse de lo que más le asustaba… la luz del sol. Desde los dieciocho años, había logrado vivir como un vampiro, durmiendo durante el día y trabajando como conserje por la noche. El sótano era su reino, y solo salía para ir al trabajo o comprar comida.

Las paredes de su apartamento del sótano estaban pintadas de negro. La iluminación era mínima. Había decorado sus paredes negras con fotografías dantescas, escenas de muerte y reproducciones de pinturas famosas, todas ellas representando dolor, terror o violencia. Su póster favorito era el desgarrador "Saturno devorando a su hijo" de Goya, que había colgado en el área de comedor. La fotografía más grande sobre la muerte era un cartel pegado en el techo que mostraba a muchos soldados del Ejército Federal y de la Confederación que yacían muertos en el campo después de la batalla de Gettysburg durante la Guerra Civil de Estados Unidos. Una de las imágenes representaba a un soldado que parecía tener ojos de color claro y que yacía muerto con los ojos abiertos en una mirada eterna. Lo primero que veía todos los días cuando se despertaba eran los ojos del hombre muerto que lo miraban desde el techo. A la mayoría de la gente le habría molestado que un cadáver fuera la primera imagen en ver al despertarse, pero esto no tenía ningún efecto en Tredd. Para él, los ojos del muerto eran simplemente un recordatorio de lo que les sucede a todos. Y él ya estaba muerto por dentro de todos modos.

Las paredes de su baño también estaban pintadas de negro. Mirando páginas en el Internet, había logrado encontrar un inodoro negro y un armario de baño a juego. Este había sido un capricho bastante caro ya que el inodoro y el armario había sido creados personalmente para él y enviados desde una empresa de Michigan. Tanto el armario como el inodoro le habían costado más de mil dólares cada uno.

Tredd necesitaba poca iluminación porque sus ojos estaban acostumbrados a vivir en la oscuridad. Usaba bombillas incandescentes o velas cuando necesitaba leer o entretener a un visitante ocasional, como su padre. Esas eran las ocasiones que más odiaba porque tenía que encender las luces y mirarle la cara a su padre.

Robert Van Marcherz era un hombre muy alto y corpulento con un corte de pelo de estilo militar. Vestía ropa cara y una gruesa pulsera de oro de 14 quilates que parecía una cadena de bicicleta. Vestía un traje de Brooks Brothers y una camisa blanca almidonada. Tredd era alto como su padre, pero delgado y musculoso. Tenía el pelo rubio con algunas canas, largo hasta los hombros y peinado con raya al medio. Vestía una camiseta negra y pantalones vaqueros también negros. A diferencia de su padre, era un hombre de apariencia física modesta. Parecía mucho más joven que sus cuarenta y ocho años. La ventaja del sencillo empleo de conserje era que le dejaba mucho tiempo libre, y pasaba ese tiempo levantando pesas ... en la oscuridad. Su fuerza física no debía ser subestimada por su apariencia enjuta. El necesitaba mucha fuerza porque en su mente, se estaba preparando para algún tipo de batalla decisiva aunque no sabía cuando tendría lugar. Tredd quería estar preparado para ese momento.

Cuando no estaba entrenando, leía libros. Aunque esto requería luz, algo que le disgustaba extremadamente, la mantenía al mínimo con una bombilla solitaria suspendida por un cable sobre una mesa de cocina.

Para Tredd Van Marcherz, los libros eran mucho mejores amigos que las personas. Los libros respondían las preguntas sin hablar y eran fáciles de mantener. Los humanos necesitaban escuchar una voz, pedir cosas estúpidas y, además, se ofendían fácilmente.

La comunicación con las personas requería diálogo e interacción, cosas que a él le parecían invasivas. Era mucho mejor pasar el tiempo en la oscuridad de su sótano leyendo sus libros que tratar de buscar la compañía de sus compañeros de trabajo. La vida de Tredd Van Marcherz era un exilio auto impuesto del que él disfrutaba inmensamente.

De repente escuchó pasos en las escaleras. Alguien estaba bajándolas y él sabía de quién se trataba.

"Padre, ¿eres tú?"

"¿Quién más podría ser? ¿Puedes encender unas cuántas malditas luces?"

"Enciéndelas tú mismo. Sabes que odio la luz".

Robert Van Marcherz tropezó dando un mal paso en la guarida de su hijo.

"¡Maldición¡ ¿Por qué insistes en vivir como un topo o un murciélago en una cueva?" Encontró un interruptor y encendió una luz que iluminaba la habitación de su hijo.

Sonrió mientras se ponía un par de gafas de sol. "Padre, tengo ahora cuarenta y ocho años. He vivido en la oscuridad desde que tenía dieciocho. Tú lo sabes y también sabes por qué lo hago."

El anciano Van Marcherz cambió de tema y miró alrededor de la habitación. Vio un pequeño cartel. Lo señaló y sacudió la cabeza de lado a lado.

"Me encanta el diseño en el cartel Memento Mori. Es victoriano ¿verdad? 'Recuerda la muerte' ¿No es eso lo que significa 'Memento Mori'? ¿No es en la muerte en todo lo que piensas constantemente?"

"Si padre. Eso es exactamente lo que significa. 'Recuerda la muerte'. Y tú y yo sabemos que la muerte es un término bastante familiar para mí. Después de todo, cuando tenía dieciocho años, maté a un hombre por encargo tuyo."

Tredd vio como su padre le sonreía extrañamente. "No vuelvas a decirme eso otra vez. Mataste a un hombre para proteger a muchas personas inocentes cuyas carreras se habrían arruinado, si ese entrometido abogado no hubiera dejado de hurgar en el asunto.

Nada de esto fue tu culpa. Protegiste a las personas adecuadas, y yo te protegí a ti. Las personas dañadas tenían vidas míseras y sin futuro. El hecho de que te encierres en una mazmorra rodeada de imágenes de la muerte para sentirte mejor es tu propia elección. Tredd, mírate a ti mismo. Evitas la luz del sol y te pareces a la muerte solo que dentro de un uniforme de conserje. ¿Cuándo fue la última vez que saliste con alguien?"

Tredd miró a su padre sin ninguna emoción. "Qué amable de tu parte preocuparte por mi bienestar y venir a visitarme ¿Querías algo?"

El viejo director de escuela se sentó en una silla y suspiró. "Siento que algo va a pasar. Algo se está acercando. Podemos tener un problema ".

"¿Qué tipo de problema? Ha pasado algo?

"No nada concreto, pero hay algo que no sé qué es."

"A menos que tengas algo más, deberías dejar de preocuparte. El caso ha estado cerrado por más de treinta años. El inspector encargado del caso murió de cáncer hace años. El Dr. Meadowlak, quién falsificó la autopsia, está demente y en un hogar de ancianos. Tiene unos 900 años. El detective de homicidios del caso se retiró y se mudó a una elegante comunidad de jubilados en Florida. Y la suya fue una jubilación agradable porque ciertamente le pagaste una cantidad muy generosa. Además, probablemente también esté muerto. Tú te encargaste del empleado de la oficina de archivos de la oficina del fiscal, por lo que esos registros desaparecieron también. Incluso si no se eliminaron en 1988, probablemente se hayan archivado o destruido. ¿Porqué estás tan preocupado?"

Robert Van Marcherz respiró profundamente y dijo "No lo sé. Solo tengo el presentimiento de que alguien va a volver a investigar el caso."

"¿Ahora te sientes culpable por haber matado a Julio Sánchez? Un poco tarde ¿no? Y para que nos entendamos, si tienes algún remordimiento de culpa que pueda hacer que quieras hundirme por el asesinato de ese abogado, te puedo asegurar que tú te hundirás conmigo."

El viejo se rió. "¿Hundirme? Esa sí que es una buena broma, Tredd. Hablas como si fueras un hombre grande, pero hasta te da miedo salir de este sótano. Tú y tu pequeño amigo peludo de la jaula no me asustan. Tienes suerte de tener un trabajo como conserje y déjame recordarte que la única razón por la que tienes ese trabajo es por mí ". Se acercó a una mesa con una pila de libros y los ojeó para ver lo que su hijo estaba leyendo.

"Veamos en qué consisten tus búsquedas intelectuales. ¿El Sol Invisible? ¿La biografía de John Dee? ¿La clave menor de Salomón? ¿Qué estas haciendo aquí? ¿Practicando brujería? ¡Por Dios! ¿Qué haces?"

"¿Qué hago? ¿Qué hago?" Tredd se puso de pie. "Tú me creaste. Tú creaste este mundo en el que me vi obligado a vivir. Pero al menos no estoy solo. Tengo compañía. Y ahí está ella." Caminó hacia el otro lado de la habitación y tocó suavemente el cristal de un gran terrario. Descansando en un rincón oscuro había una Theraphosa Blondi, un gran arácnido proveniente de la selva venezolana. "Despierta, María Isabel. ¡Levántate, amiga mía!"

En respuesta a los golpes de Tredd sobre el vidrio, la araña comenzó a estirarse, una pierna, una articulación a la vez, hasta que alcanzó su gloria espectacular. María Isabel era del tamaño de un plato muy grande con colmillos de dos pulgadas. La araña abrió sus pequeños ojos y se giró en dirección al padre de Tredd. Parecía estar estudiando muy minuciosamente y en silencio al viejo Van Marcherz.

"Necesitas ayuda. Tienes que salir de este sótano. No me explico cómo puedes vivir con esto".

Tredd se encogió de hombros y sonrió. Metió su brazo en el tanque de la araña y el enorme animal comedor de pájaros se posó en su brazo. Luego se arrastró hacia arriba y se sentó en su hombro dejando sus largas piernas colgando. "Y yo no me explico cómo puedes vivir contigo mismo, padre". Tredd se volvió para mirar a su padre. "Sin embargo, lo haces. ¿Hay algo mas?"

"No nada. Aunque odie pedirte favores, ¿puedo contar contigo si me entero de cualquier cosa sobre este asunto?"

"¿Cuál es ese refrán? ¡Ah, ya recuerdo! 'Unidos en la riqueza y en la pobreza'. Si te enteras de algo que podría implicarnos en el asesinato, por favor avísame." Acariciando la espalda de la araña dijo, "María Isabel y yo nos haremos cargo del problema".

El viejo director suspiró. "Gracias. Necesitas…"

"No necesito nada. ¡Adiós."

"Está bien. Me voy".

Mientras María Isabela descansaba en su hombro, Tredd vio como su padre subía ruidosamente las escaleras del sótano.

"Creo que él puede estar en lo cierto. Presiento que se acerca un problema, pero no hay que preocuparse. No hay nada que no podamos enfrentar nosotros dos juntos. Nunca me gustó este asunto."

Tredd continuó acariciando la espalda de María Isabela. "Sí, María Isabela. A mí tampoco me gusta mi padre".

"Ponme de vuelta en mi terránio, ordenó la araña. Me apetece un pequeño roedor para la cena esta noche." Dijo mientras chasqueaba sus colmillos. "Tengo mucha hambre", indicó mientras sus ojos resplandecían con un rojo brillante.

Capítulo Diez

Garland salió de Garden State Parkway. Don Julio roncaba suavemente mientras yacía en las hombreras de la chaqueta del joven abogado. Garland tomó las carreteras locales y condujo entre las dos famosas columnas de Ocean Grove. Durante muchos años, estas dos columnas unidas por una gruesa cadena habían prohibido el acceso a la ciudad a cualquier vehículo desde la medianoche del sábado hasta la medianoche del domingo. Ocean Grove era una antigua ciudad religiosa metodista fundada en 1869. En el centro de la ciudad se encontraba el Gran Auditorio, un amplio edificio de madera construido en 1894 con el propósito de reunir para la oración a los feligreses de la ciudad. El Gran Auditorio, que se había mantenido prácticamente sin reformas desde 1900, era utilizado en la actualidad como sala de conciertos populares y actividades religiosas.

Teófilo López vivía en una antigua casa victoriana frente al lago Wesley. Garland se detuvo justo frente a la casa. Mirándola desde la calle dedujo que parecía haber sido pintada recientemente. Los jardines de la propiedad estaban mantenidos impecablemente. Las enredaderas de hiedra se entrelazan alrededor de un pequeño árbol de hojas perennes. La casa estaba pintada de azul suave con ribetes blancos. Las vidrieras de colores adornadas con cristales con muchos tonos de azul parecían las olas del océano y se mezclaban con ventanas de estilo más tradicional. Aunque el edificio era angosto, tenía varias torres y torretas y un pintoresco tejado de pizarra. La casa de Teófilo López era como una casa de pan de jengibre de un antiguo cuento de hadas. La casa estaba rodeada por una pequeña vereda de flores con rosas y plantas de lavanda. En el centro del jardín principal había una gran estatua de una sirena que ascendía desde el mar. Su cara tenía una mirada serena pero penetrante. En la base de la estatua había un una placa que decía "Reina del mar". La sirena estaba rodeada por siete dólares de plata, siete conchas de cauri y una pequeña botella de vino blanco sin abrir y estratégicamente colocada en el centro de un arreglo de pequeñas flores silvestres azules y blancas en forma de una ola del mar. Garland se agachó para recoger la botella.

"No puedo creer esto! ¡Como puede dejar hervir bajo el sol una botella de Jadot Louis de Montrachet Gran Cru del 2012?

Don Julio se despertó de su siesta. Se estiró y bostezó. "Amigo, ya estamos aquí. ¿Verdad?"

"Sí, mira esto, Julio. Una botella de vino de quinientos dólares y este hombre la deja hervir bajo el sol ".

La mosca dijo con expresión de pánico. "¿Está loco? Esa es una ofrenda en el altar. ¿Iría y tomaría el vino de un altar de una iglesia católica? ¡Póngalo donde estaba, imbécil!" La mosca aterrorizada miró a su alrededor. "Mire hacia el cielo. ¿Ve nubes de tormenta? Nos pueden castigar con un huracán o un tsunami o algo así. ¡Ay Dios mío!"

Garland volvió a poner la botella de vino donde la encontró. "Bien, bien. ¡Cálmate! Mira, estoy devolviendo el vino. Relájate, Julio, no hay ni una nube en el cielo." El abogado suspiró. "Terminemos con esto."

"¿Por qué siempre es usted tan negativo? Nunca va a conseguir ninguna mujer de esa manera. A las mujeres les gustan los hombres felices. Yo lo sé y por eso soy una mosca feliz".

"¡Cállate! No necesito una mujer en este momento, y no estoy interesado en aceptar consejos amorosos de una mosca. Necesito un trabajo y algunas respuestas".

Garland golpeó la puerta con sus nudillos. De repente, una extraña brisa de olor dulce los rodeó. La inhaló profundamente. Era una dulce fragancia mezcla de jengibre y almendra. "Julio, ¿qué es eso? Huele muy bien".

La mosca olfateó el aire. "Incienso, amigo mío, es incienso. Creo que es una combinación de almendra, jengibre y jazmín. Es para la Diosa, la Gran Madre ".

"¿Y quién es ella?"

La mosca se rió. "Lo verá muy pronto".

Garland tocó suavemente la puerta de nuevo. Vio como la puerta se abría levemente y un solo ojo lo miraba. "¿Le puedo ayudar?"

El joven abogado tragó saliva. "Estoy buscando al señor Teófilo López".

La puerta se abrió de par en par. Un caballero vestido completamente de blanco apoyado en un bastón lo saludó. No tenía ni un cabello gris en la cabeza. "Y lo he estado buscándolo a usted, Sr. Nowell, durante mucho tiempo. ¿Cómo lo ha estado tratando mi pequeño amigo?"

¿Como sabe mi nombre?"

"Escuché su nombre en el viento Sr. Nowell," rió el anciano. "En realidad, las personas mayores sabemos muchas cosas."

La mosca interrumpió. "Teo, yo lo llamo Garlando."

Teo sacó una lupa. "¡Don Julio, mi viejo amigo¡ ¡Cómo te he echado en falta! Ha pasado mucho tiempo. Has engordado unos kilitos, ¿verdad?"

La mosca metió la mano en el bolsillo de su elegante chaleco y sacó un habano. "No me puedo quejar demasiado. A pesar de que he estado evitando repelentes de insectos y matamoscas durante los últimos treinta años, mi vida no ha sido tan terrible."

Teófilo vio como una pequeña nube de humo del habano rodeaba la cabeza de la mosca como una corona de flores. "Reconozco ese rico aroma. ¿Un Cohiba de la madre patria?"

"Todavía reconoce sus cigarros, amigo".

Garland puso los ojos en blanco. "Sabe, señor López, me alegro de que usted y la mosca gorda se hayan reunido aquí, pero necesito saber qué demonios está pasando". Garland se dio cuenta de que el tono de su voz se elevaba con cada palabra que decía. "¿Quién es usted?"

El santero alzó la vista con una tierna mirada. "Sé que esto debe ser muy confuso para usted. Vamos a caminar al mar".

"No quiero ir a caminar. Quiero saber por qué estoy aquí. Quiero saber por qué estoy esclavizado a esta mosca." Con el dedo índice apartó a don Julio de su hombro. La mosca gritó cuando él y su habano volaron por el aire. Cayó de cabeza dentro de una flor azul, para ser más exactos, una campanilla.

Garland estudió el rostro de Teo e hizo algunos rápidos cálculos matemáticos en su cabeza. No sabía cuántos años tenía el difunto Julio López cuando murió, pero si Julio hubiera ido directamente a la universidad y a la facultad de derecho como lo hizo, tendría veinticuatro o veinticinco años cuando se graduó. Si Teófilo López era su tío, podría haber tenido más de cuarenta y tantos años en 1988. Como ahora estaban en el año 2018, estimó que Teo tendría por lo menos setenta años. Esto le pareció raro porque el hombre que tenía enfrente parecía tener como mucho cincuenta años. Tal vez menos.

"¡Quiero algunas respuestas!"

El anciano apoyado en su bastón se mantuvo en calma. "Puedo hacer eso, Sr. Nowell. Le daré todas las respuestas que quiera. Pero primero, tenemos que sacar a don Julio de esa campanilla azul y luego debemos caminar hacia el mar. Está muy cerca. Son sólo un par de calles."

Garland respiró hondo. "Perdóneme por elevar mi voz, Sr. López. Han sido un par de semanas muy complicadas para mí ."

"Por favor llámame Teo."

El santero abrió la puerta completamente y salió de su casa. Abrió la campanilla azul y rescató a Don Julio, quién salió disparado de la flor como si fuera una bala de cañón. Garland se dio cuenta de que don Julio estaba enfadadísimo. Se detuvo desafiante frente a la cara de Teo y comenzó a gritar.

"¡Teo! ¿Ve cómo este idiota me trata? Me trata como una basura. ¡Encontraré otro abogado!"

"Amigo, te costó más de treinta años encontrar éste. El tiempo es corto. Vayamos a dar un paseo."

Teo cerró la puerta de su casa. Esta vez, don Julio se sentó en el hombro de Teo. El calor del día rebotaba en la acera, pero la brisa que venía del océano mantenía su paseo hacia la playa fresco y agradable. Teo comenzó a hablar mientras caminaban lentamente hacia la playa en Ocean Grove.

"Mi sobrino Julio Sánchez era un hombre joven, como tú. Había comenzado su práctica de abogacía en 1988. Un día llegó una madre con una niña que había padecido leucemia. Resultó que esta niña no era la única niña que sufría de cáncer en la sangre. Más de 30 niños de esta escuela en particular tuvieron la misma enfermedad. Mi sobrino tomó el caso de la mujer y la niña, y comenzó a investigar la escuela a la que iban estos niños. La madre de la niña pensaba que había algo en las tuberías de agua de la escuela. Lo siguiente que pasó es que mi sobrino apareció muerto en el sótano de la escuela rodeado de bolsas de cocaína ". Garland lo interrumpió. "¿Tenía él un problema con las drogas?"

"No. Mi sobrino era una persona muy recta. Puede haber crecido en un barrio mísero, pero siempre se mantuvo alejado de las drogas, las pandillas y los problemas con la ley. Todo fue una trampa. El asesino nunca fue encontrado. La policía estaba tan ocupada con enfrentamientos entre pandillas en aquel entonces que no le prestaron mucha atención a la muerte de un abogado rodeado de cocaína ".

"¿Como murió?"

Teo dejó de caminar. "El médico forense afirmó que su corazón se había detenido a consecuencia de una sobredosis de drogas. Un suicidio Pero puedo asegurarle, Garland que eso no es lo que pasó. Mi sobrino no era ni suicida ni adicto a las drogas ".

"¿Y qué pasó con los niños de la escuela?"

"Muchos murieron. Algunos sobrevivieron. Y el nombre de mi sobrino fue ensuciado sin razón alguna. Julio era un buen hombre cuya vida se truncó por tratar de descubrir la verdad." Se detuvo en el paseo marítimo a la entrada de la playa de Ocean Grove. "Ah, estamos aquí al pie de la Gran Madre."

Teo hizo un gesto a Garland para que se quitara los zapatos. Con Don Julio aún plantado sobre su hombro, Teo caminó descalzo por la playa y se quedó cerca del agua. Las olas se movieron suavemente y se arremolinaron alrededor de sus pies. Inhaló profundamente. Teo se volvió hacia Garland.

"Levante sus manos sobre su cabeza y trate de alcanzar el cielo. Permanezca en silencio. Don Julio, tú también".

La mosca se quitó las botas de vaquero, se puso de pie sobre sus patas traseras, levantó cuatro de sus patas por encima de su cabeza y cerró los ojos. Teo arrojó siete centavos al océano y comenzó a hablar.

"Yemayá, Gran Diosa, Madre de todos nosotros, Protectora de mujeres y niños, y Reina del Mar, acepta nuestras humildes ofrendas, bendícenos con tu sabiduría, y danos paz. Permite que comprobemos tu presencia y ofrécenos una señal. Te pedimos tu amor y tu bendición en la gestión que estamos a punto de comenzar".

"¿Puedo bajar mis manos ahora?" Una pequeña ola en forma de una mano con dedos largos y espumosos barrió a Garland como para responder "¡No!" Garland saltó hacia atrás. Aunque tenía la cara y la camisa empapadas de agua de mar, mantuvo las manos en alto. "¡Estoy bien!"

La mosca aterrizó en su espalda y se rió. "¡Mire, Teo! Hasta la Reina del Mar lo odia. ¡Yemayá acaba de darle una bofetada en la cara!" Don Julio continuó volando en el aire delante de Teo.

"¡Cállense los dos y escuchen! La Gran Madre está hablando, y ella está feliz de vernos, aunque tiene preguntas." Teo inhaló. "Garland, ¿cree en cosas que no puede ver?"

"No sé a qué se refiere. Yo creo en lo que se puede probar. Yo creo en la verdad. Ese es el motivo por el que fui a la escuela de leyes. Para buscar la verdad. ¿Puede preguntarle a la Dama del Mar si ya puedo bajar mis brazos?"

Teo cerró los ojos y echó la cabeza hacia atrás. Luego movió la cabeza hacia delante y cuando abrió los párpados, el color de sus ojos había cambiado de marrón a verde brillante. "Ella ha otorgado su permiso. Ahora puede bajar los brazos. Pero la Dama del Mar tiene más preguntas".

"Gracias". Garland bajó sus brazos.

"¿Quiere saber si cree en los espíritus?"

"No hasta que conocí a una mosca que empezó a hablarme cuando estaba a punto de suicidarme. Y todavía me pregunto si no he estado alucinando todo este tiempo ".

"La Dama del Mar me dice que debería explicarte cómo es el mundo de los espíritus".

"Bien. Estoy escuchando."

La cabeza de Teo cayó hacia atrás una vez más. Gimió levemente cuando su voz de barítono comenzó a transformarse en una suave y musical voz de mujer. Era como el sonido de un coro de ángeles combinados en una sola voz. Garland negó con la cabeza y parpadeó mientras observaba a Teo. Su cuerpo comenzó a transformarse radicalmente. Su cabello cambió de corto y oscuro a largos, rojizos y radiantes rizos que ondulaban en el viento. El cuerpo de un hombre mayor con cabello negro y bigote se convirtió en el de una mujer joven y vibrante envuelta en una túnica blanca y brillante. Ella tenía grandes ojos verdes y luminosos, y hablaba en tonos suaves. Garland miró hacia abajo y vio que la cola de un pez se asomaba por debajo de la túnica.

"¡Hola hijos míos! Yo soy la estrella del mar, Yemayá. Os agradezco vuestra ofrenda y os amo como a mis hijos. ¿Qué es lo que buscáis?" Miró a la mosca flotando en el aire.

"¡Hola Julio! Sé que ha pasado mucho tiempo sin que tu alma haya estado en un cuerpo humano, pero recuerda que es tu espíritu el que continúa por toda la eternidad, no tu cuerpo."

Garland miró la mosca que volaba enfrente y preguntó, "¿alguna vez fuiste un ser humano?"

"Oh sí, hace mucho tiempo".

"¿Cuantos años tienes?"

La Diosa habló. "Él es un espíritu viejo. Y él está aquí para ayudarte a que puedas ayudarlo. Don Julio no puede ser libre hasta que haya completado su trabajo aquí. Garland, la vida nos obsequia regalos extraños. Hace tiempo que buscas la verdad y la justicia, ¿verdad?"

"Sí, así es."

"¿Y la has encontrado ya?"

"Yo-yo no sé. Quiero decir que he tratado de encontrar la verdad para los demás."

"Ese es un esfuerzo noble. Pero debes encontrar la verdad para ti mismo. Debes continuar en tu trabajo Garland. Siempre busca la verdad y la justicia especialmente para aquellos que no pueden buscarla por sí mismos. Ten cuidado. La verdad tiene muchos enemigos oscuros. La oscuridad siempre intentará opacar a la luz. Pero nunca debe prevalecer. Ah, y una cosa más…"

"¿Sí, señora?"

"Me encanta el Jadot Louis de Montrachet Gran Cru. Gracias por devolverlo."

Sin previo aviso, la imagen de Yemayá comenzó a desvanecerse. Los largos rizos rojos de su cabello desaparecieron de la cabeza de Teo y se transformaron en su negro cabello. Su túnica brillante se desvaneció. Los ojos de Teo volvieron a su color normal, pero parecía débil. Sus ropas blancas de algodón estaban empapadas por su propio sudor. Se apoyó en su bastón.

Garland sintió un escalofrío. "¿Está bien, Teo?"

"Necesito comer algo. Necesito recuperarme." El santero sonrió a Garland. "Siempre es agotador cuando los dioses entran en ti. El que un humano sea poseído por un espíritu divino es un evento muy extraño. Y ella le habló a usted directamente". Señaló con su dedo índice a Garland. "Debería prestar atención a su advertencia".

"Esto es demasiado. No puedo asimilar todo lo que ha pasado. Primero, una mosca que habla y luego un hombre que se transforma en una sirena frente a mí. Mire, ni siquiera puedo comenzar a entender lo que está sucediendo aquí, lo que me está sucediendo a mí. Yo no soy la persona que usted está buscando".

"¿Crees en algo más allá de este mundo?"

Garland levantó una ceja. "Ya no sé en lo que creo. Estoy muy confundido".

Teo sonrió. "Bienvenido al mundo de la magia, amigo mío".

Capítulo Once

El trío decidió comer en un restaurante en Asbury Park, fuera de la zona turística. El pequeño restaurante estaba construido en la parte trasera de una antigua casa propiedad de los hermanos Jorge, Miguel y Jaime Corazón y de su madre, Mamá Linda. La comida era tan buena como la de cualquiera de los restaurantes más caros a lo largo del paseo marítimo de Asbury Park, pero sus precios eran muy razonables porque los hermanos Corazón tenían a mamá Linda a cargo de la cocina.

Llamaron a su restaurante clandestino "Los Tres Gatos". "Gatos" era el apodo que la población local les había dado a los tres hermanos Corazón. Antes de convertirse en "restauranteros", los hermanos eran los rateros locales que asaltaban apartamentos, robando televisores, dinero y joyas. Después de unas pocas temporadas en la cárcel del Condado de Monmouth por múltiples robos, los tres hermanos renunciaron a sus vidas de delincuentes y a Jaime, el hermano mayor, se le ocurrió una mejor idea para ganar dinero rápido. Jaime convenció a Jorge y Miguel de que sacarían mucho más dinero si en lugar de asaltar y robar domicilios en mitad de la noche, abrían un restaurante clandestino en la parte posterior de su destartalada casa. Cuando entraron por la puerta Garland y Teo, Jaime, un hombre bajo, gordo y con un bigote muy poblado los saludó mientras se limpiaba las manos en su gran delantal blanco.

"¡Amigos míos, sean bienvenidos a los Tres Gatos! Don Teófilo, mi madre ha hecho su famoso guisado de cerdo y almejas. Ella raramente lo hace". Lo apuntó moviendo el dedo índice frente a él. "Debe ser psíquico. Sabía que Mamá Linda estaba cocinando hoy ".

"Jaime, tu madre está encadenada a la estufa. Esa pobre mujer cocina todos los días, le guste o no." Teo tocó a Garland en el hombro y señaló en dirección a la cocina a una mujer bajita, gordita y de pelo gris que se parecía mucho a Jaime pero sin el bigote.

"Salúdala Garland. ¡Hola mamá Linda!"

Garland sonrió y saludó. La mujer del delantal rojo sonrió, le devolvió el saludo y siguió preparando la comida del restaurante.

Al principio, a Garland no le apetecía comer, pero se vio forzado a comer un poco solo para mantener la calma. Después de todo, estaba confundido, un poco asustado y cansado. Se preguntó qué estaba haciendo con Teo y Julio. ¿Cómo se volvió su vida tan loca? Mientras estaba sentado en el hombro de Garland en Los Tres Gatos, don Julio decidió hablar.

"Garland, yo no siempre fui una mosca doméstica, ¿sabes?"

Garland sacudió la cabeza. "Entonces, ¿alguna vez fuiste una araña? ¿Y entonces Dios se enojó contigo y te rebajó a una mosca?" Garland miró a Teo. Ambos hombres se rieron.

"¿Siempre tiene que insultarme? No, mi vida fue un poco más complicada que eso ".

"Me dijiste que viniste de Cuba en una caja de plátanos y terminaste en una bodega en Paterson, después de vivir en Puerto Rico. Nunca mencionaste que exististe en la Tierra como un humano ".

"No le dije nada cuando nos conocimos porque ya tenía suficientes problemas para creer que estaba hablando con una mosca".

Garland se volvió hacia Teo. "¿Alguna vez llega al final de una historia? Ya veo que vamos a estar aquí toda la noche ".

"Cálmate, Garlando. Conocí a don Julio hace sesenta años. Era un poco especial. Si le preguntabas qué hora era, él te decía cómo construir un reloj. Pero él era un buen hombre en ese entonces. Y todavía lo es hoy ".

"Bien, bien. Seré rápido en mi historia. Teo y yo vivíamos en el mismo pueblo en Cuba, Cabo de Cristóbal. Yo era un espiritista que leía cartas de tarot y dirigía sesiones de espiritismo. La gente me contrataba por una módica tarifa para que contactara a sus seres queridos que habían partido al otro mundo. Pero mi verdadero amor era la música. En la primavera y el verano, tocaba la guitarra en los bares locales y cantaba canciones. Estaba contento porque los del pueblo no solo me consultaban para obtener consejos espirituales, sino que escuchaban mi música porque los hacía muy felices. Conocí a Teo en ese entonces. De hecho, incluso toqué mi música en su boda. Lo vi crecer y convertirse en un buen hombre joven. En Cabo ..."

"Espera un minuto. Si hubiera sido bueno en álgebra, habría ido a la facultad de medicina en lugar de asistir a la facultad de derecho. Pero puedo hacer matemáticas básicas. ¿En qué año naciste?"

"¿Como una mosca o un ser humano?"

"Humano."

"En 1910"

"¿Entonces tienes 108 años?"

"Supongo". Voló junto a su cuello y se detuvo frente a su cara. "Pero volví a nacer como mosca en 1988, así que en realidad tengo solo 30 años. Garlando, usted y yo tenemos casi la misma edad. Somos, ¿cómo se llama ahora? ¡Ah sí, milenios! ¡Usted y yo somos jóvenes!"

"Está bien, seguro." Garland se volvió hacia Teo. "Lamento mucho haberle preguntado esto, pero ¿cuántos años tiene?"

Teo se rió entre dientes. "¿Importa? Nací en 1938."

"Se ve muy bien para ser un octogenario. Así que déjeme ver si lo entiendo. Estoy hablando con un hombre de ochenta años que apenas parece cincuenta y una mosca de ciento ocho años. ¿Venden alcohol en este lugar?"

"Me temo que no, mi amigo. No tienen licencia para bebidas alcohólicas ..."

"Teo, no tienen licencia para administrar un restaurante, pero Garland puede conseguir un trago extraoficialmente". Teo le pidió a uno de los dueños que volviera a la mesa. "Jorge, danos dos especiales de la casa".

El camarero respondió con un guiño y un asentimiento. Luego vino con dos vasos de polietileno con tapas de plástico. Garland quitó la tapa del vaso y bebió un sorbo de la bebida. "¿Ron?"

"Sí, ciento cincuenta grados de jarabe puro con prueba de origen, menta fresca, lima y gaseosa. Lo llamamos mojito. Va muy bien con pollo y arroz, ¿verdad?"

"Claro que sí". Se lamió los labios. "He tomado algunos mojitos en mi vida, pero ninguno tan delicioso como éste. Me hace imaginar que estoy sentado bajo una palmera en una playa del Caribe. Julio todavía estás revoloteando en mi cara. Termina la historia. ¿Cómo te convertiste en una mosca?"

Julio aterrizó sobre la mesa y comenzó a caminar. "Como le estaba diciendo anteriormente, yo era un consejero espiritual. Había una mujer en Cabo de Cristóbal llamada doña Isabela. Ella también era espiritista, pero decidió tomar un camino diferente, un camino oscuro y siniestro. Al principio, yo no sabía esto. Ella me convenció de usar mis habilidades psíquicas para el poder, la codicia y para dañar a los demás. Cuando finalmente me di cuenta de que lo que estaba haciendo estaba mal, ya era demasiado tarde para mí. Traté de liberarme de ella, pero una mañana me desperté con seis patas y un par de alas. Ella estaba a punto de matarme, pero Teo me salvó la vida convirtiéndola en una araña. Me fui volando antes de que ella pudiera atraparme".

"Mira, no soy un mago, pero Teo, ¿no hubiera sido más fácil convertir a Julio en un hombre?"

"Las reglas de la magia son complicadas y no siempre justas. Julio fue maldecido por la bruja doña Isabel. Una maldición no siempre puede deshacer otra. Oré a los Orishas pidiendo una solución. El resultado que me dieron fue éste: si Julio puede hacer una buena acción, puede pasar al siguiente mundo y finalmente descansar en paz ".

"¿Entonces es por eso que me necesita? ¿Por la salvación de una mosca doméstica? Garland señaló la mosca. "¡Jesucristo crucificado!"

Teo asintió. "Garlando, créame que entenderíamos si se levantara de esta mesa y nunca volviera a hablar con don Julio ".

"¡No, no lo haríamos!", Le gritó don Julio.

Garland se sintió abrumado. Rápidamente se dio cuenta de que esto era algo mucho más profundo de lo que esperaba. "Entonces, ¿qué es lo que quiere que haga?"

"Quiero que encuentre al asesino de mi sobrino Julio López. Quiero que descubra por qué los niños de esa escuela secundaria murieron de cáncer. Si las balanzas de la justicia deben equilibrarse entre el cielo y la tierra, la verdad debe prevalecer. ¿No es eso lo que hacen los abogados? Buscar la verdad?"

Garland miró la cara de Teo. Por una fracción de segundo, le pareció ver al verdadero Teo, un hombre triste y frágil, de ochenta años, que nunca se recuperó de la muerte de su sobrino. Garland se sintió impotente. El no era un dios ni tampoco era una criatura mágica. Era un abogado desempleado de treinta y tres años que básicamente lo había perdido todo.

"No sé lo que puedo hacer. Mi propia vida es un desastre en este momento. Pero tiene mi palabra de que intentaré hacer algo ".

Teo sonrió. "Gracias, Garland. Ahora debemos ponernos a trabajar".

Capítulo Doce

Garland no recordaba cómo llegó a casa esa noche. Se despertó en la cama preguntándose si el día anterior había sido un sueño. Estiró los brazos por encima de la cabeza y miró el despertador. Esperaba que fuera mediodía, pero solo eran las ocho de la mañana. Se puso de lado y cerró los ojos hasta que escuchó a su padre tocar suavemente en la puerta de su habitación.

"Voy a la tienda. ¿Quieres algo?"

Se frotó la frente y murmuró: "¿Me podrías traer una nueva vida?"

"¿Qué dijiste Garland?"

"Nada, pero gracias de todos modos, papá".

"De acuerdo. Sólo presiona el botón del Sr. Café. Lo instalé para ti y todo está listo para funcionar. Un grupo de viejos nos vamos a reunir en Dunkin Donuts para discutir cuánto odiamos a nuestras ex esposas y a sus abogados. Sin ofensa personal para ti, hijo. Vuelvo dentro de un rato".

"Gracias papá y no te preocupes que no me ofendo. Disfruta de tu café con los chicos".

Escuchó el sonido de las botas de su padre pisando pesadamente en el suelo. El sonido de los pasos era muy fuerte al principio, y luego se fue debilitando según se alejaba de la habitación de Garland. El último sonido que escuchó fue el cierre de la puerta principal. Hubo silencio durante unos veinte segundos hasta que Garland oyó un zumbido familiar en la distancia. Se preparó. Ya sabía que no estaba solo. Don Julio estaba volando alrededor del dormitorio y aparentemente tenía planes para el joven abogado.

"Escucha amigo, tengo una pista de un trabajo para ti. No se gana tanto dinero como en Nueva York, pero al menos puede representar un salario regular".

"¿Cómo te enteraste de este trabajo? ¿Te lo dijo un pajarito?"

"¡No! A los pajaritos les gusta comer criaturas como yo. Me lo dijo otra mosca que se llama Nuno y es amigo mío".

"¿Tienes amiguitos voladores? Nuno, ¿eh? ¿Un italiano?"

"No, Nuno Gandarez. El es de Portugal y vive en la parte superior del contenedor de basura que está afuera de ese restaurante tan famoso cerca de la sección Ironbound de Newark . Tenemos que encontrarnos con él en el callejón de atrás del "Montanha Deserta Café".

"¿Tengo que encontrarme con una mosca en un contenedor de basura? ¿A qué hemos llegado en este mundo? Me pregunto si Harry Potter tuvo estos problemas". Saltó de la cama y comenzó a caminar de un lado a otro de la habitación. "No, claro, porque él era un mago. Tenía amigos mágicos, una escoba con la que podía volar y una lechuza mágica. No tuvo que entrevistarse con moscas portuguesas en los basureros. Entonces, ¿el viejo Nuno dirige una agencia de empleo?"

"No, pero vio algo en un periódico".

"¿El lee periódicos?"

"¿Quieres un sueldo o no?"

"Por supuesto que quiero trabajar".

"Bien, entonces haz lo que te digo. Y otra cosa más. Tienes que recuperar ese anillo de Sissy Blackwood, tu ex prometida".

"Imposible. No quiero volver a verla nunca más y creo que ese sentimiento es mutuo".

"Este no es el momento para el falso orgullo. Usted pagó veinte mil dólares por ese anillo y necesita recuperarlo para poderlo vender y sacar algo de dinero".

"No, nunca voy a necesitar ver a esa mujer otra vez. Ella me destrozó el corazón. Y de todos modos, lo compré con la tarjeta de crédito y ya pagué el saldo de la tarjeta. Ese dinero se ha ido".

"¿Y ella te devolvió el anillo?"

"No. Dejé que se lo quedara. Solo quería que toda la pesadilla se terminara. ¡Me humilló tanto!"

"Olvide su orgullo. Necesita ese dinero. Tiene que recuperar ese anillo".

Garland miró hacia el rincón de donde provenía la voz de don Julio. Mientras lo hacía se percató de que había un cuerpecito diminuto flotando en la esquina. Sus ojos se entrecerraron. Esta vez no necesitaba una lupa para verlo.

"Julio, ¿estás engordando?"

"No me llame gordo otra vez. Ya estoy cansado de ser insultado".

"No, no, eso no es lo que quise decir. Quiero decir que puedo verte un poco mejor. Creo que te estás haciendo más grande".

"¿Más grande?" Julio se acercó a una cómoda que tenía un espejo pegado. "Oh Dios mío, me he vuelto un poco más grande. Esto no está bien".

"¿Por qué?"

"No puedo ser visto por otros. Esto no es bueno, Garland. Eso significa que tenemos que trabajar más rápido ".

"¿Qué quieres decir?"

"La magia está desapareciendo. Es doña Isabela. Ella está aquí en alguna parte. Tenemos que trabajar rápido. Si me hago visible ella se enterará de que sigo vivo y pronto estaré muerto".

"¿Quieres que llame a Teo?"

"No, no lo molestes. No creo que él pueda hacer nada de todos modos. Tenemos que ir a Newark hoy y ver a Nuno ".

"Lo que sea. Vamos a ver a la mosca Nuno".

Garland entró en el baño. Se inclinó sobre el lavabo y abrió el grifo. Salpicó agua fría en su rostro, esperando que el agua lo despertara. Luego se miró al espejo y vio que la barba le había crecido mucho. Tenía que enfrentarse a la realidad. Esto no era un sueño, y el día aún no había comenzado.

****

"Montanha Deserta Café", o el "Café Montaña Desierta" era un encantador y pequeño restaurante de seis mesas ubicado en Ferry Street en la sección Ironbound de Newark, Nueva Jersey. Los propietarios mezclaron las cocinas de Brasil, Portugal y España, sabiendo que la mayoría de los clientes estadounidenses no sabrían la diferencia entre una Feijoada brasileña, un bacalao dorado portugués

74

o una paella española. Todo lo que preparaba el chef José sabía muy bien y eso era lo único que les importaba a los clientes del Montanha Deserta: buena cocina a precios razonables. Garland estacionó el auto justo en frente de la cafetería. Mientras salía del auto, miró su patético vehículo. ¡Oh, qué bajo había caído! Había pasado de un nuevo BMW a un Ford Fiesta de tres años con setenta y cinco mil millas. Mientras estaba en la esquina, Garland inhaló el aire fuera de la cafetería y don Julio se le sentó en el cuello.

"Hmm, escuché que este lugar tiene comida increíble".

"Lástima que no tenemos tiempo para comer, ji, ji. ¡Sígame, Garlando!"

Don Julio saltó de su cuello y voló frente a él. Mientras seguía el vuelo de la mosca, el paseo de Garland por Ferry Street se convirtió en una carrera. Tenía dificultades para mantenerse a la altura del insecto volador porque don Julio entraba y salía de la multitud como una aguja de coser sobre un tejido. Garland le gritaba al espacio vacío, pidiéndole a don Julio que disminuyera la velocidad. La gente en la calle reaccionaba a la conversación de Garland con su amigo invisible en distintas maneras. Algunos lo ignoraban, algunos sacudían la cabeza sin comprender lo que pasaba y otros se apartaban de él. Garland se chocó con un anciano que caminaba con un bastón, haciendo que el viejo caballero se tropezara. El pobre hombre detuvo su caída sobre el pavimento agarrándose a un poste de teléfono cercano para apoyarse. Después de recuperarse, el anciano sacudió su bastón en dirección a Garland y le gritó "¡Vuelve al hospital psiquiátrico!"

Garland mantuvo su ritmo loco. Dobló la esquina de la calle Ferry. Segundos más tarde, se encontró en un callejón estrecho, detrás de la cafetería, frente a un contenedor de basura pequeño pero nauseabundamente fétido. Estaban en verano y entre el calor y el olor a pescado podrido sintió ganas de vomitar.

"Garlando, llame a la puertita en la parte superior del contenedor".

Garland puso los ojos en blanco. "¿Por qué no?" Golpeó la parte superior del contenedor y dijo, "¡Hola! ¡Vámonos que aquí no hay nadie!"

Vio cómo un gran insecto verde salía de un agujero en la tapa del contenedor de basura. Don Julio voló justo detrás de él. Garland siguió con la vista a las dos moscas. Los observó mientras aterrizaban en una pila de periódicos que yacían al lado del contenedor de basura. Las dos moscas se acercaron y parecía que se estaban hablando. Entonces Nuno se fue volando.

"Garlando, Nuno dice que mueva la basura y levante el segundo periódico. Diríjase a la tercera columna donde dice "Clínica del Pueblo". Nuno dice que puso un círculo rojo alrededor del trabajo que debe tomar".

Garland notó una pequeña pila de periódicos a un lado del contenedor de basura. La mosca verde grande descansaba sobre una piel de plátano, latas de refrescos vacías y el contenido de un cenicero. Garland trató de ocultar su mirada de disgusto mientras empujaba a un lado la cáscara podrida de plátano, las latas de refresco y las colillas de cigarrillos para alcanzar el pequeño montón de papeles escondidos debajo de la basura. La gran mosca verde volvió a su contenedor. Garland recogió una copia sucia del Diario Legal de Leyes y Gobierno de Jersey. Garland vio el anuncio con un gran círculo rojo alrededor. Su presión sanguínea subió. Su cara se puso roja de ira cuando le gritó a don Julio.

"¿En serio? Necesito dinero. Esta clínica legal está buscando voluntarios, preferiblemente aquellos que todavía están en la escuela de leyes". Tiró el papel y comenzó a caminar fuera del callejón. "!No me quedo aquí ni un momento más!"

"¡Garlando espere!" Don Julio voló frente a él. "Sé que este no es el trabajo que quería. Pero es el trabajo que necesita".

Garland apuntó con un dedo a la mosca que flotaba en el aire. "¡No! Necesito un trabajo que pague. No puedo permitirme ser voluntario en el despacho de un pobre hombre. ¿Y cómo te va a ayudar todo esto a encontrar al que asesinó al abogado en 1988?"

"Déjeme que le explique. Mire, usted no está trabajando ahora ¿Cuál es el problema con ser voluntario en algún lugar hasta que encuentre el trabajo que desea? Nuno dice que es más fácil encontrar un trabajo cuando se tiene un trabajo."

"Nuno dice. Nuno dice. Lo siento, pero no voy a aceptar el consejo de otra mosca estúpida. Por cierto, ¿por qué no puedo escucharlo?"

"Porque no puede y aunque pudiera no lo entendería porque habla portugués. Tiene que hacer algo mientras espera conseguir el trabajo que desea. Y una vez que recupere ese dinero de su ex prometida .."

"¡Qué parte de 'no' no entiendes! ¡No quiero volver a ver a Sissy Blackwood!"

"¡Deje de gritar!"

"No estoy gritando!"

En este punto, un hombre que sacaba la basura del restaurante salió del Montanha con un uniforme de cocinero blanco. El hombre miró a Garland extrañamente. Vio el periódico sucio en su mano y le preguntó. "¿Puedo ayudarle?"

Garland golpeó su mano con el periódico. "No, gracias. Ya me voy. Se me había perdido el periódico, pero lo acabo de encontrar justo ahora, gracias".

"Ese es el periódico de ayer. ¿No puede permitirse comprar el periódico de hoy? ¿Y qué demonios está haciendo en el callejón de mi restaurante?"

"No se preocupe amigo. De todas formas, ya me iba."

"Bueno. Ahora váyase de aquí antes de que llame a la policía".

****

Había sido un día largo y agotador. Entre llevar los muebles a un almacén, cerrar varios aspectos de su vida en Nueva York y mudarse a Nueva Jersey, el día no podría haber sido más pesado. Don Julio le zumbó en el oído. La mosca consiguió convencerlo para que enviara un currículum a la Clínica del Pueblo en Newark. Con las cuentas acumulándose, lo último que quería era ser un abogado voluntario, pero al menos le daba algo que hacer mientras buscaba un empleo remunerado.

Cuando Garland se detuvo en su casa, notó que el auto de su padre estaba aparcado afuera. Por un lado sentía ganas de desahogarse con su padre, pero por el otro estaba deprimido y quería irse a la cama para olvidarse del horrible día que había pasado. Decidió que lo mejor que podía hacer era olvidarse de todo e irse a la cama. Le pidió a don Julio que lo dejara solo esa noche.

Mientras yacía allí, sus pensamientos se dirigieron a Sissy Blackwood y qué haría cuando la viera. Don Julio le había explicado que ya que el anillo había sido un regalo en promesa del matrimonio y éste nunca se había llevado a cabo, tenía derecho a recuperarlo. Garland sonrió para sí mismo. Sabía que la vieja y loca mosca tenía toda la razón en su análisis legal.

Creo que todos esos años que has estado en las paredes de las oficinas de abogados te enseñaron mucho, pensó para sí mismo.

¿Le devolvería el anillo o le diría que se fuera al infierno? ¿Se vería obligado a demandarla? Garland sabía quién era Sissy Blackwood por dentro y por fuera. Su separación no había sido amistosa. De hecho, había sido bastante desagradable. Tal vez si él intentaba que ella recordara sus mejores días, cuando pasaban los veranos trabajando en el Easthampton Watersea Club y haciendo el amor en la playa, ella sería benévola con él. Pero él sabía qué tipo de persona era realmente, y no veía un paisaje muy prometedor.

Sarah Selene Blackwood era, al menos desde su punto de vista, parte de la realeza estadounidense. Le dieron en apodo de "Sissy" porque su hermana pequeña no podía decir "Sarah Selene" sin tartamudear. Su vida era el producto final del internado de Miss Porter's School, una lujosísima escuela privada para niñas en Farmington, Connecticut. Después del internado de Miss Porter, Sissy se fue a la Universidad de Wellesley para obtener una licenciatura en bellas artes. A pesar de sus credenciales de una de las universidades más selectas del país, no pudo encontrar un trabajo en su especialidad, hasta que su papá hizo algunas llamadas telefónicas a los políticos de Nueva York. Un senador con conexiones en el mundo del arte a través de su esposa le presentó a una rica heredera, propietaria de Le Galerie du Joie, "La Galería de la Alegría", en la Quinta Avenida de Manhattan.

Le Galerie era una pretenciosa empresa de diseño, arte y decoración de interiores dirigida por una mujer llamada Vienne du

Soleil. Una autoproclamada baronesa francesa, cuyo nombre real era Dorina Fleebash. Por suerte, en 1968 Dorina trabajó como azafata de una aerolínea en un vuelo fortuito de Pan Am con destino a París. Ese fue un punto de inflexión en su vida. Fue en ese vuelo en el que Dorina Fleebash, de Freehold, Nueva Jersey, se encontró con un rico empresario francés, llamado Barón Henri du Soleil. Un viudo bastante mayor que soñaba con las americanas jóvenes, altas y rubias. Se casaron rápidamente y el pobre viejo buitre murió mientras tenían relaciones sexuales. Su muerte le dejó a la baronesa suficiente dinero para conseguir lo que ella quería hacer en el mundo del arte. Dorina se re-inventó a sí misma como la Baronesa du Soleil, incluyendo en su nueva personalidad un acento británico bastante exagerado. De la herencia que le dejó el barón du Soleil, nació Le Galerie.

Los muebles en Le Galerie eran extremadamente caros. Una simple silla de madera que parecía provenir del mercado de las pulgas podría costarle a un comprador cinco mil dólares. Un balde de plástico pintado con un aerosol rojo con las palabras "Ámame, y ama a mi perro" pintadas en el frente costaría por lo menos varios cientos de dólares. Una obra de arte de Vienne con la calidad de haber sido creada por un estudiante borracho y obsesionado por Jackson Pollack, se había vendido por miles de dólares. Sissy era la "asistente de diseño" favorita de Vienne. Pasaba sus días en Le Galerie moviendo muebles y arte de un lado a otro de la sala de exhibición, dependiendo del estado de ánimo de la baronesa Vienne. Esa mañana en particular. Sissy tenía que organizar un cóctel en Le Galerie al que asistiría la élite creativa de Nueva York simplemente para celebrar las obras de arte recientemente adquiridas. Si bien en Nueva York se comentaba en voz muy baja que el gusto por el arte de Vienne era horrible, los cócteles siempre eran divertidos y lujosos. La gente acudía a ellos para comer y beber. A pesar de todo, le Galerie ganaba dinero, lo que convertía a la baronesa Vienne du Soleil en una exitosa empresaria artística. Una baronesa rica, falsa, propietaria de una galería con pésimo arte y muebles desorbitantemente caros eran el marco perfecto para Sissy Blackwood.

****

Tomó el tren Path de la estación de Pennsylvania de Newark a Manhattan en la Calle 33. Desde allí, Garland tomó un taxi hasta Le Galerie du Joie. El joven abogado se quedó fuera y respiró hondo porque sentía un nudo en el estómago. Don Julio había insistido en venir, lo que no lo había ayudado en nada a combatir su ansiedad. Se sentó escondido debajo del cuello de su chaqueta.

"¿La ve, amigo?"

"No. Pero tengo que entrar en el edificio. Asegúrate de mantenerte oculto".

"Está bien, está bien, relájese. Este cuello es tan ancho que podría poner a diez de mis hermanos moscas aquí debajo."

Tocó el timbre. Una alegre voz británica dijo por el intercomunicador: "¡Bonjour! ¡Bienvenido a Le Galerie du Joie! ¿Y a quién quiere ver?"

"Umm, buenos días. Mi nombre es Garland Nowell. Estoy aquí para ver a la señorita Blackwood".

"¿Tiene una cita?"

"No, lo siento. Estaba en la ciudad y pensé en pasar a saludarla".

La voz alegre cambió. "Bueno, señor, la diseñadora Blackwood está bastante ocupada catalogando nuestras recientes adquisiciones. Veré si ella puede verle. Un momento por favor".

Unos segundos más tarde le abrieron la puerta. Miró a su alrededor. Las paredes de Le Galerie eran completamente blancas con obras de arte dispersas en las paredes sin ningún orden en particular. Una mujer mayor se le acercó. Llevaba un sencillo vestido negro, un collar de perlas, y su cabello rubio veteado estaba arreglado en un apretado moño.

"Buenos días, soy la Baroness du Soleil, dueña de Le Galerie". Ella abrió los brazos señalando a su alrededor. "Entonces, ¿qué piensa de mi arte?"

Garland tartamudeó mientras miraba por encima de su cabeza. Vio un móvil, colgando del techo, compuesto completamente de espátulas de pintura plástica usadas. Las espátulas de pintura se suspendían individualmente mediante un fino hilo de pescar atado a un pollo de goma colgado de un perchero. Toda la monstruosidad estaba conectada al techo de la galería de arte con más hilo de pescar.

"Muy único. Nunca he visto nada igual ".

Don Julio susurró: "He podido admirar un arte de mucha más calidad en el basurero de la ciudad. Este arte apesta".

La baronesa sonrió con orgullo. "Sí, lo sé. De todos modos, por favor mire a su alrededor. Si lo necesitas, la Srta. Blackwood lo ayudará. Ah, aquí viene ahora. Los dejaré solos a los dos". Con esas palabras, la baronesa salió de la habitación.

Garland escuchó un clic! clic! de tacones altos caminando en el suelo de madera. Sissy llevaba un vestido de punto negro similar al de la baronesa y un conjunto de perlas. Su pelo estaba fuertemente estirado hacia atrás y peinado en un moño exacto al de la baronesa. Ella no estaba sonriendo.

Don Julio comentó, "ya veo por qué te gustaba, amigo. Ella es muy guapa y tiene unas muy buenas tetas."

"Hola Garland. ¿A qué debo el placer de tu compañía? Estoy muy ocupada".

"Mira Sissy, no quiero perder tu tiempo o el mío. Estoy aquí por una simple razón".

"¿Conseguiste un nuevo trabajo en la ciudad de Nueva York?"

"He recibido ofertas, pero estoy indeciso en este momento en cuanto a qué firma quiero ir".

"Todavía en la lista negra, ¿eh?"

"No lo sé. No me importa. El le miró el dedo. Llevaba un anillo de diamantes, pero no era el diamante que él le había regalado. "Caramba. Veo que no perdiste el tiempo después de que me dejaste".

"¿Que te puedo decir? Jackson Blillefy es socio de Criley Renshaw. El no fue despedido ni arruinó la boda de mis sueños. ¡Me sentí tan humillada!"

Garland alzó la voz. "Así que déjame ver si lo entiendo. Tú nunca me amaste. La única razón por la que querías casarte conmigo era para poder ser la esposa de un socio en una gran empresa y tener una gran boda estúpida. Ah, sí, y luego poder decorar tu mansión con arte de mierda como éste". Gritó Garland mientras apuntaba hacia el horrible móvil de las espátulas.

Julio susurró. "Ay, que bruja! ¡Qué suerte que lo haya dejado!"

"¡Baja tu voz antes de que la baronesa te escuche!" Su tono se suavizó. "Era más que eso. Te amaba, pero sentí que, bueno, necesitaba más. Me asusté especialmente cuando te despidieron."

Él medio sonrió. "Parece que tienes" más "con tu nuevo novio, Jack. Bueno, aquí está el trato y esto es lo que necesito de ti. Cuando me amabas, o eso es lo que decías, te di algo como signo de mi amor por ti. Un anillo Tiffany de veinte mil dólares con un diamante marqués. Quiero que me lo devuelvas. No lo necesitas ya que tienes uno nuevo," dijo Garland señalando su mano.

Ella ladeó la cabeza. "¿Y qué si no quiero devolverlo?"

Sacudió la cabeza. "Fácil. Te demandaré por ello. Oye, tu nuevo futuro marido puede defenderte gratis. No me importa Te di ese anillo como regalo pre-matrimonial y tú rompiste tu compromiso conmigo. Por lo tanto, el anillo debe de volver a mi propiedad. Esa es la ley".

"Muy bien amigo", susurró la mosca.

"Y tú, ¿serías capaz de demandarme?"

"Sí. No quiero, pero lo haría ".

"¿Me puedes dar un poco de tiempo para pensarlo?"

"Te doy hasta el fin de semana. Es lunes, así que tienes unos cuatro días. Si no tengo el anillo para el sábado, tendrás una demanda el lunes. El la miró a la cara. "Oye, Sissy, tienes la misma expresión que tenías cuando me dijiste que no podías casarte conmigo".

"Debería haber esperado esto de ti".

"Sí, deberías haberlo hecho, pero no lo hiciste. Ahora me iré para que puedas volver a trabajar para la baronesa del arte podrido". Se dio la vuelta y se alejó.

"¡Bravo Amigo! Eres más fuerte de lo que pensé. Susurró don Julio. "Estoy orgulloso de ti".

"Espera Garland", grito Sissy.

Garland no se dio la vuelta. Siguió caminando hacia la puerta.

"¡Dije que esperaras!" Gritó de nuevo. De repente su voz se suavizó. "Por favor".

Garland se detuvo para darse la vuelta. "¿Sí?"

"Ya no sé dónde vives. Te fuiste del apartamento en la calle 73".

"Envíalo a la dirección de mi padre. El me hará llegar el anillo. Adiós Sissy. Ten una vida maravillosa con Jack Blowfly o como se llame".

Garland sonrió mientras don Julio se echó a reír porque las últimas palabras que escucharon cuando la puerta se cerró de golpe fueron "¡Es Jackson Blillefy!"

Capítulo Trece

Lilliana Ramos estaba sentada detrás de un escritorio pequeñito y coqueto que había comprado en una tienda de muebles usados. El pobre escritorio de madera había sufrido muchos maltratos y cuando lo compró estaba lleno de manchas y ralladuras. Lilliana pagó diez dólares por él, pero gastó más de quinientos en restaurar su genuina belleza victoriana. Ahora era como un pequeño tesoro de su hogar y estaba orgullosa de haberlo descubierto en la vieja tienda de muebles. Había colocado el escritorio frente a la ventana del dormitorio de su condominio en Broad Street porque desde allí podía observar la ciudad de Newark mientras trabajaba en casa.

Desde su ventana podía disfrutar observando los cambios de matices y colores que ofrecía cada estación del año. Durante la primavera veía cómo florecían las plantas colocadas en grandes macetas de metal fuera de lo saltos edificios de oficinas de Newark. Las noches veraniegas eran animadas y llenas de música. Mientras los hombres de negocios abarrotaban las calles durante los largos días de julio y agosto, los artistas, músicos y vendedores de comida las llenaban durante las calurosas noches. En octubre, Lilliana observaba cómo caían las hojas multicolores de los árboles del parque y cómo se arremolinaban en círculos alrededor de las farolas en los días ventosos. El invierno era la época favorita de Lilliana y le fascinaba disfrutarla desde la calidez de su apartamento. Las calles estaban vacías, sin coches ni personas. Miles de copos de nieve caían flotando desde el cielo como bolitas de algodón purificando el aire y las calles sucias de la ciudad. Todo parecía tranquilo y silencioso.

Newark, como Nueva York, es una ciudad que nunca duerme. El frecuente sonido de las sirenas y ambulancias de la policía no la molestaba porque era algo a lo que estaba acostumbrada desde niña.

Después de todo, había crecido en Paterson, donde era un milagro no escuchar el constante sonido de las sirenas.

Respiró profundamente mientras se sentaba en su escritorio. Ina le había dado el tedioso trabajo de encontrar voluntarios para la Clínica del Pueblo. Tenía frente a ella una pila de sobres llenos de solicitudes sin abrir. Comenzó a abrirlos despacio, uno a uno. Era un proceso muy tedioso y aburrido. Cada carta de presentación que se adjuntaba a un currículum comenzaba de la misma forma:

"Soy un estudiante de primer año de derecho en busca de experiencia y siento que la Clínica del Pueblo se ajusta a mi gran deseo de participar en el servicio público ..."

"Estoy sumamente interesado en atender las necesidades públicas y adquirir experiencia en litigios como estudiante de primer año de derecho. Requeriría una modesta remuneración ..."

"Soy un estudiante de primer año de derecho ..."

"Soy un estudiante de segundo año de derecho ..."

Lilliana suspiró. Lo último que necesitaba era otro estudiante de derecho al que tendría que entrenar, y que encima no podría presentarse ante los tribunales. Los estudiantes de los primeros años de derecho eran tan útiles como los pececitos de colores. Podían investigar, entrevistar a posibles clientes de la agencia, escribir reportes y no mucho más.

La Clínica del Pueblo solo tenía cuatro abogados a tiempo completo y a Lilliana no le entusiasmaba capacitar a otro estudiante de derecho. Continuó abriendo los sobres en su escritorio. La misma historia se repetía una y otra vez:

"Soy un estudiante de derecho de primer año que busca una pasantía de verano ..."

"Soy un estudiante de primer año de derecho que busca empleo a tiempo parcial ..."

Luego, en la parte inferior de la pila interminable de estudiantes de primer año de derecho, vio un currículum que realmente despertó su interés. "Finalmente", dijo ella. "Hmmm. Vamos a ver que dice".

"Estimada Sra. Furnstein,

Estoy escribiendo en respuesta a su anuncio publicado en el Diario Legal de Leyes y Gobierno de Nueva Jersey solicitando un abogado voluntario. He sido miembro del Colegio de Abogados de Nueva York y Nueva Jersey durante más de una década, donde mi práctica consistía en litigios estatales y federales en ambos estados. Después de una década de práctica privada, he decidido que me gustaría dedicar mi tiempo al servicio público. Creo que mi vasta experiencia en transacciones comerciales sería útil para ayudar a las necesidades de sus clientes en asuntos de fraude al consumidor, así como en litigios entre propietarios e inquilinos. Además de eso, entiendo que esta es una posición no remunerada ..."

Ella sonrió. Este currículum pertenecía a un abogado profesional que estaba capacitado para hacer mucho más que la investigación legal y que podría resolver los casos de la Clínica del Pueblo. Lilliana miró las fechas de admisión en el Colegio de Abogados e hizo algunas matemáticas mentales rápidas. Tenían casi la misma edad. Muy interesante. Ella asumió que probablemente había ganado mucho dinero trabajando como abogado en una gran empresa de Wall Street, y después de un tiempo termino cansándose de las interminables horas de trabajo. Al haber ganado mucho dinero, se podía dar el lujo de aceptar una reducción salarial y trabajar en una posición de servicio público. Esa parecía una historia posible.

Claro que, por supuesto, siempre existía el otro escenario.

Tal vez fue despedido de un bufete de abogados importante y ahora no puede encontrar trabajo. Al necesitar algo que hacer, toma un trabajo de servicio público mientras busca un empleo en otra gran firma. Pero, incluso si ése fuera el caso, no tenía ninguna importancia porque merecía la pena tener otro abogado para ayudar a Ina con la carga de trabajo aunque fuera por poco tiempo. Lilliana lo recomendaría y le pediría a Ina que llamara a Garland Nowell a primera hora de la mañana. Los otros currículos recibirían una amable carta de rechazo e Ina estaría encantada de finalmente tener a un abogado de verdad en vez de a un estudiante de derecho.

De repente su habitación se enfrió. Era como si la temperatura del aire acondicionado se hubiera ajustado al punto de congelación. Mientras cruzaba la habitación para comprobar el termostato, se frotó las manos y se las calentó con el aliento. El termostato marcaba una temperatura constante de 68 grados Fahrenheit. No soplaba aire frío, pero la habitación todavía estaba helada. La verdad es que era extraño, pero pensó que ya llamaría al administrador del edificio la mañana siguiente. Mirando al reloj de pared, vio que eran más de las once. Había pasado su hora de irse a la cama. Su día había terminado.

Cuando pasó por el escritorio y miró por la ventana, vio una figura sombría cerca de una farola. La observó cuidadosamente. Era un hombre alto con hombros anchos. Llevaba un abrigo largo y oscuro y un gran sombrero de ala ancha que casi le cubría el rostro. La figura parecía algo torcida porque un hombro estaba ligeramente más alto que el otro, como si la figura estuviera deformada o tuviera algo sentado sobre su hombro derecho.

Ella siguió mirando. La sombra la observaba. Continuó estudiando la figura oscura y notó que algo había cambiado. Lo que la sombra tenía en el lado derecho del hombro se desplazó hacia el lado izquierdo. Se comenzó a mover hacia adelante y hacia atrás constantemente sobre el hombro de la extraña figura.

Viviendo en Newark, estaba acostumbrada a ver gente rara en la calle. Después de todo, era una ciudad enorme con una gran población urbana. El refugio para personas sin hogar del padre Nelson estaba en Mulberry Street, a solo tres calles de su condominio. Lilliana veía constantemente a la gente desamparada llevando bolsas gigantes o empujando carritos de compras, pero esta figura en las sombras, era diferente. Por algún motivo que no entendía, su presencia la aterró.

Se sentía fría e incómoda. Sintió nauseas al mirar la figura del hombre en las sombras, sin embargo, no podía dejar de mirarla. Finalmente, la oscura figura retrocedió lentamente en las sombras y desapareció de su vista. Apretándose el pecho, Lilliana suspiró aliviada. Tan pronto como la figura desapareció, la temperatura en su habitación volvió a la normalidad y ya no se sintió enferma.

Capítulo Catorce

Casa de Nicholas Nowell
Totowa, Nueva Jersey

"¡Oiga señor abogado! Tienes un paquete", anunció el viejo Nowell.
"¿Cómo se te ocurrió comprar una obra de arte en una galería de Nueva York? Si ni siquiera tienes un trabajo, ¿cómo es que estás comprando obras de arte?"

"¡No estoy comprando nada de arte papá!" Gritó de nuevo.

Garland yacía en su cama con los ojos medio cerrados mientras escuchaba a su padre gritar desde el primer piso. Don Julio estaba sentado en la cómoda de Garland acostado sobre su espalda. Al oír la voz del padre, don Julio voló hacia la cabeza de Garland y le informó: "Garlando, creo que su papá lo está llamando".

"Sí, sí, ya lo escuché". Saltó de la cama y corrió escaleras abajo. Garland vio a su padre con una taza de café en una mano y un sobre amarillo acolchado en la otra.

"Papá, ¿es eso para mí?"

"Sí, es de una galería de arte en Nueva York. Oye, ¿no es ésta la galería en la que trabaja Sissy 'la serpiente'. Esa que te dejó cuando te despidieron?" Nicholas Nowell estaba claramente irritado. "No le habrás comprado nada a ese saco de huesos ¿verdad?"

Garland sonrió. "No, papá, no le compré nada". Abrió el sobre y dejó caer el contenido en su mano. "Pero sí conseguí que me devolviera algo que compré". Dentro del sobre encontró un trozo de papel higiénico muy arrugado en el que estaba envuelto el anillo de compromiso de veinte mil dólares y una nota de Sissy Blackwood.

"Bueno, papá, ¿Sabes qué? Sissy 'la dulce' me ha escrito una nota que dice: "Aquí está el anillo. Espero que te atragantes con él ".

Nicholas Nowell sonrió. "Parece que a ella sí se le atragantó. ¡Has conseguido que te devuelva el anillo! Estoy muy impresionado. ¿Cómo lo hiciste?"

"Fui a la galería y le dije que quería que me devolviera el anillo ya que ella había sido la que rompió el compromiso y según la ley, el anillo me pertenece."

El padre de Garland le dio una palmada en la espalda y casi lo derribó. "Bien hecho, Garland. Tienes un buen par de bellotas. Has hecho que la familia se sienta orgullosa".

"Bellotas? Papá, ¿de qué estás hablando?"

Don Julio entró volando y se acercó a la nevera. "Garlando, su papa se está refiriendo a sus cojones, huevos, pelotas o bellotas. Es lo mismo".

De repente, el padre de Garland miró en dirección a don Julio. "¿Qué tenemos aquí? ¡Mira el tamaño de ese moscón! Hombre, ese es un hijo de puta bien gordo"." Dijo mientras comenzaba a enrollar un periódico.

Una mirada de pánico se apoderó de Garland y comenzó a mover frenéticamente sus brazos, bloqueando a su padre. Don Julio salió volando fuera de la habitación tan rápido como pudo.

"¡Papá para! ¡Deja al moscón en paz!"

"¿Qué? Ese es uno de esos moscones que siempre andan en la mierda. Esos muerden y propagan enfermedades. ¿Dónde está el repelente de insectos?"

"Papá, déjalo en paz. No está lastimando a nadie." Con esas palabras, retiró el periódico de las manos de su padre. "¿Vivir y dejar vivir?"

"¿Desde cuándo te has hecho budista?" Señaló con el dedo a Garland. "Espero que esa mosca no sea la reencarnación de mi ex suegra, tu abuela Joyce". Arrancó el periódico de las manos de Garland mientras hablaba. "Tenía 101 años cuando murió. Sobrevivió el cáncer, la diabetes y dos infartos. Una bomba atómica no podría haber matado a ese miserable viejo murciélago, pero finalmente se murió cuando se atragantó con una patata frita. Pero si está viva de nuevo en forma de mosca ..."

"Papá cálmate. Esa mosca no era la abuela Joyce. Era solo una mosca. ¿No tienes algo que hacer? ¿No tienes algún otro abogado al que quieras insultar?"

"Sí, tengo mejores cosas que hacer que sentarme aquí y pelear contigo por un insecto. Devuélveme mi periódico. Me voy".

Garland le entregó el periódico a su padre cuando éste ya estaba cerca de la puerta principal. Sabía que Papá Nowell estaba realmente molesto por su deseo de salvar la vida de una mosca. "Que tengas un buen día, papá".

Su padre se detuvo y se dio la vuelta. "Entonces, ¿qué vas a hacer hoy? Salvar un mosquito? ¿Abrazar una lombriz de tierra?"

"No papá. Voy a conseguir el dinero por este anillo. Si consigo algo de efectivo, puedo ayudar un poco con los gastos hasta que consiga un trabajo".

"Bien." Nicholas Nowell exhaló. "Está bien. Ya veo que estás haciendo todo lo que puedes." Luego levantó un dedo índice y lo señaló. "¡No dejes que ninguna mujer haga flanes con tus huevos!"

*****

Garland se dio una ducha y se vistió. A las diez en punto, tenía una entrevista en la Clínica del Pueblo. Desde allí, él y don Julio irían a una casa de empeños. Nuno, la mosca portuguesa, conocía a alguien que tenía una conexión con una casa de empeños que pagaría bien por el anillo. Garland no quería tener nada que ver con Julio o su amigo Nuno, o sea que inicialmente intentó devolver el anillo a la joyería donde lo había comprado. La tienda no lo pudo ayudar porque había pasado bastante tiempo desde que compró el anillo y además, había perdido el recibo. Después de elevar su queja a la máxima autoridad en la tienda, el gerente de distrito, lo máximo que le ofrecieron fue un crédito en la joyería. Eso era algo que él no necesitaba. El quería dinero en efectivo.

Julio se escondió dentro del cuello del traje de Garland. Este estacionó el auto en un garaje público en Newark y luego caminó hacia el 3500 de Broad Street, dirigiéndose hacia un edificio que había sido el First National Bank of Newark. El banco había sido cerrado hacía una década, y un rico hombre de negocios convirtió todo el edificio en una serie de consultorios de médicos y abogados. Garland conocía bien el edificio porque había tomado muchos testimonios de testigos en el 3500 de Broad Street. El sabía exactamente dónde estaba ubicada la Clínica.

Después de pasar al lado de un guardia de seguridad, no muy interesado en su trabajo, Garland entró en un ascensor sucio y descuidado y presionó el botón del piso doce. Se preguntó si sería una entrevista realizada por un panel, donde tres o cuatro abogados de la Clínica del Pueblo le harían preguntas imprevistas para ver si representaba una buena opción. Tal vez tendría varias entrevistas individuales con diferentes abogados del personal. De cualquier manera se sentía tranquilo y preparado. Había estado en muchas entrevistas durante su carrera profesional y esperaba que ésta fuera fácil.

Fue recibido por una secretaria que le recordó a su abuela Joyce. Era una dama gordita y matronal que tenía sus largas uñas pintadas de forma que parecían pertenecer a las garras de un oso pardo. Esta le indicó que se sentara en la misma sala de espera que los clientes de la Clínica del Pueblo. Garland miró a su alrededor. Los clientes sentados en la sala de espera no tenían nada en común con los clientes que se podrían encontrar en la sala de espera de su antiguo bufete de abogados de Nueva York.

Había una joven madre que sujetaba a un bebé en sus brazos mientras perseguía a sus gemelos de tres años, gritándoles en español para que se quedaran quietos. Sentado en otra silla había un anciano que estaba hablando consigo mismo. Parecía mantener una conversación con una persona que solo él podía ver. Garland se dio cuenta de que por debajo de su abrigo se asomaba una larga y esponjosa cola que se extendía sobre su regazo. Garland pensó que todo sobre él era muy extraño, y que el pobre hombre probablemente estaba mentalmente enfermo. Pero ¿cómo podría él juzgar a nadie? Sus compañeros durante las últimas semanas habían sido un santero que se comunica con los espíritus y una mosca cubana que habla y que puede tocar una guitarra flamenca.

No tenía derecho a hacer juicios sobre la cordura de nadie cuando tenía dudas sobre su propia cordura.

"Señor. Garland Nowell. Mi nombre es Sra. Jones. Soy la secretaria de la Sra. Furnstein. La Sra. Furnstein lo puede recibir ahora. ¡Sígame, por favor!" La regordeta mujer se levantó de la silla y le hizo un gesto a Garland para que la siguiera hasta una gran sala de conferencias. Allí dentro estaban sentadas Ina Furnstein y Lilliana Ramos.

"Sra. Furnstein, Sra. Ramos, permítanme presentarle al Sr. Garland Nowell. La Sra. Jones lo miró de arriba abajo y le dirigió una sonrisa salvaje, como si estuviera a punto de comerse al joven abogado para el almuerzo. "Buena suerte". Cerró la puerta y salió de la sala de conferencias.

Garland sintió un extraño nudo en el estómago. "Hola".

Ina sonrió. "Por favor Sr. Nowell. Tome asiento junto a la Sra. Ramos. Y no deje que la Sra. Jones lo intimide. Ella es una gatita una vez que la conoces. ¿Le apetece un café?"

"No, gracias, Sra. Furnstein. Bebí mucho café esta mañana. Si tomo una taza más, me pondré a volar alrededor de su oficina ".

Ella sonrió. "Bueno. Así que entonces vamos al grano ¿de acuerdo? La Sra. Ramos, que es una de las abogadas principales y yo hemos revisado su currículum. Tiene credenciales impresionantes. Déjeme hacerle una pregunta directa. ¿Por qué está aquí?"

"Lo siento. No entiendo".

Trabajó para la firma Boxdell y Lumpton durante varios años. Probablemente ganaba unos doscientos mil al año más bonos. El hecho de que esté sentado aquí me dice que no se hizo socio y que la empresa le pidió que renunciara, o que tal vez simplemente se cansó de trabajar 80 horas a la semana. Así que. ¿Cuál de las dos opciones es la correcta? Por favor, no piense que lo estoy juzgando. Es simple curiosidad ".

"Resolví un litigio ofreciendo un acuerdo de ambas partes que le ahorró a una compañía de seguros, nuestro cliente, una gran cantidad de dinero. La firma para la que yo trabajaba prefería no resolver el caso rápidamente y así entablar un prolongado juicio para hacer que de esta forma continuara llegando el dinero de la compañía de seguros a Boxdell. No pensé que traer más dinero a la empresa superara mis obligaciones éticas. Resolví el caso y me pidieron que abandonara la firma".

"¿Lo puso Sanden Boxdell en la lista negra de la ciudad y no hay ninguna firma en Nueva York que le quiera dar una entrevista o ni siquiera tomar una llamada telefónica?"

Garland asintió. "Sí. ¿Cómo lo sabe?"

"Jugaba al golf con él hace tiempo. Sandy ya era un tramposo y mentiroso hace veinte años y por lo que veo, no ha cambiado. Se jactaba de trabajar tras bambalinas para arruinar las carreras de muchas personas sin que éstas ni siquiera sospecharan que él había sido el responsable. Es un hijo de puta con un corazón muy negro". Ella se inclinó sobre la mesa y lo miró con sus grandes ojos verdes. "Siento mucho dos cosas. La primera, que usted haya tenido que trabajar para un abogado tan codicioso e indecente como Sandy Boxdell y la segunda, que aunque a la Clínica del Pueblo le encantaría poder contratar a un abogado con su experiencia profesional, no tenemos dinero para pagarle lo que vale. De hecho, no puedo pagarle nada ".

"Sra. Furnstein, lo entiendo. No estoy aquí por el dinero ".

"Bien, porque en este momento no tenemos nada", continuó. "Establecí esta clínica hace décadas basándome en subvenciones, donaciones y mi propia aportación personal. Todo se está llevando a cabo casi sin fondos, pero sin embargo persistimos. La Clínica del Pueblo tiene un único objetivo y éste es servir a los pobres. No hay fusiones o adquisiciones corporativas aquí. Ayudamos a las personas en las áreas de derechos civiles, asuntos de inquilinos y propietarios y tribunales de familia. Nuestros clientes no son banqueros ni empresarios adinerados. Son pobre gente, personas que reciben asistencia social, discapacitados y personas sin hogar. ¿Todavía quiere el trabajo?"

"Sí, lo quiero".

"Bueno, señor Nowell, usted es una muy buena persona o está loco y desesperado".

"¿Me entendería si le dijera que soy todo eso? Por favor llámeme Garland. Puedo darle referencias en Boxdell y la información de contacto del juez federal para el que trabajé ".

"Tengo un investigador aquí que maneja la verificación de antecedentes. La Sra. Jones le dará algunos formularios antes de irse. Por favor, rellénelos y devuélvaselos a ella lo antes posible". Ina se volvió hacia Lilliana. "Yo he sido la única que ha estado hablando todo el tiempo. Lilliana, ¿tienes alguna pregunta para Garland?"

Ella sonrió y sacudió su cabeza. "En realidad no". Estrechó la mano de Garland y le dijo, "bienvenido, realmente podemos usar la ayuda".

"Una cosa más, Garland. Si consiguiéramos un caso importante en el que la Clínica recibiera una gran cantidad de dinero por concepto de representación legal podríamos ayudar a proveer mejores servicios a sus clientes. En otras palabras, este lugar le ofrecerá a usted la oportunidad de representar casos que sean dignos de gran relevancia. Si presenta un caso que genera muchos honorarios de abogado, podríamos hablar de salario en el futuro".

"Lo entiendo perfectamente".

"También trabajamos muy de cerca con la Oficina del Fiscal del condado local, el Defensor Público y otras agencias de cumplimiento de la ley. Manténgalo en mente. Entonces, ¿cuándo puede empezar?"

"Cuando sea conveniente para usted".

"¡Genial! ¿Qué tal le suena mañana? Esté aquí a las 9:00. Deberá prepararse para una mediación con el Juez Frances sobre el caso González el miércoles. Ah, y por cierto, Garland, su antigua firma, Boxdell y Lumpton fue contratada para representar a la compañía de seguros en este asunto. ¿Eso le molesta?"

No es de extrañar que quisiera contratarme, pensó. Esta es una viejita muy astuta.

"No, en absoluto. Estoy preparado para una buena pelea contra mi antigua compañía ¿De qué se trata el caso?"

Ina se levantó de la silla y se agachó para agarrar un gran bolso de Louis Vuitton. "Bueno, je, je", se rió entre dientes. "Se trata de un hombre con una ardilla que ofrece consejos de inversión. Afirma que su ardilla es un animal de servicio. "Él y el señor Pepe fueron expulsados de un restaurante, y ahora está demandando por violaciones de sus derechos civiles".

Los ojos de Garland se agrandaron como platos, se inclinó hacia adelante y puso sus manos sobre la mesa de conferencias. "¿Una ardilla que habla? ¿La ardilla responde? Quiero decir, ¿alguien más la oye aparte del hombre?" De repente sintió que la boca del estómago se le hacía un nudo.

Ina se volvió hacia Lilliana y se echó a reír. "Creo que me va a gustar usted, Garland. Tiene sentido del humor. Se va a adaptar muy bien a este sitio. Lilliana, ponlo al tanto del caso González. Tengo una cita para almorzar con un compañero en Eliswell Smythe a ver si consigo una o dos donaciones".

Lilliana asintió. "Lo haré Ina. Garland, ¿por qué no viene conmigo? El señor González está afuera y puedo presentárselo".

"Por supuesto. ¿Puede decirme dónde está el baño de hombres?"

"Siga por el pasillo a la derecha".

Garland salió del despacho rápidamente y se dirigió al baño de la clínica. El baño tenía un inodoro singular. Estaba agradablemente decorado con papel tapiz estampado y cuadros victorianos. Garland se sorprendió al ver un baño tan bien decorado en un edificio público. Entró y cerró la puerta. Miró en el espejo sobre un lavamanos de pedestal.

"¿Julio, tú sabías algo de la ardilla habladora?"

Julio salió volando de debajo de su cuello y se detuvo frente al espejo. "No, no soy muy amigo de la población de roedores. Tampoco soy un psíquico".

"¿No crees que es un poco extraño que esté aquí hablando con una mosca, y ahora tengo que salir y encontrarme con un tipo que habla con una ardilla? ¿Quién crees que soy yo? Dr. Doolittle? ¿El encantador de ardillas? ¿San Francisco de Asís?"

"No eres ni un médico ni un santo. Eres un abogado que debe ayudarme a resolver un crimen. Yo no sé nada acerca de este hombre y su ardilla habladora." Levantó varias de sus patas y señaló a Garland. "Está usted exagerando."

"Bueno. Cierra la boca y vuelve a esconderte en mi cuello. Frustrado, Garland se lavó las manos y respiró profundamente. Abrió la puerta del baño. Afuera había una fila de hombres, probablemente clientes de la clínica, esperando entrar en el baño de hombres. Garland asumió que escucharon la conversación que estaba teniendo con don Julio. Por la expresión de sus caras, Garland pensó que parecían estar bastante molestos, confundidos o ambos. Pensó que debía decirles unas palabras para calmarlos.

"Lo siento. Estaba ensayando mi alegato final para el juicio de mañana".

Los hombres no respondieron.

****

Lilliana Ramos lo esperaba fuera de la sala de conferencias. Escoltó a Garland a una sala diferente y luego se detuvo en seco antes de que entraran donde el Sr. González y el Sr. Pepe estaban sentados. Lilliana se volvió hacia Garland y le dijo.

"Está bien, le voy a explicar el caso. El Sr. González fue a comer a un restaurante hace unas semanas. Entró en el restaurante con su ardilla explicó que era su animal de asistencia. El dueño del restaurante, el Sr. Anistos, lo echó y ahora González está demandando bajo la Ley de Estadounidenses con Discapacidades ..."

"Estoy familiarizado con la ADA ..."

"Pero no con este caso".

"El Sr. González fue un veterano de guerra condecorado al finalizar la guerra de Vietnam. Recibió un corazón púrpura, pero sufre de trastorno de estrés postraumático. Se enoja cuando piensa en los "niños". Nunca pudimos saber si se refería a su propia familia o a alguien más".

"¿Como quién más?"

"Ina piensa que debe haber presenciado una masacre de niños en Vietnam, y simplemente se volvió loco. Trabajó como conserje durante años y lo jubilaron anticipadamente por discapacidad cuando intentó atacar al director de la escuela con una fregona".

"¡Jesús!"

"Su familia no quiere saber nada de él. Es una situación muy triste. Fergal es un buen hombre, pero muy solitario. Está mucho mejor desde que se hizo amigo de la ardilla. En realidad, no sé qué pensar," dijo levantando los brazos. "¿Está cuerdo? ¿Está loco?"

"No sabía que jugábamos a los psicólogos aquí".

"No lo hacemos", suspiró. "Pero a veces tenemos que ser... Déjame que le explique

"Bueno."

"La clínica ha llevado muchos de sus asuntos en el pasado, como la solicitud para el seguro de enfermedad de Medicaid, problemas de inquilino con propietarios, pero nada como esto. Quiere medio millón de dólares para él y para Pepe la ardilla ".

"¿Por ser expulsado de un restaurante? El está realmente loco. El caso no tiene mucha consistencia. De ninguna manera Boxdell y Lumpton permitirán que la compañía de seguros pague tanto dinero a un loco y a su mascota ".

"No estoy en desacuerdo con usted, pero tenemos que intentarlo. He hecho algunas investigaciones legales. Creo que tenemos un argumento débil, pero lo tenemos.

"Los argumentos débiles no funcionan bien con el juez Frances".

Capítulo Quince

Ya era casi la medianoche. La luz de una luna llena y clara inundaba la sala de oración de Teófilo López cuando se arrodilló ante su altar dedicado a Yemayá. Si bien era respetuoso con todos los orishas, Teófilo había dedicado la mayor parte de su trabajo a Yemayá, la gran madre del mar. Ella había extendido sus bendiciones a los menos afortunados cuando Teófilo había intercedido por ellos. El santero creía que había sido elegido por la diosa para recibir el don de la clarividencia y la capacidad de hablar con los espíritus. El velo entre los mundos de los vivos y los muertos es muy delgado y las personas comunes no puede atravesar el velo. Los filósofos antiguos creían que aquellos que cruzaban al mundo espiritual volvían más fuertes, se volvían locos o morían en el proceso.

Teo era un hombre especial. Podía caminar entre los mundos para realizar buenas acciones en nombre de Yemayá. En su mayor parte, tratar con espíritus, incluso los malévolos, nunca le había afectado física o mentalmente.

Había rezado a los Orishas para conseguir justicia para su sobrino Julio. Con el regreso de la mosca, don Julio, y su de amigo abogado recién encontrado, esperaba que sus oraciones fueran escuchadas y se encontrara al asesino para que finalmente el espíritu de su sobrino pudiera descansar. Pero Teófilo sentía algo extraño, algo peor. Un par de ojos oscuros y peligrosos lo miraban. Sabía a quién pertenecían esos ojos: doña Isabela. Estaba al acecho en algún lugar de la noche, como un demonio que busca un alma vacante para habitar. Teo sabía que tendría que prepararse para la guerra espiritual.

Sus sentidos le decían que doña Isabela no estaba haciendo su magia sola y que había reclutado la ayuda de alguien tenebroso. Era una mala energía de un tipo con el que no estaba familiarizado. Esto lo preocupó porque para luchar contra un enemigo espiritual, debes identificarlo por su nombre y conocer sus debilidades. Teo no tenía idea de a qué se enfrentaba. Se preguntó si sería lo suficientemente fuerte como para luchar contra doña Isabela como lo había hecho tantos años atrás.

Leería las conchas de cauri y pediría ayuda a los antepasados. También recurriría a San Miguel para protección y orientación. Cuando Teo se sentó escuchó una voz en el silencio.

"Ven a la ventana, ven a ver. Ven a la ventana, ven a ver", repitió una voz.

Teo se levantó y caminó hacia la ventana. Miró afuera. En la oscuridad vio una figura alta de pie en medio de una calle tranquila. La figura era masculina. Llevaba un largo abrigo negro con un gran sombrero de ala ancha. Desde la distancia, Teo vio que la figura tenía una araña muy grande sentada sobre su hombro. Las largas piernas del arácnido cubrían el hombro del hombre como un chal de anciana harapienta. Teo no tardó mucho en descubrir quién era la araña. Sabía que doña Isabela lo encontraría eventualmente. Simplemente no esperaba que ella fuera acompañada por un nuevo amigo.

Teo se imaginó estar envuelto en una capa de luz blanca, sujetando la espada de San Miguel en su mano. Aunque no se pronunciaron palabras en voz alta entre ellos, se produjo una conversación entre sus mentes.

"Te esperaba Isabela".

"Sabías que iba a venir. Veo que tienes a alguien tratando de reabrir una investigación sobre la muerte de tu sobrino".

"¿Y tú que tienes que ver en este asunto, Isabela?"

"Todavía estás protegiendo a la mosca y Julio es asunto mío, Teófilo. ¿Quién sabe? Tal vez tuve algo que ver con la muerte de tu sobrino, ese pobre chico drogadicto".

Se dio cuenta de que Isabela estaba tratando de atraerlo a una pelea y que debería terminar la conversación. "Mi sobrino no estuvo involucrado en drogas. Vete en paz Isabela. O me veré obligado a matarte".

"¿En paz? No me hagas reír Teófilo. Una vez que me he ocupado de Julio, tú serás el siguiente".

"Si me desafías a mí también estás desafiando y faltándoles al respeto a los orishas y eso sería muy imprudente de tu parte".

Isabela soltó una carcajada. Fue una risa profunda y gutural. Sonaba como si surgiera de las entrañas del infierno. "¿Tus orishas? ¿Quién crees que te protegerá? ¿Tus pequeños dioses sagrados del río africano? ¿Los sacrificios de pollo? ¿Las hierbas? No eres más que un mago rústico y cansado. No conoces el poder real. Pero nosotros sí". Levantó una pierna y señaló al hombre en cuyo hombro estaba sentada.

"¿Quiénes sois 'nosotros', Isabela? ¿Tiene él la autoridad o lo eres tú?

"Recibimos nuestros poderes de una fuente mayor. Algo que claramente no entiendes".

"No hay nada que quiera saber de ti. Es hora de que te vayas, Isabela. Y llévate a tu pequeño amigo contigo. Teo levantó los brazos y levantó las palmas de las manos. Dio un empujón al aire vacío como si estuviera alejando a una persona de él. Con ese movimiento, el hombre y la araña cayeron con fuerza sobre el pavimento. Sin perder tiempo, el hombre volvió a ponerse de pie y luego se inclinó para recoger su sombrero. Luego levantó las manos en dirección a Teo.

"¡No! Todavía no!" Isabela siseó. "Recógeme". El hombre alcanzó la gran araña, y suavemente la colocó sobre su hombro, acariciándola mientras lo hacía. La pareja se puso de pie desafiante.

"¿Es eso todo lo que puedes hacer, Teo? ¿Derribarme? Esperaba algo mejor de ti. Nos verás de nuevo. Y no seré tan misericordiosa".

Justo cuando las nubes pasaban bloqueando la luz de la luna, el hombre y la araña se desvanecieron en la oscuridad.

Teo se sintió débil. El encuentro había agotado su cuerpo y espíritu, y esto era algo que no estaba acostumbrado a sentir. Cuando la Diosa se apoderó de su cuerpo junto al mar, se alejó cansado, pero lleno de energía. Esta vez, cuando se alejó de la ventana, se arrojó sobre la silla más cercana. Necesitaba recuperar el aliento. Sintió que un líquido tibió le fluía por la nariz. Era sangre. Teo giró la cabeza hacia atrás. Sacó un pañuelo y se limpió la sangre.

En ese momento fue cuando se dio cuenta de que necesitaba ayuda. No podía luchar solo con doña Isabela, y sabía que ella volvería.

Capítulo Dieciséis

Garland y Lilliana hablaron durante horas tratando de idear una estrategia antes de la comparecencia ante el juez Frances. Este caso fue difícil en muchos niveles. El Sr. González no estaba dispuesto a pactar su caso contra el Stardust Diner y su propietario, el Sr. Anakastos, por menos de quinientos mil dólares. Las compañía de seguros Premier First Insurance se negó a pagar un solo céntimo por el caso. Tomaron la posición de que las ardillas eran animales salvajes, por lo tanto, nunca podrían ser animales de servicio, incluso si Fergal González hubiera enseñado al señor Pepe a jugar al póker. El juez Frances siguió la ley al pie de la letra. Si los abogados de la Clínica del Pueblo no tuvieran argumento, desestimaría la moción del caso. El caso de González contra el Stardust Diner habría terminado. Garland y don Julio discutieron el caso del Sr. González.

"Don Julio, odio ser negativo, pero no creo que pueda ganar este caso," dijo Garland.

"Amigo, no veo ninguna otra opción. Debe luchar por este pobre hombre. A veces en la vida estamos destinados a perder cosas".

"Sí, pero voy contra el colega que me puso en la lista negra y me despidió de Boxdell y Lumpton. Sandy Boxdell es un hijo de puta".

Don Julio voló frente a él y le dijo seriamente. "Entonces usted tiene que ser un mayor y más agresivo hijo de puta que él."

"Es más fácil decirlo que hacerlo". Suspiró. "Hablando de grande, Julio mírate en el espejo".

Don Julio voló hacia el espejo. La mosca tenía una expresión horrorizada en su rostro. Ahora medía como cinco centímetros de largo, y era más visible de costumbre. "¡Ay Dios mío! No es de extrañar que su padre pudiera verme. Esto no es bueno". Aterrizó en la mesa, se puso de pie y miró a Garland.

"¿Por qué?"

"Porque esto quiere decir que ella se está acercando".

"¿Quién es ella?"

"Doña Isabela. Ella viene a matarme".

Garland se sintió triste por la mosca. Sabía que don Julio estaba realmente asustado. "Julio, no entiendo nada de esto. Todavía no sé por qué estás aquí, y por qué me elegiste a mí entre todos los posibles abogados en la ciudad de Nueva York. Todavía estoy tratando de procesar todo, de dónde vienes y qué eres. Hasta ahora, mi única relación con las moscas ha sido a través de un matamoscas". Se inclinó. "Pero te prometo esto. No dejaré que te pase nada ".

Julio aterrizó. "Gracias Garlando. Ahora vamos a trabajar ".

****

Se decidió que todas las partes se reunirían en un entorno neutral cerca del juzgado del condado de Essex. Para Garland y Lilliana, esto sería solo una caminata de varias calles desde la Clínica del Pueblo. Garland ofreció llevarle su maletín que tenía un extenso archivo sobre Fergal González. Esto incluía aproximadamente siete centímetros de documentación relacionada con su historial psiquiátrico. Ambas partes redactaron informes que le explicaban al mediador, el juez Frances, las bases valorativas de sus posiciones. Sin embargo, como en la mayoría de los litigios civiles, la conclusión era quién era el responsable y quién escribiría el cheque por el delito. Premier First Insurance Company había hecho lo que consideraban una oferta generosa al Sr. González: nada.

"Hola Lilliana, parece que llevas ladrillos en este maletín. No tendré que ir al gimnasio esta noche".

Ella sonrió. "Creo que cuando todo esto termine, probablemente iré a un bar en lugar de a un gimnasio. ¿Quieres que nos tomemos una cerveza helada?"

Por un momento, Garland sintió una punzada de algo que realmente no había sentido en años. Don Julio, que viajaba bajo su cuello, comenzó a cantar y tocar en la guitarra una canción de Julio Iglesias: "A todas las chicas que he amado antes". Como de costumbre, Garland fue el único que podía escuchar a con Julio y esto realmente comenzó a molestarlo.

"¿Podrías callarte por cinco minutos?"

"¿Perdóname? ¿Me acabas de decir que me calle?

"Lo siento. No te estaba hablando a ti".

"Oh, genial. Estoy trabajando con alguien tan loco como el hombre ardilla".

"Espera". Garland se detuvo en seco. "Yo-yo-yo tengo un problema neurológico. Tengo este zumbido constante en mi oído ..."

"¿Como el tinnitus?"

Él se atragantó. "Sí, así es, tinnitus. Con frecuencia suena como un discurso amortiguado o música. Pero no estoy loco. A veces me molesto conmigo mismo y lo expreso en voz alta. Pero, por favor, Lilliana, no tiene nada que ver contigo".

Por un minuto los ojos de Garland y Lilliana se miraron. Fue un momento de tensión romántica. De repente, a Garland no le importó la forma de tocar la guitarra de don Julio porque estaba mirándole a los ojos a una mujer que le atraía muchísimo. Ella se sonrojó.

"Bueno, supongo que puedo aceptar tu disculpa. Espero no haber hecho nada que pueda irritar tus problemas neurológicos. Por cierto, ¿este problema no va a afectar tu capacidad para entrar en discusiones hoy con el juez Frances y Sandy Boxdell?

"De ningún modo."

"Qué bien, porque voy a necesitar que me respaldes".

****

El juez Frances tenía la sala de tribunales más grande y dramática del edificio judicial del condado de Essex. Las paredes estaban cubiertas con murales pintados a mano que reflejaban eventos de la historia de Estados Unidos como George Washington cruzando el Delaware, la firma de la Declaración de la Independencia y Abraham Lincoln pronunciando el discurso de Gettysburg.

La sala del tribunal tenía muchas columnas doradas y cornisas elaboradas. Había dos columnas dóricas muy grandes colocadas estratégicamente a ambos lados del estrado del juez Frances. La parte superior de las columnas tenía talladas las caras del rey Salomón y Sócrates. Los abogados o litigantes que entraban en la Sala 1A del Palacio de Justicia del condado de Essex podían pensar que habían entrado en la sala equivocada, ya que la misma se parecía más a la sala del trono de un rey que a una sala de audiencias de un juez anciano.

Lilliana y Garland entraron en la sala del tribunal. La pareja se apresuró a acudir a la mesa de abogados justo a tiempo para escuchar al secretario de la corte del juez Frances decir: "¡Levántense todos los asistentes!"

Un hombre pequeño, tan ancho como alto, entró en la habitación. Si el juez Frances hubiera usado un traje rojo en lugar de la túnica negra de un juez superior, podría haber pasado por Papá Noel. Su espeso bigote y barba muy blancos y meticulosamente arreglados escondían una cara sonrosada y sonriente.

El juez Frances era un hombre de actitud amable. Cuando pronunciaba una sentencia para un acusado por delitos graves, lo hacía de una forma suave y agradable. El acusado no se daba cuenta de que iba a pasar treinta años antes de ver la luz del día de nuevo hasta que sentía que las esposas se cerraban alrededor de su muñeca. Después de un largo tiempo, se aburrió de lidiar con tantos criminales y solicitó su traslado al juzgado de asuntos civiles.

Hoy era su primer día presidiendo un asunto civil. Por suerte, González vs el Restaurante Stardust era el primer caso en su agenda. Se puso las gafas de leer y miró el montón de papeles que tenía ante él.

"Den lectura a las declaraciones del fiscal y la defensa, por favor".

"Soy L. Sanden Boxdell representando al Sr. Theo Anakastos y al Restaurante Stardust. Su Señoría, también me gustaría que constara en acta que el Sr. Fred Angelo, supervisor de reclamaciones de seguros de First Premier Insurance, está presente hoy en el tribunal, así como el Sr. Anakastos, propietario del Restaurante Stardust ".

"Yo soy Lilliana Rivera-Ramos de la Clínica del Pueblo representando al Sr. Fergal González. Me gustaría que el registro también reflejara que el señor Fergal González está presente hoy con su animal de servicio".

"Yo soy Garland Nowell de la Clínica del Pueblo, también representando al Sr. Fergal González".

"Por favor, siéntense abogados. El juez Frances miró por encima de sus anteojos. "Sra. Ramos, ¿puedo asumir que usted y el señor Nowell representan no solo al señor González, sino también a la ardilla Pepe?"

Antes de que ella pudiera responder, González se puso de pie. La cabeza de la ardilla salió de debajo de su axila. "Señor Juez con el debido respeto le suplico que se refiera a él como el señor Pepe. Se siente muy insultado cuando no se refieren a él adecuadamente".

Garland miró al suelo y trató de no reírse. Vio que el juez Frances estaba sonriendo. Pero cuando miró a su izquierda, vio que a su antiguo jefe, Sandy Boxdell no le había hecho mucha gracia.

"Señoría, todo este asunto perjudica enormemente a las personas discapacitadas que tienen auténticos animales de servicio. First Premier se dedica a atender reclamaciones de heridos, accidentes automovilísticos y personas que perdieron sus hogares debido a los huracanes. Servimos a personas que están enfrentándose a problemas reales En mi opinión, el hecho de que todo este absurdo asunto se presente ante su Señoría es una parodia de justicia".

"Bueno, Sr. Boxdell, creo que la Sra. Ramos y el Sr. Nowell no están de acuerdo con usted. ¿No es verdad?"

Lilliana se levantó y se dirigió al juez Frances. "Sí, Señoría, estamos en total desacuerdo. El señor González tiene el derecho de admisión por su discapacidad. Tiene derecho a comer su bocadillo en paz. A pesar de lo que piensa el Sr. Boxdell, esto es motivo de grave preocupación porque lo que le sucedió al Sr. González podría sucederle a otras personas discapacitadas con animales de servicio a quienes se les pide que abandonen los restaurantes sin ninguna razón".

El Sr. González intervino. "El señor Pepe y yo estamos de acuerdo".

Garland observó mientras el juez Frances apuntaba con su dedo índice al señor González. "Escúcheme Sr. González. A usted lo están representando en este juzgado dos jóvenes y eficientes abogados, la Sra. Ramos y el Sr. Nowell. Usted debe de permanecer en silencio".

El señor González se levantó. "Le ofrezco una disculpa en nombre del Sr. Pepe y en el mío propio".

El juez Frances sonrió. "No se preocupe, señor González." Miró a los abogados que estaban de pie ante él. "Me gustaría que todos, por favor, vayan a mi sala de conferencias para que podamos comenzar esta mediación. Quizás podamos resolver nuestras diferencias para beneficio de todos. Pero primero, vamos a tomar un descanso de cinco minutos".

****

Todos los litigantes fueron escoltados por el secretario jurídico del juez Frances a una gran sala de conferencias. L. Sanden Boxdell era un sesentón muy atractivo, bronceado, y bien arreglado. Estaba seguro de sí mismo y preparado para la batalla con la Clínica del Pueblo. Había traído un ejército legal de abogados y asistentes de abogados de Boxdell y Lumpton, todos igualmente bien vestidos. Su estrategia era la de usar tácticas firmes para "sorprender y asombrar" a los servidores públicos de la Clínica del Pueblo y así ganar el caso a través de la intimidación. Boxdell, el abogado más veterano, un gerente asociado, un asociado sénior, un asociado junior, un investigador que era un agente retirado del FBI y tres asistentes legales entraron en la sala de conferencias uno a uno. Lilliana, Garland, el señor González y el señor Pepe los siguieron. Los miembros del equipo de Boxdell y Lumpton se sentaron a un lado de la sala de conferencias. Lilliana, Garland, el señor González y el señor Pepe se sentaron en el lado opuesto de la mesa.

Garland miró al hombre que silenciosamente arruinó sus oportunidades de carrera en Nueva York.

Sé muy bien lo que me hiciste. Pensó Garland. *Esto todavía no se ha terminado.*

El juez Frances se sentó a la cabecera de una mesa de conferencias rectangular a la espera de sus litigantes. Cuando todos estaban sentados, él se dirigió a los presentes.

"¡Dios mío! ¡Cuánta gente tenemos hoy aquí! "Escuchen todos. Esto es lo que vamos a hacer. Discutan el asunto entre ustedes y si me necesitan, pueden venir a buscarme. Estaré en mi oficina justo al final del pasillo, pero traten de no necesitarme, por favor. Creo que tenemos presentes a unos abogados excelentes y este asunto puede ser resuelto aquí mismo." Con ese comentario, el juez salió de la sala sonriendo amablemente.

Garland observó la cara de Lilliana mientras susurraba: "No puedo creer que el juez Frances se haya largado. ¿Qué tipo de mediador abandona la mesa de negociaciones antes de una resolución?"

Garland sabía que con la salida del juez Frances, Boxdell no perdería el tiempo.

"Garland, ¿podemos hablar afuera por un minuto?"

"Por supuesto señor Boxdell." Se volvió hacia Lilliana. "Salgamos al pasillo."

"No, Garland. Solo tú. Nosotros dos podemos lidiar con esto."

Garland sonrió. "Lo siento Sandy, pero las cosas ya no funcionan de esta manera. La Sra. Ramos es la abogada principal en este caso. Yo soy simplemente su asistente."

"Por supuesto que lo eres", murmuró. "Muy bien. Los dos se pueden reunir conmigo en el pasillo, ¿verdad? Clayton, por favor únete a nosotros. Esta será una discusión interesante."

Lilliana, Garland, Boxdell y su socio adjunto, Clayton Briggs, salieron al pasillo. Garland sintió que su presión sanguínea aumentaba. Sandy Boxdell era como un tigre hambriento que salivaba por algo o alguien que se iba a comer. Garland sabía que él formaba parte del menú de Boxdell.

Boxdell marcó el tono. "Bueno, vayamos al fondo del asunto. Este es un caso como para Mickey Mouse. Premier First no pagará ni un centavo," dijo cruzando los brazos.

Lilliana habló primero. "Esperaba que dijera eso. ¿Qué podemos hacer nosotros? Si esa es su posición, esa es su posición."

"Sra. Ramos, me queda claro que no ha pasado usted mucho tiempo leyendo sobre las leyes que fundamentan este caso. Esa ardilla sucia es un animal salvaje. No es un animal de servicio según la ley porque no proporciona ningún servicio para la discapacidad del dueño." Su voz se elevó. "Y no me importa si él le puede enseñar a este animalucho a tocar el piano."

Garland se rió entre dientes.

"¿Te parece que hacer perder el tiempo a mi cliente es algo divertido Nowell? No es de extrañar que mi empresa se haya librado de ti."

"No, no Sandy, eso no es lo que me parece gracioso."

"¿Entonces, qué?"

"Sandy, sigues hablando de que esto es una pérdida de tiempo porque la ardilla no es un animal de servicio. Nuestra posición es que él proporciona un servicio. Es un animal de compañía."

"¿Me estás tomando el pelo?"

"Los animales de compañía brindan consuelo y compañía a las personas para las que trabajan y les ayudan a participar en las actividades de la vida diaria. El señor Pepe, te guste o no, es el animal de compañía del señor González." En este punto, Garland sustrajo de su maletín un fajo de documentos y un pequeño joyero.

"Sandy, te voy a dar estos documentos con el permiso del señor González para que los examines. Estos son todos sus informes psiquiátricos de los últimos veinticinco años. Parece que nuestro Sr. González sirvió con orgullo a nuestro país durante la Guerra de Vietnam como líder de un pelotón, y regresó con un caso grave de trastorno de estrés postraumático. El trastorno de estrés postraumático era conocido como "neurosis de guerra" en la Primera Guerra Mundial ..."

"No necesito que me des una maldita lección de psicología, Nowell."

Garland ignoró la interrupción y siguió hablando. "El trastorno de estrés postraumático se definió completamente en el manual psiquiátrico llamado DSM-III en 1980. Su tratamiento, que era bastante extenso, incluía fármacos antipsicóticos de primera generación y terapia de electroshock." Garland sacudió su cabeza. "Pobre hombre. Todavía tiene metralla en su cuerpo como consecuencia de los disparo enemigos que recibió en la espalda en 1968". Abrió el pequeño joyero y le mostró la medalla del corazón púrpura de González. "Estuvo en un hospital durante ocho meses con todo su cuerpo enyesado."

Garland continuó. "¡Pobre compañero! Como si haber sido fumigado por el agente naranja en 1967 no hubiera sido suficiente ¿verdad? Ahora, presta atención, Sandy, esto fue a principios de la década de 1970, cuando no sabíamos tanto sobre las drogas psicotrópicas y el trastorno de estrés postraumático como lo hacemos ahora. Sin embargo, al leer las notas recientes de su terapeuta, el psicólogo se dio cuenta de que, desde que ha tenido la compañía del señor Pepe, mi cliente es un hombre cambiado. El asiste a talleres durante el día, va a la iglesia, y no está deprimido ni psicótico. Incluso está pensando en conseguir un trabajito. Estas son todas las mejoras que ha tenido en su vida desde que adquirió la ardilla."

"Sí, sí, entonces la rata lo hace feliz. ¿Cuál es tu punto?"

"Sinceramente, creo que tenemos un buen caso, ya que el dueño del restaurante no tenía derecho a expulsar al Sr. González de un lugar público simplemente porque no le gustaba su animal de compañía. Y Sandy, si tu moción para desestimar el caso no tiene éxito, que no creo que lo tenga, los miembros del jurado, una vez que vean su medalla de corazón púrpura y su historial psiquiátrico, le otorgarán quinientos mil dólares con la mejor de sus sonrisas. ¡Piénsalo! La publicidad negativa contra Premier First será increíble. Ya puedo ver los titulares de los periódicos: ¡Un veterano de la Guerra de Vietnam, sin familia y sufriendo de DSPT, fue expulsado de un restaurante porque su único amigo, su animal de servicio, era una ardilla!"

La cara del abogado se puso roja. Parecía un tomate que estaba a punto de explotar. Aunque despreciaba enormemente al hombre que había intentado arruinar su carrera, Garland se aseguró de que su rostro no tuviera expresión. Había acorralado a Sandy en una esquina de la que el viejo abogado no podía salir, y lo estaba disfrutando inmensamente.

"¿Qué deseas? Y no te apresures. Sé realista. Incluso para alguien como tú debe ser obvio que este caso no vale medio millón de dólares."

Garland se frotó la barbilla pensativamente. "Estoy seguro de que podríamos convencer al Sr. González para que fuera más razonable." Pero no me lo puedo imaginar siendo razonable por menos de diez mil dólares. Ah, pero he sido muy grosero. Sra. Ramos, he estado hablando todo el tiempo. ¿Me he olvidado algo?"

Lilliana le sonrió al viejo Boxdell. "No, Garland. Creo que has cubierto todos los puntos. ¿Quieres hablar con tu cliente? Veo que el señor Angelo de Premier First está aquí."

Boxdell negó con la cabeza. "Esto es ridículo". Comenzó a alejarse. "Si, y digo si, mi cliente acepta pagar algo hoy, necesitaremos un acuerdo de confidencialidad. No quiero ninguna cobertura de prensa sobre esto ."

"Realmente no creo que ésa sea su decisión, señor Boxdell," dijo Lilliana.

"Y usted no tiene ni idea de con quién está hablando, Sra. Ramos. Involucrar a la prensa en este caso y avergonzar a mi cliente no sería útil para su carrera como joven abogada." Una vez más, la cara de Boxdell se puso roja, y esta vez apretó sus puños. Estaba absolutamente enfurecido. "Voy a hablar con mi cliente". dijo Boxdell mientras regresaba a la sala de conferencias.

Lilliana miró a Garland. "No quiero alimentar tu ego, pero tengo que decirte que creo que estuviste genial."

"Gracias. No sé lo bien qué estuve, pero lo que sí sé es que odio a ese tipo. Fue un placer para mí revolverle el hígado. Pero mi pregunta para ti es: ¿realmente crees que el señor González llegará a un acuerdo en este caso por diez mil dólares?"

"Vamos a entrar y lo sabremos."

****

El Sr. González estaba sentado en la sala de conferencias con el equipo legal de Boxdell. Cuando Garland y Lilliana entraron en la habitación, el señor Pepe estaba sentado encima de un gran diccionario de leyes mientras Fergal le daba pistachos, uno a uno, lo que mantenía realmente entretenida a la gente que estaba en la habitación. Boxdell abrió la puerta y le hizo un gesto al señor Angelo para que saliera.

Lilliana se dirigió a González. "Señor. González, ¿le importaría salir a hablar con nosotros por un minuto? A Garland y a mí nos gustaría hablar con usted."

"Sí, por supuesto. El señor Pepe ya casi ha terminado de almorzar". Todos en la sala se rieron entre dientes.

El señor González y el señor Pepe fueron escoltados a una pequeña habitación adyacente a la sala de conferencias más grande. La sala era mucho menos elaborada que la sala de conferencias del juez Frances y mucho, mucho más pequeña. El señor Pepe se escondió dentro de la chaqueta de González, y los tres se sentaron. Era un espacio estrecho, y todos estaban sentados codo con codo.

"Fergal, me complace decirle que tenemos un acuerdo para usted."

"¿Oyó eso señor Pepe? Podemos regresar a la República Dominicana, después de que ayudemos a los niños."

Lilliana miró a Garland. "Fergal, ¿qué niños?"

Su rostro se oscureció y sus ojos se enturbiaron. Parecía que estaba a punto de empezar a llorar. "Los que murieron hace años."

"Ya veo. Tal vez podamos hablar de eso en otro momento. Enfóquese en escucharme por un minuto. La compañía de seguros, en nombre del restaurante Stardust, puso una oferta de diez mil dólares sobre la mesa."

"Señor Pepe, ¿escuchó la oferta de diez mil dólares? ¿Qué dice?" Preguntó. La ardilla asomó la cabeza y chilló.

"El señor Pepe dice que no".

Los dos abogados se miraron con incredulidad. Lilliana habló primero.

"Fergal, este caso no está abierto ni cerrado. Existe una gran pregunta legal sobre si el señor Pepe es un animal de servicio o no. El no realiza un servicio, como un perro guía que dirige a los ciegos a través de calles concurridas."

"Eso no es verdad. Consulté con él en muchos temas sobre finanzas y personas. Me da muy buenos consejos. ¿No se considera que dar consejos es un servicio? El gobierno ha estado pagando a los psiquiatras durante años para que puedan aconsejarme. El señor Pepe me asesora gratuitamente. El está ahorrando el dinero de los contribuyentes."

"Sí, Fergal, pero el problema es que recibir asesoramiento de ardillas en cualquier nivel no se considera un servicio bajo la Ley de

Estadounidenses con Discapacidades. Y Garland y yo no podemos probar que es un animal de servicio según las leyes estatales o federales. Es solo una locura."

"¿Cree que estoy loco? Por eso quiere que no acepte nada y me vaya. ¿Cree que porque hablo con una ardilla debo de ser recluido en una institución mental? El hecho de que yo hable con él y usted no pueda escucharlo, no significa que esté loco. El puede hablar. ¡Lo juro. Y me está aconsejando que no acepte su insultante oferta de diez mil dólares."

Lilliana suspiró y miró a Garland. "¡Dios mío! ¿Qué hacemos ahora?"

Garland miró a y Lilliana y luego al señor González. "¿Sabe qué señor González? Tiene usted toda la razón. Yo le creo. Creo que puede hablar y entender a una ardilla porque yo hablo y recibo consejos de una mosca llamada don Julio. ¿No es así don Julio? Don Julio dijo "sí". Garland levantó la vista hacia el espacio como si estuviera hablando con un espíritu invisible.

Julio, que en ese momento se estaba echando una siesta bajo su cuello, se despertó y susurró: "¿Qué, qué? ¿Con quién está hablando?"

"Sí, tienes razón Julio. Está bien. Puedo hablar contigo de la misma forma en la que el señor González habla con el señor Pepe. El señor González y yo somos muy afortunados de tener la capacidad de hablar con los animales. Pero es una carga terrible que llevamos en la espalda porque nadie nos entiende. Nadie entiende que yo pueda hablar con una mosca y que mi cliente, Fergal, pueda hablar con una ardilla. Nadie entiende la magia."

"¡Ay Dios mío!" Susurró don Julio. "Esto no es magia. Por favor, mire a ese hombre. "Su cliente está más loco que un pájaro carpintero borracho en un tejado de metal."

Garland vio que Lilliana estaba completamente aturdida mirándolo con una expresión como de "¿qué estás haciendo?"

Él la ignoró y siguió hablando. "Nadie sabe apreciar el increíble don que usted y yo tenemos, Fergal. Pero don Julio me está diciendo que es mejor tomar los diez mil dólares y disfrutar de la vida. Oh, claro, podemos ir a juicio, pero la compañía de seguros manipulará con su historial psiquiátrico y hará que nuestro estimado señor Pepe se vaya al infierno. No estaría bien. Yo lo sé porque no haría nada para lastimar a don Julio, mi mascota mosca."

"¡No soy su mascota!" susurró.

González sonrió y se volvió hacia Lilliana. "La verdad es que este joven tiene mucho sentido común. Sería difícil someter a juicio al señor Pepe. Creo que puedo hablar con él y convencerlo. Todavía pienso que es muy poco dinero por la humillación que recibimos, pero para proteger al señor Pepe, aceptaré esta oferta que no tiene nada de generosa. Su rostro se oscureció nuevamente. "Tal vez pueda usar el dinero para ayudar a los niños. De todos modos, aceptamos la oferta ."

Garland salió de la habitación. Cuando llegó al pasillo se dirigió directamente hacia su ex jefe.

"¿Qué dijo tu cliente, Sandy?"

"Tú primero."

"El señor González está interesado en resolver el problema y llegar a un acuerdo por diez mil dólares."

Garland observó a Boxdell mientras semi cerraba los ojos. Sabía que Boxdell no podría terminar la conversación sin insultarlo.

"Bien, Angelo, el director de reclamaciones, está aquí con la chequera de Premier First. Por alguna razón que no puedo entender o apoyar, están dispuestos a pagarle al loco de tu cliente los diez mil dólares. Ellos quieren que esto se termine rápidamente. Traté de convencerles de que podríamos ganar el caso si lo lleváramos a juicio, pero no están interesados."

"A menudo tenemos que hacer lo mejor para el cliente, Sandy."

"Ellos le quieren darle el dinero hoy mismo a tu cliente. Espero que no haya nada de publicidad sobre este asunto por parte de la Clínica del Pueblo."

"La confidencialidad costaría mucho más de diez mil dólares. Además, yo no tomo esas decisiones. Necesitarías hablar con Ina Furnstein, la directora de la clínica."

"La vieja Ina todavía está por aquí, ¿eh? Ya me he enterado que la clínica se está quedando sin dinero y está a punto de cerrar sus puertas al público."

"No creo que sea así. Las luces todavía están encendidas y los clientes aún entran por la puerta todos los días. Por cierto, Sandy, también está el tema de los honorarios que tendréis que pagar a los abogados por tener que presentar esta acción contra Premium First."

Boxdell parecía estar extremadamente nervioso. A Garland realmente no le importaba. Estaba disfrutando el momento. ¿Qué iba a hacer Boxdell? ¿Ponerlo en la lista negra de nuevo? A su antiguo jefe no le gustaba perder un caso. Boxdell también había hecho el ridículo al traer a un ejército de abogados para mediar en un caso contra un paciente mental inofensivo. Boxdell había traído un cañón para matar a un ratón, o en este caso una ardilla. Había desperdiciado el dinero de Premier First en una estrategia de litigios perdidos: veinte mil dólares facturados a un caso que nunca vería un tribunal. Al menos, la compañía de seguros demandada tenía el sentido común de saber cuándo tenían que abandonar un litigio, incluso cuando L. Sanden Boxdell no lo hacía. Había pasado décadas presionando a la gente para que litigara casos desesperados solo para poner más dinero en su bolsillo. La arrogancia de Boxdell acababa de recibir una paliza mortal frente a su cliente.

"Entonces, esto es en lo que se ha convertido en tu carrera, Nowell. ¿Qué pasa? ¿No pudiste conseguir un trabajo en Cadwallader? Patton Boggs? Criley Renshaw? ¿No te quería contratar ninguna de las grandes firmas? Hay que ver cómo han caído los poderosos." Una sonrisa diabólica apareció en su rostro. Este hombre era extremadamente arrogante incluso después de haber sufrido una derrota aplastante.

"Gracias a la lista negra en la que me pusiste, nadie contestó a mis solicitudes de empleo o mostró interés alguno en mi currículo. Ni siquiera tenía posibilidad en ninguna de esas firmas importantes de que me dejaran entrar para regar sus plantas."

"Yo no tuve nada que ver con eso. Todo lo que sé es que simplemente no desempeñaste bien tu trabajo en Boxdell y Lumpton. Me sorprende que te hayas rebajado a trabajar en una empresa de servicios públicos que encima está en quiebra."

Garland no respondió a los insultos. Mantuvo la conversación en un tono profesional. "Lilliana se encargará del cheque y preparará el cierre del caso. Por favor, no te olvides del tema de los honorarios de los abogados. Ya que declaraste que habías leído las condiciones en el caso, sé que aceptas que tengo derecho a ellos. ¿Debo enviar mis honorarios legales a ti o a tu socio, el Sr. Briggs?"

Boxdell lo miró con los ojos llenos de odio. Luego le dio la espalda y comenzó a alejarse. "Envíaselos a Briggs."

Capítulo Diecisiete

Garland pensó que sería una buena idea llevar a Lilliana a cenar. Don Julio, que había pasado la mayor parte del día escondido bajo su cuello, sugirió que cenaran en el café O Montanha Deserta. La mosca le recordó a Garland lo espectacular que era la comida en este pequeño restaurante sin pretensiones de Newark. Julio sugirió que sería un lugar más agradable para conocer mejor a Lilliana, ya que era más íntimo que los restaurantes ruidosos y bulliciosos de Ironbound en Newark.

Aunque anhelaba ver a Lilliana, el joven abogado estaba nervioso. No sabía qué esperar. ¿Era esto una cita? ¿Era solo una cena con una colega para celebrar una victoria legal? No estaba seguro, pero don Julio estaba listo para darle al pobre Garland muchos consejos sobre cómo manejar su relación con Lilliana. La mosca también le pidió a Garland que le comprara un plato de la famosa paella de O Montanha para comer en casa.

"Mientras esté ocupado con el romance, estaré en la parte de atrás del restaurante hablando de negocios con Nuno".

"Tengo casi miedo de preguntar. ¿De qué negocios tienen que discutir las moscas?

"Nada de su incumbencia. Negocios de moscas. Cuando termine de cenar con Lilliana, venga a la parte trasera del restaurante y búsqueme".

"¡No! No voy a perseguirte alrededor de un contenedor de basura otra vez ".

"Garlando, no tengo exactamente un teléfono celular. ¿Cómo sabré cuándo está listo para salir del restaurante e ir a casa? Y estoy muy cansado de estar debajo del cuello de su camisa todo el día. Ha sido extenuante y caluroso."

"Mira, cuando termine de cenar, iré a la parte de atrás del restaurante. Encuéntrame allí. Tal vez podrías decirle a Nuno que me busque. Vosotros nacéis con dos o tres mil ojos, ¿verdad?"

"Solo tenemos dos ojos grandes compuestos por varios miles de ojos simples. Y solo podemos ver unos pocos metros, pero somos mejores para detectar el movimiento que los humanos. De todos modos, ya lo encontraré. No se olvide de mi cena."

****

Cuando Garland llegó al pequeño restaurante, Lilliana ya estaba sentada con una botella abierta de Dao Alfrocheiro. Al entrar en el restaurante, fue recibido por el mismo hombre que lo había visto recogiendo un periódico en el contenedor de basura unas semanas antes. Los dos hombres se miraron, pero no dijeron nada.

Lilliana había ido a casa para quitarse la ropa de trabajo. Ahora llevaba un sencillo vestido de punto. Sus ojos tenían una expresión suave y eran de color avellana. Su piel era clara y contrastaba con su pelo marrón intenso. Al verla fuera de la clínica, Garland notó que Lilliana tenía una belleza particular. No tenía la sofisticada apariencia de una modelo, pero resultaba una mujer muy atractiva, complementada por lo que él percibía como una personalidad noble y bondadosa.

"Llegas tarde". Ella se rió. "Pero sólo diez minutos".

El sonrió. "Lo siento. Tuve que volver a la oficina y al salir me tocó lidiar con el tráfico".

"Entonces, ¿qué piensas de tu primer día en la Clínica del Pueblo?"

"Fue muy interesante. ¡Me encantó!"

Ella se inclinó sobre la mesa. "Me impresionó mucho ver cómo manejaste al señor González. Lo convenciste para que llegara a un acuerdo. Me encantó toda la historia de tu mascota. Le seguiste la corriente con su historia y funcionó ".

Agarrándose la corbata, se rió nerviosamente. "A veces en una broma hay mucho de verdad".

Lilliana se sentó. Sus ojos se abrieron con asombro. "¿Quieres decir que realmente tienes una mosca mascota?"

"Je, je. Solo en verano". Se rió y luego cambió el tema. "Leí la declaración de mediación del caso que presentaste al juez Frances. Eres una excelente escritora legal. Ina dice que te graduaste como uno de los mejores alumnos de tu generación, que formaste parte del Grupo de Revisión de Leyes de la Universidad de Rutgers y que trabajaste para la Corte Suprema de Nueva Jersey. No lo entiendo ¿Por qué trabajas en una clínica legal por un sueldo mísero?"

Ella puso los ojos en blanco. "¿Por qué lo estás haciendo tú? Creo en ayudar a los menos afortunados. Tuve una niñez muy humilde. Mi madre trabajaba como limpiadora en una cadena de hoteles. Mi padre se fue cuando yo nací. Ella me apoyó mucho a través de algunos momentos muy difíciles. De hecho, ella apoyó a muchas otras personas con lo que podía. Nadie le dio un descanso, una oportunidad de mejorar su vida. Estaba enferma, pero me cuidó cuando tuve cáncer, leucemia infantil".

"Lo siento, no sabía ..."

"Está bien. No te preocupes. La mayoría de los niños no sobreviven, pero yo todavía estoy aquí y en remisión veinte años después. Me imagino que Dios está tratando de decirme algo. Mamá está mirándome desde el cielo y quiere que ayude a los demás. Le hice una promesa a Dios y a mi madre de que siempre ayudaría a los más necesitados. No solo las grandes corporaciones necesitan a los buenos abogados. Las personas pobres los necesitan aún más".

De repente, algo le vino a la mente. "¿Dónde creciste?"

"En Passaic, Nueva Jersey. ¿Por qué?"

Se preguntó si conocería a Julio López, el sobrino de Teo que fue asesinado. Hizo algunos cálculos en su cabeza y descubrió que Lilliana sería una niña en ese momento.

"Un sobrino de un amigo mío fue asesinado en 1988. Era abogado en Paterson. Su nombre era Julio López ".

"Julio López", susurró ella suavemente. "Lo recuerdo. Estuve en su oficina cuando era niña, acababa de salir del Hospital St. Joseph en Paterson. Recuerdo que mi madre me dijo que iba a presentar una demanda en nombre de las familias de los niños que asistían a mi escuela. Varios de mis amigos y yo sufrimos de leucemia. Mi mamá tenía esta teoría de que la fuente del problema provenía del agua potable de la escuela".

"¿Que pasó?"

El caso nunca fue a ninguna parte. Nuestro abogado se suicidó con una sobredosis de drogas. Mamá no pudo conseguir que nadie más se hiciera cargo del caso. ¿Sabes algo sobre este asunto?"

"No, pero sé que mi amigo cree que su sobrino fue asesinado porque comenzó a investigar qué pasaba con el agua potable de la escuela".

"Dios mío". Lilliana miró alrededor de la habitación como si quisiera evitar que alguien escuchara sus palabras. "Quiero hacer algo al respecto. He oído que los niños todavía se enferman".

"¿De leucemia?"

"No, gracias a Dios no, pero tienen muchos problemas gástricos, alergias y erupciones cutáneas".

"Está bien. Me uno a la causa. ¿Qué hacemos?"

"Primero, necesitamos hablar con Ina para ver si nos permite presentar este caso. Y necesitaremos dinero y también un investigador privado".

"Y en este momento, creo que necesitamos pedir algo de comida".

La cena transcurrió entre risas y sonrisas de la feliz pareja. Las dos horas que estuvieron en el restaurante pasaron como si hubieran sido solo dos minutos. Intercambiaron anécdotas de sus vidas. Garland le contó sobre la ruptura de su compromiso con Sissy Blackwood y Lilliana le contó sobre su divorcio del artista George Danis, quien sufría de desempleo crónico.

"Sí, él estaba convencido de que llegaría a ser el próximo Pablo Picasso".

"¿Era bueno?"

Los ojos de Lilliana miraron hacia los lados y luego a Garland. "Bueno, pues si piensas que el arte plasmado en una obra realizada por las manos de un alumno de segundo grado puede ser genial, entonces sí, él sí era el mejor. Sin embargo, no podía ganar ni un dólar vendiendo sus pinturas. Lo sé de primera mano porque yo pagué por innumerables recepciones con vino y entremeses carísimos. Las personas venían a la recepción, para ponerse moradas de comer y beber gratis y luego se iban sin comprar nada".

Garland se rió. "Yo no soy un artista, así que probablemente no debería reírme. Mi ex prometida trabaja en Le Galerie en Nueva York. Pasé por allí una vez y vi algunas denominadas "piezas de arte" rarísimas. Es difícil creer lo que algunos consideran arte en estos días".

Ella ladeó la cabeza. "Tengo una pregunta. ¿De dónde sacaste un nombre como Garland?"

"Era el apellido de soltera de mi madre. Creo que es inglés antiguo y tiene algo que ver con una persona que era dueña de un pedazo de tierra en forma de triángulo, así que realmente era llamada Gara-Land".

"¿Y Nowell?"

"Papá nació en Estados Unidos, pero creo que era de ascendencia francesa y "Noel" significa Navidad. Ponlo todo junto y tendrás un hombre franco-inglés que posee un pedazo de tierra en forma de triángulo. ¿Y tu nombre?"

"Lilliana Rivera-Ramos. Lilliana era el nombre de mi abuela española, Rivera era el apellido de soltera de mi madre y Ramos era el de mi padre puertorriqueño que nos abandonó".

"Sí, a mí también".

"A ti también, ¿qué?"

"A mí también me abandonó mi madre. Nos dejó a mi padre y a mí para casarse con un hombre rico. Ella me veía de vez en cuando hasta que cumplí los ocho años y luego desapareció. Fui criado solo por mi padre. Así son las familias ¿verdad? No puedes vivir con ellas, pero tampoco puedes eliminarlas".

Era casi como si la conversación se estuviera volviendo demasiado intensa para ella porque sabía exactamente que Garland estaba hablando del abandono y cómo se estaba sintiendo. Lilliana miró su reloj. "Ya es tarde. Tengo una comparecencia en la corte de inquilinos y propietarios mañana a las nueve de la mañana. Será mejor que pidamos la cuenta". Ella le hizo un gesto al camarero para que trajera la factura. El camarero dejó la cuenta en la mesa y comenzó a alejarse.

Garland, siempre muy caballeroso, tomó la cuenta. "Yo pago esto", dijo llamando al camarero "!Oye amigo! Necesito una paella para llevar".

"No pagues la cuenta. Estás trabajando gratis en la Clínica del Pueblo".

"Hay que empezar en alguna parte". Rebuscó entre una serie de tarjetas de crédito. "Esta debería funcionar". Garland miró con nostalgia una tarjeta de American Express Premium, la arrojó sobre la cuenta y se la entregó al camarero.

"¡Guau!" Dijo Lilliana impresionada. "Debes de haber tenido un salario impresionante en cierto momento".

"Sí, pero esos días ya se han ido, y voy a deshacerme de esta tarjeta debido al altísimo interés anual. Cuesta demasiado y sirve para muy poco".

"Lo siento. Ese fue un comentario un poco pesado de mi parte".

"No, es la verdad." Extendió la mano de ella y la apretó. "Y fue un placer cenar contigo. ¿Dónde dejaste el coche?"

"En la parte de atrás del restaurante".

"Yo también. Te acompañaré a tu auto, pero tengo que esperar a la comida para llevar".

"Por supuesto. ¿Paella? ¿Llevas eso para el almuerzo de mañana?"

"No, no". El vaciló. "Se la llevo a mi papá. Le gusta mucho la comida española".

La pareja salió del restaurante y caminó hacia el pequeño estacionamiento que estaba directamente detrás de la puerta trasera del café. Garland acompañó a Lilliana a su auto. Hablaron por un momento. Cuando Garland vio que ella había conducido a una cierta distancia, se dirigió a la parte de atrás de la cafetería O Montanha en busca de don Julio.

"Julio, Julio, ¿dónde estás? Está oscuro aquí atrás. No te puedo ver", dijo Garland. "Vamos hombre, me quiero ir de aquí. Tu cena se va a enfriar".

"No quiero salir".

"Julio, no tengo tiempo para esto. ¿Qué estás haciendo?"

"Por favor, váyase solo a casa".

"Julio, ¿qué te está pasando? Ven y déjame verte".

Debido a la oscuridad, Garland no podía verlo al principio. Luego escuchó el sonido de un zumbido. Esto significaba que Julio estaba cerca. Se había acostumbrado a escuchar este sonido desde que se había encontrado con la mosca, pero ahora el zumbido parecía mucho más fuerte. Garland tuvo el presentimiento de que algo no estaba bien, algo estaba mal, algo estaba muy mal.

Cuando se alejó de la entrada trasera del café, una brillante luna llena iluminó las calles de Newark. Fue justo en ese momento cuando don Julio emergió de la oscuridad. Garland se quedó sin aliento.

"Oh no. Has crecido muchísimo. Puedo ver tus pantalones, tus gafas, tus botas y todo lo demás. Oh, mierda, tengo que esconderte". Cogió a la mosca en el aire y la metió en la bolsa de papel con la paella. Luego corrió a su coche y puso en marcha el motor. Quería llegar a casa y esconder a Julio lo más rápido posible.

"Julio, ¿Cuánto vas a crecer?"

El sonido de la respuesta de la mosca fue amortiguado en parte porque estaba atrapado dentro de una bolsa de papel, y en parte porque tenía la boca llena de paella. "No lo sé. ¿Qué tamaño tengo ahora?"

"Una muñeca Barbie mide unos veintiocho centímetros. Ahora tú mides aproximadamente la mitad de ese tamaño".

"¿El tamaño de un churro? ¿Catorce centímetros?"

"Ligeramente menos. Alrededor de doce centímetros y medio. Más o menos como un churro pequeño. Julio, será más difícil esconderte. Ya no puedes esconderte debajo del cuello de mi camisa".

"¿Qué voy a hacer?"

"Mira, es tarde y estoy agotado. Creo que tenemos que llamar a Teo".

"Estoy de acuerdo. Llámalo esta noche".

"No. Lo llamaré mañana. Ni siquiera puedo pensar con claridad en este momento. Come un poco más de paella, te sentirás mejor".

"Llama a Teo esta noche. ¿Qué pasa si me despierto y soy del tamaño de un perro? ¿Qué hacemos entonces?"

Capítulo Dieciocho

Era una noche típica como cualquier otra.

Tredd Van Marcherz tenía trabajo de limpieza en las escuelas P.S. 578 y 728. Cada noche salía de su casa en Haledon. Llegaba a Passaic a las 11:30 p.m., limpiaba las dos escuelas, regresaba a casa y dormía durante el día. Era una rutina a la que estaba acostumbrado, y rara vez se desviaba de este patrón.

Aunque no tenía educación formal, Tredd no era un hombre estúpido. Había leído mucho y podría haber asistido a la universidad con un poco de esfuerzo. Podría haber sido algo más que un conserje, pero eso implicaba que Tredd tendría que relacionarse con otra gente y esto nunca iba a suceder. Despreciaba a la sociedad y disfrutaba de su vida solitaria rodeada de libros esotéricos. Los libros te hablan sin conversar. Relacionarse con otras personas requería de mucho esfuerzo y él no las entendía. El solo hecho de pensar en dialogar, intercambiar palabras, emociones y pensamientos con otras personas lo irritaba profundamente.

La sencilla vida de un hombre de mantenimiento y limpieza trabajando en el turno de noche era perfecta para él. Hacía muy bien su trabajo. Cuando no había nada que limpiar, leía sus preciados libros sobre el ocultismo. El conocimiento que obtenía de sus libros le daba una libertad y un poder que nunca antes había sentido antes. Con el tiempo, Tredd se aseguraría de que su padre al que tanto odiaba supiera de su poder, un poder real más allá de su comprensión.

Siempre comenzaba el trabajo de la noche en la escuela P.S. 578, limpiando la oficina del director. Cuando iba a barrerla y a limpiarla, siempre miraba los diversos premios y reconocimientos de su padre, como "Maestro del año", o la placa que recibió de la Asociación de Padres y Maestros en reconocimiento a la P.S. Beca académica de 578 bajo la dirección de Van Marcherz. Le provocaban repulsión. Tredd sabía muy bien que su padre no era un héroe. También sabía que a su padre le gustaba el poder que ejercía como director de escuela, porque podía controlar vidas. ¿Pero y el bienestar de los niños? El no podría estar menos preocupado por los alumnos, y esto se reflejaba en la forma en que Tredd fue tratado al crecer. Era un sociópata como consecuencia de la degradación verbal y de los miles de golpes y cintarazos que había recibido de su padre. Nettie Van Marcherz, su madre, siempre se quedaba allí y observaba sin mover un dedo. Ella era débil y nunca lo protegió.

A los Van Marcherzs nunca les importó su hijo. Después de todo, ¿qué madre no protege a su hijo? ¿Qué clase de padre recluta a su hijo para cometer un asesinato? Pero ya no le importaba nada de lo pasado. No necesitaba ni a su padre ni a su madre. Tredd tenía a alguien a quien realmente amaba y que lo amaba: doña Isabela.

A veces, Tredd llevaba a doña Isabela a trabajar con él y otras veces la dejaba en casa en su terrario. Ella era la única con quien podía hablar, la única con quien compartía sus ideas y sus pensamientos más íntimos. Esta noche se trajo a la enorme araña amazónica para hacerle compañía. Los dos tenían planes para formar su futuro.

"Teo se está debilitando. Lo presiento Tredd. Está viejo y cansado".

"Bueno. ¿Y qué va a pasar después?"

"El santero debe morir junto con la mosca. Te ha estado buscando durante treinta años. Busca vengar la muerte de su sobrino".

"No me preocupo por eso. Todo ese crimen fue encubierto minuciosamente. Treinta años después, será difícil conseguir ninguna información".

La araña estiró sus largas y delgadas patas. "Sí, pero algunos de los que fueron cómplices siguen vivos, como el doctor y el secretario del fiscal. Necesitamos prestarles atención y a la sobreviviente de cáncer también".

"Le hicimos una visita la otra noche, ¿recuerdas?"

"Sí, y no hicimos nada. Si se activa algún recuerdo de cuando era niña, ella puede hacer algo al respecto. Recuerda que está trabajando con un nuevo amigo de Julio, un abogado".

"¿Qué quieres que haga?"

"Para poder completar el ciclo vamos a requerir un sacrificio de sangre. Solo entonces podré salir de este exoesqueleto", susurró suavemente, "y vestirme con algo más cómodo. Algo más humano".

Tredd metió la mano en la jaula de doña Isabela y la acarició. Sintió su pelo suave a lo largo de su gran espalda. "Sabes, mi amor, te he tenido por más de quince años. Anhelo que seas humana para que podamos compartir nuestra vida juntos. "Todavía no puedo creer que te haya encontrado".

"Sí, siempre me sorprendió cómo se cruzaron nuestros caminos. ¿Quién podría pensar que me ibas a comprar en una tienda de mascotas escondida en un subterráneo de Manhattan?"

El le sonrió. "Sí, te importaron ilegalmente del Amazonas con otros animales exóticos. Sabes que raramente salgo del sótano durante el día. ¡Qué hombre tan afortunado soy!"

Ella levantó una de sus patas y le acarició la mejilla. "Basta de recordar", susurró ella. "Necesitamos tomar acción y el sacrificio tiene que ocurrir pronto. Tus habilidades como hechicero son increíbles y dominas magistralmente todo el conocimiento sobre la magia negra que te he enseñado. Pero necesitamos más, para que yo pueda ser renovada".

"Magia de sangre. Sí, el espíritu que te transformará será Betel, un cabo en la jerarquía del ejército del infierno".

"Hmmm, esperaba a alguien con más categoría, tal vez un duque infernal como Dantalión o un príncipe como Vassago. Alguien con más poder".

"Dantalión manda 36 legiones en el infierno, enseña artes y ciencias y puede controlar a la raza humana. Vassago dirige 26 legiones en el infierno que pueden declarar cosas pasadas y presentes."

"Muy bien. Tomado directamente de las enseñanzas inferidas por Salomón. Has estado estudiando y preparándote. Tú conoces a los demonios. ¿Qué sabes de Betel?"

"Betel es un cabo en su legión infernal y manda a muchos. El tiene la fuerza para comandar los elementos y restaurar la muerte para convertirla en vida. Pero un hechicero debe unirlo a un círculo mágico para obtener la verdad de él. Y luego darle un sacrificio de sangre".

"Bueno. Tenemos que movernos rápido. No tenemos mucho tiempo".

"No entiendo."

"El cuerpo de esta araña es mi caparazón mortal. Recuerda, lo que siempre te he dicho: la magia es una calle de dos vías. Al mismo tiempo que nosotros estamos atacando a Teo, otras fuerzas nos atacarán a nosotros. Así es como funciona el universo", suspiró. "Y estoy envejeciendo. Mi juventud solo se puede renovar una vez que se complete el ritual de sangre".

El conserje y su araña se detuvieron frente a la escuela P.S.578 primero. Tredd se recostó en el asiento del conductor. Miró a su alrededor para ver si alguien lo estaba mirando. "Tenemos mucho que hacer. El ritual de transformación debe realizarse dentro de los sesenta días de la víspera de una luna de sangre. ¿Por dónde empezamos primero?"

"Déjame pensar en eso." Doña Isabela abrió sus mandíbulas como para sonreír. "Pero el santero morirá el último. Su sangre será mi regalo para los seres infernales. Ahora, mi amor, continúa tu trabajo esta noche y sueña con nuestro futuro juntos".

****

Eran las 11:30 p.m.

Cuando sonó el teléfono, Teo estaba en medio de ver una película de Mae West de 1935 llamada "Goin' to Town ". Inhaló profundamente y sacudió la cabeza. Lo último que quería hacer era hablar con alguien. Había estado leyendo las cartas del Tarot durante toda la noche y terminó con su último cliente alrededor de las 10:30. Recibir la energía psíquica de sus clientes lo había agotado. Teo sintió su enfermedad física y su dolor emocional. Después de haber lidiado con esto durante cuatro horas y media, había tenido suficiente para una noche.

Teo acababa de alcanzar su parte favorita de esta película donde Mae decide ir a Argentina para perseguir a su amante británico interpretada por Paul Cavanaugh. En Buenos Aires, Mae estaba rodeada de hombres que querían salir con ella, mujeres celosas que querían arruinar su reputación, caballos de carreras súper-rápidos y vestidos de noche ajustados. ¿Quién podría pedir más? El viejo santero disfrutaba de esta película, cada vez que revivía el inmenso amor que sentía por Mae cuando él tenía apenas doce años. Cuando escuchó el sonido del teléfono, Teo presintió quién estaba llamando. Puso el DVD en pausa para contestarlo.

"Hola Garland. Solo estaba viendo a Mae West. Ya sabes, ella creía en el espiritismo. Le hice una lectura una vez en Buffalo, Nueva York, en un lugar llamado Lily Dale, en el verano del 52. Ella era tan encantadora ..."

"Teo, tenemos un problema".

"Ya me lo imaginaba. ¿Qué anda mal amigo mío?"

"Es Julio. Está creciendo mucho, se está haciendo muy grande".

"Me temía esto. No va a parar ya que Doña Isabela se acerca a nosotros. Tenemos que encontrarla y destruirla. ¿Qué vas a hacer mañana?"

"Trabajar en la Clínica del Pueblo".

"Quiero que conozcas a algunas personas. ¿Puedes ir a trabajar un poco más tarde?"

"Claro que puedo. Y tengo otras noticias para usted. He encontrado a alguien que conocía a su sobrino Julio López".

"¿Qué?"

"Sí, otra abogada con la que trabajo conoció a Julio López cuando ella era una niña. Ella es una sobreviviente de cáncer que fue a esa escuela en Passaic. Y aquí está la mejor parte. Ella quiere ayudar. Su madre había contactado a su sobrino para tratar de demandar a la escuela, pero murió antes de poder hacerlo".

"Podemos usar a todos los amigos que podamos conseguir. Debes ir a esa reunión mañana".

"Dije que estaría allí. ¿Quieres que traiga a Julio conmigo?"

"Por supuesto".

"¿Quién va a asistir a esta reunión?"

"Lo verás cuando llegues allí. A las 10:00 a.m., quiero que vayas al departamento de historia de Edward Williams College en Hackensack, Nueva Jersey ".

"Bueno. Yo sé donde está".

"Vas a preguntar por Dean Nettlebrook. Es un viejo caballero inglés agradable, y es el jefe del departamento de historia de Edward Williams".

"Bueno. ¿Y qué hago con Julio? Ya se está saliendo de su ropa. Toda le queda pequeña".

"Tengo una amiga que es costurera. Le diré que la necesito para hacer ropa de muñeca para mi nieta. Estoy seguro de que puede arreglar algo para el fin de semana. ¿De qué tamaño es él ahora?"

"¿Tamaño? No lo sé. Imagínese un churro gordo con seis piernas".

El se rió. "Garland, tienes más preguntas?"

"No, ¿por qué debería tener más preguntas?" Desde el otro lado del teléfono, Teo sintió que Garland estaba levantando las manos con disgusto. "Me rindo Teo, me rindo.

Tengo una mosca habladora que discute sobre sus pantalones gauchos, estoy tratando de resolver un asesinato de hace treinta años, y ahora me encuentro con un profesor universitario y otras personas desconocidas. ¿Por qué debería tener alguna pregunta? No importa. De todos modos, nadie responde a mis preguntas".

Teo se rió entre dientes. "Buenas noches hijo mío. Todo estará bien. Te veo mañana".

Capítulo Diecinueve

Universidad Edward Williams
Hackensack, Nueva Jersey

Era un día inusualmente cálido para principios de enero. No había ningún estudiante caminando en la Universidad Edward Williams porque todavía estaban en medio de las vacaciones de invierno. Los desérticos terrenos universitarios, el descolorido edificio, los árboles secos, la vegetación muerta y un peculiar cielo amarillo, hacía que el area pareciera un verano ... en el infierno. Garland se detuvo en el estacionamiento de Edward Williams. Julio estaba tumbado en la parte superior del tablero de mandos del coche, completamente aburrido, mordisqueando los restos de un sándwich de huevo frito. Garland lo miró.

"¿Conoces a este profesor Nettlebrook? ¿Cómo es?"

"He oído hablar de él", dijo Julio mientras se limpiaba la boca.

"Es humano, ¿verdad? Quiero decir que no es una cucaracha disfrazada de hombre?"

"No, él no es Gregor Samsa. Es un antiguo profesor universitario que conoce a Teo desde hace décadas. Buen hombre, todavía tiene un poco de acento inglés a pesar de que ha estado en los Estados Unidos durante mucho tiempo".

"¿Cuánto tiempo crees que durará esta reunión?"

"Oh, no mucho. Creo que podrá volver al trabajo al mediodía".

"¿Quién va a estar en esa reunión?

La mosca encogió cuatro de sus piernas. "No lo sé".

"Oh, genial. Vamos y terminemos con esto." Garland sacó una pequeña bolsa térmica de comida y la abrió". Siento mucho esto, Julio, pero debes esconderte en la bolsa para que pueda meterte en el

129

edificio". La mosca muy enfadada y de mala gana saltó en la bolsa y Garland la cerró.

Cuando Garland entró en el edificio, no pudo evitar mirar a un hombre gigantesco, un obrero de la construcción que estaba afuera del edificio. El hombre que estaba cargando madera detuvo lo que estaba haciendo para mirar a Garland fijamente mientras fumaba un cigarrillo que colgaba desganadamente de sus labios. Su mirada no tenía nada de amistosa.

Llevaba unos vaqueros y una camisa a cuadros azules y grises metida en unos vaqueros muy ajustados. No había ni una onza de grasa en este hombre que tendría entre treinta y cuarenta años. Medía más de 1.90 y estaba construido de músculo sólido. Su cabello era marrón claro, largo hasta los hombros y con raya al medio. El hombre siguió mirando a Garland con una mirada penetrante mientras éste caminaba hacia la entrada principal de la Universidad Edward Williams. Garland lo miró un segundo y luego desvió la mirada.

Una vez se encontró en la gran recepción de la universidad, Garland se acercó a un guardia de seguridad cuyo escritorio estaba colocado frente a dos ascensores. Al ver a Garland, le pidió que firmara en el registro.

"¿A quién desea ver?"

"Nosotros, quiero decir yo tengo una cita con el Dr. Nettlebrook, Decano del Departamento de Historia".

Sin levantar la vista, el guardia de seguridad preparó una etiqueta con el nombre y luego se la entregó. "¿Es usted un estudiante de esta universidad?"

"No".

"Abra su bolsa del almuerzo, por favor".

"¿Qué? ¿Por qué?"

"Necesito ver lo que tiene ahí. No puedo dejarle entrar al edificio si no puedo mirar en la bolsa".

"No es nada, es solo un sándwich de pavo".

"Entonces no le importará si lo miro".

A Garland se le hizo un nudo en la garganta. No había nada en la bolsa térmica excepto Julio. Esto iba a representar un problema. Necesitaba encontrar rápidamente una forma de salir de esto.

"¿Sabe qué? Solo voy a volver a poner mi almuerzo en el auto y ya vuelvo".

"Me temo que no hay tiempo para eso".

Un viejo caballero de pelo blanco vestido con un traje de tres piezas que parecía más viejo que él caminaba por el pasillo. Miró la bolsa y luego a Garland. Extendió la mano hacia Garland y le sonrió.

"Dr. Brogan Nettlebrook", dijo con un apretón de manos. Y usted debe de ser Garland. Ah, muy bien. Veo que trajo usted mi almuerzo". Agarró la bolsita y se volvió hacia el guardia de seguridad que estaba sentado. "No se preocupe, Sr. Shed. Este simpático joven tuvo la amabilidad de traerme un sándwich. Es de atún, ¿verdad?"

"Oh no, es de pavo".

"Muy bien también. Sígame, Garland. El señor López ya ha llegado".

Con pasitos muy ligeros, el Dr. Nettlebrook trotó por el pasillo. Garland lo siguió a una gran sala de conferencias. Teo estaba sentado al final de la mesa. Junto a él estaba un joven vestido completamente de negro. Su cabello combinaba con su ropa, a excepción de una gran franja de color verde lima en un lado de su cabeza parcialmente afeitada. Estaba jugando con una Nintendo DS portátil lo que lo mantenía totalmente distraído. El joven estaba totalmente ajeno a todos hasta que el Dr. Nettlebrook le llamó a la atención.

"Leopold Stremnik, por favor apague eso por cinco minutos. Me gustaría que conociera a alguien. Este es el señor Garland Nowell, un abogado".

El joven miró hacia arriba. "Sabía que iba a venir."

Garland parecía algo sorprendido. "De Verdad. ¿Cómo?"

Señaló hacia su cabeza. "Gnosis".

"Eso significa conocimiento en griego". Garland se volvió hacia Teo y señaló a Leopold. "¿Por qué está él aquí?"

"Cálmese. Todo le será explicado detalladamente en un momento", aseguró Teo.

La misma sensación de ahogo volvió al estómago de Garland. Observó cómo la puerta de la sala de conferencias se abría y varias personas entraban. Era un surtido colorido: una mujer de mediana edad vestida con un uniforme blanco de enfermera, una mujer negra pero con la piel bastante clara, el pelo muy largo arreglado en rastas jamaiquinas y aspecto de modelo, el obrero de la construcción que Garland había visto afuera del edificio, un hombre que llevaba un cuello blanco de sacerdote y un distinguido hombre de negocios asiático de unos cuarenta años y muy bien vestido. Antes de sentarse, todos se acercaron de uno a uno para saludar al Dr. Nettlebrook. Garland se sentó en silencio mientras observaba al Dr. Nettlebrook intercambiar abrazos y saludos amistosos, hasta que escuchó una voz enojada que gritaba desde el interior de la bolsa térmica que el Dr. Nettlebrook había dejado sobre la mesa de conferencias.

"¡Déjenme salir de aquí! ¡Aquí no hay aire! ¡Voy a morir!" Gritó la voz apagada de Julio desde dentro de la bolsa.

Garland agarró la bolsa como para proteger a don Julio. Teo lo miró y puso su mano sobre la de Garland. "Está bien. Puedes dejarlo salir. Nadie se sorprenderá". Garland asintió y la abrió. Julio saltó sobre la mesa.

"¡Mírenme! ¡Mírenme! ¡Esto es humillante!" Sus pantalones gauchos ahora le quedaban tan pequeños que parecían más bien unos pantalones cortos de gimnasia, sus pies se le salían de sus botas de vaquero y su chaleco de brocado parecía una de esas camisetas ombligueras que llevan las adolescentes. Su tamaño había aumentado de nuevo. Julio medía más de quince centímetros y ahora era bastante visible a simple vista.

Garland vio como todos los que estaban sentados en la mesa se echaron a reír. Teo tenía razón. Parecía que las personas sentadas alrededor de la mesa no pensaban que había algo raro en todo esto. Garland no sabía qué pensar, hasta que el Dr. Nettlebrook comenzó a hablar.

"Señor Nowell, muchas gracias por acompañarnos hoy junto con nuestro querido amigo Teófilo. Sé que esto debe ser abrumador para usted, pero déjeme tranquilizarlo diciéndole que hoy no habrá sacrificios humanos".

La cara de Garland se congeló. "¿Qué es esto? ¿Algún tipo de aquelarre?"

El Dr. Nettlebrook se rió. "Lo de los sacrificios humanos fue una broma, señor Nowell. Pero contestando a la pregunta ¿es este un grupo de brujas? La respuesta es sí y no".

Garland miró a Teo. "¿En qué me ha involucrado?"

"Señor. Nowell, por favor deme la oportunidad de explicar por qué está aquí. Hay un grave peligro entre nosotros, al que desafortunadamente ha sido usted arrastrado. Estamos aquí para ayudarlo y protegerlo para que no sufra ningún daño. Me gustaría comenzar pidiéndoles a las personas sentadas alrededor de esta mesa que nos digan quiénes son y que nos expliquen por qué están aquí. Pero antes de comenzar, tengo que establecer algunas reglas de juego. ¿Qué dicen todos? ¿Lo que pasa en Las Vegas se queda en Las Vegas? Nada de lo que se hable hoy aquí sale de esta habitación. Si están todos de acuerdo podemos comenzar".

El Dr. Nettlebrook estaba detrás del hombre vestido de negro. Se aclaró la garganta y dijo, "comenzaremos con el joven caballero, que cerrará su videojuego durante cinco minutos y les explicará quién es. Después iremos alrededor de la mesa."

El joven vestido de negro dejó su videojuego y miró a Garland. "Leopold Stremnik, jugador profesional de videojuegos, matemático friki, psíquico intuitivo y seguidor de la enseñanza de Austin Osman Spare, mago del caos".

El Dr. Nettlebrook intervino. "El señor Stremnik no mencionó que va a dejar la Universidad Edward Williams porque ha conseguido una beca de matemáticas en el Instituto de Tecnología Stevens, la que esperamos utilice para fines más significativos que mejorar la calidad de sus estúpidos videojuegos. Este compañero cree que muchas disciplinas de la magia pueden trabajar juntas. El Sr. Stremnik también es experto en sigilos, que son símbolos que pueden usarse para hacer magia. Ahora, le toca el turno a la encantadora dama a mi derecha, a quién me gusta llamar la Señora del Oeste".

Garland observó cómo la mujer con el uniforme de la enfermera miró en su dirección. Ella era rubia, pequeña y tendría unos treinta años. Tenía un rostro muy alegre, grandes ojos azules y un corte de pelo tipo paje. Era el tipo de enfermera que te haría olvidar el dolor de una inyección de tétanos con su dulce y contagios sonrisa. Al mirarla Garland percibió una brisa de calma y dulzura.

"Garland, mi nombre es Bridgette, la mayoría de la gente simplemente me llama Bea. Trabajo en el turno de la noche en el Centro Médico Hillview en Hackensack, Nueva Jersey. Soy enfermera oncológica. En mi trabajo veo mucha muerte y sufrimiento. Estás sorprendido ¿no? Siempre me pasa. Pero tengo otra habilidad, algo que he tenido desde niña. Veo y me comunico con los espíritus. He visto a muchas almas dejar el cuerpo en el momento de la muerte. Ahora trabajo con otros para ayudar a estas almas a entrar en la otra vida. Juntos ayudamos a los moribundos a salir de este mundo plácidamente. La mayoría de las personas, si han llevado una buena vida, se van pacíficamente. ¿Pero qué pasa con los que han llevado malas vidas? Bueno, esa es otra historia". Miró en dirección a Garland. "El doctor Nettlebrook me llama la Señora del Oeste en honor a Hathor, la diosa egipcia que acompaña a los muertos al inframundo. Esto es lo que hago. Ayudo a que los muertos lleguen a su lugar".

Garland ladeó la cabeza. "¿Con quién dijo que trabajaba?"

Bea sonrió. "Esa es una historia para otro día". Señaló al trabajador de la construcción a su izquierda. "Su turno".

"¿Puedo fumar aquí, Doc?" preguntó mientras sacaba un paquete de cigarrillos Camel.

"Lo siento mucho, Sr.Einarsson. La universidad es una zona libre de humo".

"Muy mal" dijo mientras guardaba el paquete de cigarrillos. "Hace un poco de calor aquí, Doc. ¿Puede ajustar el termostato?"

"Lo siento mucho de nuevo, Viktor. La calefacción y el aire acondicionados son controlados centralmente por la universidad. "La facultad y los estudiantes de Edward Williams sudan o se congelan dependiendo de la temporada".

Garland vio como el gigantón sonrió. "Si tengo que desnudarme aquí, Doc porque hace demasiado calor, será su culpa". Se quitó la camisa de cuadros y se quedó con una camiseta negra sin mangas que dejaba ver una serie de tatuajes en su brazo izquierdo. Los ojos de Garland se ensancharon cuando se fijó en uno de los tatuajes en el gran bíceps del hombre.

"Teo, me sorprende que este tipo esté sentado aquí hablando con usted. Tiene el símbolo de la nación aria. No hablan con gente de color ".

La cara de Viktor se oscureció. Golpeó la mesa de conferencias con su puño, que era del tamaño de un jamón pequeño. "Esa fue en mi vida pasada. Este tatuaje me lo hice en la cárcel. ¿Qué pasa con eso, amigo?" Se levantó bruscamente.

Garland se puso de pie. Miró a Julio, quien, al oír los gritos, volvió a meterse en la bolsa térmica y se encerró. Garland miró la bolsa de la comida temblando y sacudió la cabeza. "¡Cobarde!"

Los dos hombres estaban frente a frente a ambos lados de la mesa. Garland pensó que si Viktor lo atacaba, estaba muerto. Einarsson lo aplastaría como una lata de refresco vacía. La presión sanguínea de Garland estaba aumentando pero no le importaba.

"No me gustan los nazis, vivos o muertos. Mi abuelo luchó contra gente como usted en la Segunda Guerra Mundial ".

Viktor levantó el puño. "¿Gente como yo? ¿Gente como yo? ¡No sabes nada de gente como yo, hijo de puta!"

Los dos hombres continuaron su reto de miradas de odio hasta que el Dr. Nettlebrook interrumpió con su apacible aplomo británico. "Caballeros, caballeros, la hostilidad no es bienvenida aquí. Tenemos problemas más grandes. Enfóquense". El Dr. Nettlebrook miró a ambos hombres. "Por favor tomen asiento. Viktor, tal vez le gustaría explicar ".

Viktor Einarsson se sentó de nuevo en su silla y miró a Garland. "Se deberían de saber las consecuencias del lavado de dinero de las drogas, cuando te metes en una pandilla. Pasé diez años en una prisión federal en el estado de Nueva York. Solo tenía diecinueve años cuando entré y casi treinta cuando salí. Mientras estaba en la cárcel logré obtener una licenciatura y encontré la religión. Una religión muy antigua. Llegué a conocer a los dioses nórdicos y ellos me cambiaron la vida. Dedico mi vida a Odin ("furor ") quien es considerado como el rey de los dioses según la mitología nórdica. Es el dios de la guerra, de la muerte, de la sabiduría, de la poesía y de la magia". Hizo una pausa. "Me fui de la nación aria, y puedo asegurarles que no fue fácil. Nettlebrook conoce toda mi historia". Señaló a la mujer negra. "El siguiente por favor"

Se levantó como una leona y comenzó a caminar por la habitación. "Necesito caminar un poco, estirar las piernas. Sr. Nowell, mi nombre es Izilda Montague. Soy editora de DeLyse, una revista de moda en Nueva York. Pero lo que es importante para usted es que mi madre era una mujer de la religión Obeah en Kingston, Jamaica. Mamá Mavis podría curarte o maldecirte al mismo tiempo. Nuestras creencias son similares a las de su amigo, Santero Teófilo. Como los demás, estoy aquí para ayudar. Ella se volvió hacia el sacerdote. "¿Padre Hearn?"

El cura miró con simpatía a Garland. "Hijo, debes estar tan confundido".

"Eso es un eufemismo. Estoy escuchando la historia personal de todos, pero aún no entiendo qué tiene que ver todo esto conmigo y con la mosca. Soy católico, así que al menos estoy familiarizado con una de estas religiones".

"Soy el padre Hearn de la parroquia St. Morand en Hackensack. No adoro a los dioses paganos, ya que eso está en contra de lo que hago y de lo que creo. Pero con el tiempo he aprendido que el mal debe ser enfrentado. Si bien todos aquí creen en algo diferente, lo único que nos une es nuestra creencia en el poder del bien ".

Garland miró alrededor de la habitación. "Si esto es algún tipo de liga de justicia metafísica o club de Harry Potter, todo va bien, pero eso es todo. No me interesa nada más. Tengo suficientes problemas. Todo lo que sé es que me he encontrado con una mosca que habla y que quiere que resuelva un asesinato de hace treinta años". Se puso de pie y comenzó a caminar. "Y que además desde que lo conozco, todos los días me trae algún regalito nuevo. ¿Cuál es el regalo de hoy? Encontrarme sentado en una habitación con un montón de gente que me cuenta cuentos de hadas y una mosca de quince centímetros que está creciendo tanto que se sale de su ropa".

El hombre asiático comenzó a hablar. Era un caballero alto y delgado con una cara ancha, ojos grandes y pelo corto y liso. Observó todo el diálogo entre los asistentes con la misma diversión como la que tiene un gato justo antes de comerse el ratón que ha estado atormentando.

"Un abogado típico y arrogante. No hay cuentos de hadas aquí. Ninguno. Cero."

Nettlebrook interrumpió. "Garland, permítame presentarle al Sr. James Yao. Yao se dedica al negocio de importación y exportación y es un Maestro del Arte de Gu, magia negra china".

"Pensaba que los magos de magia negra eran los malos".

Yao se miró las uñas. "Déjeme preguntarle esto. La ley no es ni buena ni mala, ¿verdad? De hecho, es neutral. Son palabras escritas en papel o en un libro de leyes. Sin embargo, a menudo los que usan la ley encuentran lagunas para evadir la justicia, ¿eso hace que la ley en sí sea mala?"

"No, señor Yao, pero encontrar una laguna técnica que le permita a su cliente salir libre cuando usted sabe que él cometió un asesinato no es ético. Eso es diabólico".

El hombre bostezó "Usted ha perdido completamente el punto. El estatuto, la regla de la corte o cualquier ley que haya sido utilizada para liberar al acusado es neutral. La magia también es una energía neutral a menos que se use para malas intenciones."

Garland se inclinó sobre la mesa. "¿Cuál es exactamente su intención, señor Yao?"

El hombre asiático sonrió. Era una de esas sonrisas enigmáticas que podían parecer amistosas en el exterior, pero que estaban destinadas a inspeccionar tu alma. "Soy absolutamente neutral. No me importa el bien o el mal ".

"Eso suena bastante vago. ¿Y usted, Dr. Nettlebrook? ¿Cuál es tu especialidad?"

"Estudiante de la Cábala, el antiguo misticismo hebreo. Solía trabajar con un grupo llamado Amanecer Dorado, pero eso fue hace muchos, muchos años. Usted ha preguntado por qué estamos aquí y se lo voy a explicar, pero primero debe dejar salir a su amigo de la bolsa térmica. Creo que está bastante enfadado".

La bolsa térmica rodó sobre la mesa de conferencias. Se oyó a don Julio vomitar profanidades en inglés y en español desde el interior. Izilda alcanzó la bolsa y comenzó a tratar de calmarlo".

"Hola, mi pequeño amigo", dijo con un encantador acento de Jamaica. "Salga. No tenga miedo de nosotros ".

Julio salió tambaleándose de la bolsa. Se paró en la mesa, miró a Izilda y se sonrojó. Se recogió el pelo hacia atrás con una de sus piernas, se acarició el bigote y le guiñó un ojo. "Hola negrita", le dijo con su más elaborado tono seductor.

"¿Estás coqueteando conmigo, mosca traviesa? El que una vez fue un hombre siempre será un hombre".

Julio volvió a acariciarse el bigote y se echó a reír. "Tal vez algún día vuelva a ser un hombre y luego podamos compartir una botella de vino y una rica cena. ¿Qué te parece?" "Sí, mi amor, pero ahora tenemos asuntos que discutir". Ella rascó suavemente la espalda de Julio. Sus alas revolotearon nerviosas. "¿Te gusta?"

"Oh si, mami. Sigue, sigue así".

Garland notó que Leopold había vuelto a encender su videojuego. Había estado jugando durante toda la conversación. Incluso mientras hablaba, todavía jugaba con su Nintendo. "Yo trabajo con símbolos mágicos y tuve la visión de un símbolo que nunca había visto antes en ninguno de mis libros o manuscritos. Creo que es algún tipo de demonio tratando de cruzar desde afuera hasta este mundo. Eso es un problema."

"¿Qué tiene eso que ver conmigo y con la mosca?"

"Mira, esta es la historia. Básicamente, Teo hechizó a una malvada bruja llamada Isabela y la convirtió en una araña. Y aunque la envió a la jungla del Amazonas, no se sabe cómo ésta volvió nuevamente a Nueva Jersey." Leopold señaló a la mosca. "Luego Teo convirtió a su amigo en una mosca para salvar su vida y la mosca lo encontró a usted, señor Nowell, para que pudiera descubrir quién mató a su sobrino. Miró a Teo. "Estoy impresionado. Esa es una gran demostración de capacidad de cambio de forma material a través de la santería".

Para gran molestia de Garland, Teo sonrió y asintió.

"Bueno. ¿Y ahora qué?" Preguntó Garland.

"Parece que la araña quiere romper el hechizo. Ella también está tratando de abrir un portal a un mundo espiritual que nunca debería ser abierto. No es una buena cosa. No creo que la persona que ella está usando siquiera sepa que es parte de su plan. O peor, si lo sabe, no le importa. Y esa mujer araña y su mago vienen a por ustedes tres". Señaló a Teo, Garland y don Julio. "Esa es la visión que tuve".

"Es incluso un poco más complicado que eso", dijo el Dr. Nettlebrook. "El símbolo que tiene el Sr. Remnik contiene marcas infernales. No sabemos qué o a quién está tratando de traer. Pero no podemos, sea lo que sea, permitir que entre en este mundo. ¿No es cierto, padre Hearn?"

"Sí. Durante muchos años, el Dr. Nettlebrook y yo hemos visto cosas extrañas, algunas de las cuales no son buenas. El velo entre los mundos del bien y del mal, de los vivos y de los muertos, debe mantenerlos separados. En ciertas épocas del año, el velo se hace más delgado, pero nunca se debe permitir que se rasgue. Hay muchas cosas de lugares siniestros que quieren desesperadamente entrar en este mundo para influenciar a la humanidad. El grupo de personas que estamos alrededor de esta mesa somos aquellos que podemos caminar entre los mundos. Evitamos que otros mundos nos inunden".

"Pero yo no camino entre los mundos. Apenas puedo caminar por la calle. ¿Y ahora resulta que hay una araña loca infernal que va a venir a matarme?" Garland se levantó de la silla y comenzó a caminar. "Esto es una absoluta locura".

Viktor soltó una carcajada. "Mira hombre, la verdad es que yo estoy feliz de que no sea a mí a quien ella busca".

"Dr. Nettlebrook, ¿qué se supone que debo hacer?"

"Usted no debe hacer nada. Nosotros vamos a lidiar con… ¿Cómo se lo explico? …los aspectos metafísicos del problema. Solo preocúpese por encontrar al asesino de Julio López y alégrese de que todos nosotros estemos observando este caso. Pero debo advertirle que no tiene mucho tiempo. Eche un vistazo a nuestro amiguito aquí presente. Julio está creciendo rápidamente y cada día va a ser más difícil esconderlo. Oiga, por cierto, ¿podría ser tan amable de comprarle a nuestro querido moscón algo de ropa adecuada?"

Capítulo Veinte

La reunión había durado exactamente cuarenta y cinco minutos, aunque Garland tenía la sensación de haber estado en Edward Williams durante muchas horas. Mientras Garland conducía de regreso a Newark, se sentía aturdido. Todo se estaba moviendo demasiado rápido. Julio se sentó sobre el tablero de mandos, charlando sobre su necesidad de vestirse mejor pero Garland no lo escuchaba. Sus pensamientos estaban muy lejos.

"Teo me dijo que tenía una amiga costurera que me iba a hacer algo de ropa. Le dije que debía confeccionar la ropa como si estuviera cosiendo para un niño en rápido crecimiento ".

"¿Qué dices?"

"¿Pero no me está escuchando?"

"Sí. Tengo que ir a trabajar como si no hubiera pasado nada esta mañana. Estoy tratando de procesar todo lo que se dijo durante la reunión que tuvimos en Edward Williams ".

"Mire, deje que se ellos se preocupen por eso. Tenemos que encontrar quién mató a Julio antes de que me haga tan grande que termine como un espectáculo circense en cualquier lugar. Hágame un favor. Déjeme en casa. Necesito relajarme un poco después de haber estado encerrado en esa bolsa térmica por tanto tiempo".

****

Lo último que vio Garland cuando se marchó fue una gran mosca, recostada sobre su espalda, con las patas en alto, durmiendo en el alféizar de una ventana. Casi se sintió aliviado mientras conducía a la Clínica del Pueblo, aunque tenía la sensación de que no iba a ser un día fácil. Cuando Garland entró en la clínica, Lilliana lo esperaba ansiosamente en el pasillo.

"Buenas noticias".

"Me van a venir muy bien".

"Ina está dispuesta a dejar que la clínica tome el caso".

"No podemos investigar homicidios. Ese es el trabajo de la fiscalía ".

"No, no es eso. Averiguar por qué la mitad de las personas en mi clase de primer grado murieron de cáncer. Hasta nos ha contratado a un investigador privado".

"¿De verdad?"

"Sí. Creo que ella espera que si presentamos este caso, podremos obtener algunos honorarios de abogado. La clínica necesita dinero para sobrevivir. Nuestras subvenciones se están agotando. Ina es rica, pero está usando demasiado de su dinero personal para mantener este lugar en funcionamiento".

"Ya entiendo. ¿Entonces qué tenemos que hacer?"

"Hablemos con el investigador. Es un ex detective de homicidios. Trabajó en la oficina del fiscal del condado de Essex. Se retiró de la policía en 1988".

"Pueden retirarse a los cuarenta años. Si se jubiló en aquel entonces, ese tipo debe tener como setenta años".

"Setenta y uno para ser exactos".

"¿Un viejo jubilado? ¿Y qué va a hacer? ¿Perseguir a los malhechores en una silla de ruedas motorizada? ¿Matarlos a bastonazos?"

Lilliana le dio una palmada en el brazo. "¡Para! Esto es serio. Se supone que es realmente bueno. Trabajaron juntos hace años en un caso de homicidio. Ella dice que él es el mejor. Está en la sala de conferencias ".

Los dos abogados escucharon el sonido de la risa. Aparentemente Ina y su nuevo investigador, Pete O'Connell, estaban reviviendo sus victorias pasadas hablando de los criminales que mandaron a la cárcel y de los casos que resolvieron.

Lilliana abrió la puerta y miró hacia adentro. Una Ina llena de entusiasmo y alegría los saludó. "Venid aquí, quiero que conozcáis al detective O'Conell".

Garland miró por encima de la cabeza de Lilliana para ver a Pete O'Connell. Este no era el hombre de setenta y un años que había esperado ver. Era cualquier cosa menos un viejo gavilán.

O'Connell se puso de pie cuando entró en la habitación. Era bastante alto y se comportaba como un militar. Tenía el pelo muy blanco y espeso y los ojos penetrantes y de un color azul metálico. Físicamente, estaba en excelente forma. Llevaba su pistolera en el lado izquierdo. Garland pensó que podría haber sido el padre de Vicktor Einarsson.

"Ustedes dos deben ser los abogados", dijo. "Pete O'Connell." Extendió la mano a Garland y luego se volvió hacia Lilliana. "Y tú debes ser la encantadora Lilliana. Estoy deseando trabajar contigo. Ina me ha dicho que eres brillante".

Lilliana se sonrojó. "Gracias. Espero que lleguemos al fondo de lo que sucedió aquí, aunque ya hayan pasado treinta años".

"Sé que hubo un abogado involucrado, pero me enteré que murió de una sobredosis y su cuerpo fue encontrado en la escuela. ¡Qué vergüenza!"

Garland intervino. "Tal vez no se suicidó. Tal vez él sabía algo y ..." Garland hizo un movimiento de lado a lado de su cuello con su dedo índice como si éste fuera un cuchillo.

"Aparentemente, el caso de asesinato fue cerrado. Pero si encontráramos alguna evidencia de que esto no fue una sobredosis accidental, sino provocada, el asunto sería distinto. Por ahora me gustaría centrarme en el hecho de que hubiera un grupo de niños en la misma escuela sufriendo de cáncer. Lilliana, ¿recuerdas los nombres de alguno de tus compañeros muertos?"

"Recuerdo todo muy bien. Mi madre tenía el convencimiento de que el problema provenía del agua que se canalizaba hacia la escuela". Sacó unos papeles de una carpeta de archivos. "Aquí hay una lista. Son los nombres de todos los niños que murieron en mi grado".

"¿Qué le hizo pensar a tu madre que el agua tenía algo que ver con eso?" preguntó O'Connell.

"Mi madre recordó que cuando la escuela tenía al director anterior, solo usábamos el agua del grifo para lavarnos las manos, pero que siempre bebíamos agua embotellada y teníamos pequeñas neveras con botellas de agua en toda la escuela hasta que empecé el primer grado. Luego llegó el director Van Marcherz y dijo que el agua embotellada era demasiado cara y que el agua del grifo no tenía nada de malo".

"¿Y entonces qué pasó?"

"Después de eso todos empezamos a beber el agua del grifo. Y aproximadamente un año después de eso, mis compañeros y yo nos enfermamos de cáncer. Fui uno de los pocos sobrevivientes. Mi madre trató de conseguir un abogado para demandar a la escuela y demostrar que realmente había algo malo con el agua, pero ya sabemos todos lo que pasó allí".

El detective la miró pensativo. "Todo esto sucedió en 1988 ¿verdad? Eso fue hace mucho tiempo, pero tiene que haber registros en alguna parte. También conozco a un detective del condado de Passaic, un viejo amigo mío, que trabajaba en la fuerza policial en ese tiempo. Está retirado ahora y vive en Florida, pero valdría la pena tener una larga charla con él".

Ina intervino. "¿Qué cree que él sabe?

"La policía lo sabía todo en aquel entonces. Era toda una red".

"¿Esto tiene que ser una conversación en persona o podemos hacerlo por teléfono?"

"Puedo hacer un par de llamadas telefónicas primero. Pero en algún momento, puedo necesitar de un viaje a Florida. Pero no nos adelantemos. Gary, ¿puedes obtener los registros de la escuela?"

"Mi nombre es Garland".

"Gary, Garland", se rió, "cualquiera que sea tu nombre, ¿puedes obtener los registros de la escuela?"

"No. No hemos presentado una demanda contra la escuela, por lo que no podemos pedirles nada. Pero lo que podemos hacer, es quizás usar algo llamado Ley de Registros Públicos Abiertos. Tenga en cuenta, sin embargo, que estamos pidiendo registros de hace 30 años. No sabemos cuál es la política de retención de registros. Esos registros pueden haber sido destruidos".

Peter puso su mano sobre el hombro de Garland. "Bueno, bueno Gary, no seamos tan negativos".

****

El día en la Clínica del Pueblo parecía mucho más largo de lo habitual. Garland había trabajado en varios asuntos de arrendamiento de propietarios y también en un problema de custodia de menores. Tenía que estar en el tribunal del condado de Union al día siguiente para tratar de evitar que un hombre fuera desalojado de un apartamento por cuarta vez. Sabía que el caso era un esfuerzo inútil, porque el hombre no había pagado la renta en cuatro meses. Garland simplemente iría ante el juez y pediría y una extensión de treinta días para que el hombre tuviera tiempo de encontrar un nuevo lugar para vivir. La Clínica del Pueblo realmente hacía el trabajo de los ángeles.

Cuando Garland llegó a casa inmediatamente se dio cuenta de que había otro auto desconocido para él en el camino de entrada. Mientras caminaba hacia la casa, se percató de que el coche estacionado frente al Cadillac de su padre era un Subaru Outback con dos asientos para niños. Garland suspiró. Esta noche no estaba de humor para ninguno de los amigos de su padre que se entretenía atacando a los abogados. Se iría rápidamente a su habitación en el segundo piso sin que nadie lo viera.

Metió la llave en la cerradura y abrió la puerta principal. Inmediatamente, fue recibido por un niño y una niña de unos seis años. Se preguntó por qué estos niños corrían por la casa de su padre, hasta que su padre apareció detrás de los niños. El niño pequeño parecía tener algo en sus manos. Corrió escaleras arriba riendo mientras la niña lo seguía.

"Oh, sí, un tipo llamado Teo vino y te dejó una caja. La dejé frente a tu habitación. Garland, en caso de que te preguntes quiénes son estos niños, no son míos. Todavía eres hijo único".

"Gracias a Dios por los pequeños milagros. No creo que hoy pueda digerir más sobresaltos en mi sistema".

"Estos niños pertenecen a mi novia. Ellos son sus nietos".

"¿Novia?"

"Creo que tengo derecho a tener una vida normal. Después de todo, tu madre se fue hace mucho tiempo con ese abogado chupasangre".

"Papá, no puedo escuchar esto esta noche. Ha sido un largo día".

"No tienes que escuchar nada. Betty, ven aquí un minuto. Quiero que conozcas a mi hijo el abogado. Es uno de esos abogados chupadores de sangre de los que siempre me quejo. Pero en realidad es un buen tipo".

"Gracias por el cumplido papá. Me siento mucho mejor", declaró mientras desviaba la mirada.

En este punto, una mujer regordeta de mediana edad con cabello rojo llameante y una cara muy bonita emergió de la habitación y extendió su mano. "Hola, soy Betty. Los gemelos son mis nietos, Ritchie y Alice. Espero que no te molesten. Los niños tienen mucha energía. Tu padre y yo los estamos cuidando, así que les traje algunos de sus juguetes de casa. Pero encontraron esta linda muñeca arriba en tu habitación. Les dije que la trataran con cuidado porque parece antigua". Garland no pudo ocultar su confusión.

"¿Muñeca antigua?"

"Oh sí, tiene un aspecto muy interesante. Es una linda muñequita que parece una gran mosca con pantalones cortos de gimnasia".

"¡Oh no! ¡No esa muñeca! Disculpe, lo siento". Comenzó a subir las escaleras.

"Si se rompe la muñeca, no te preocupes. Tengo un amigo que tiene un hospital de muñecas. Betty gritaba mientras él corría escaleras arriba. "Pagaré si la dañan!"

Garland escuchó risas en una de las habitaciones del segundo piso. Con cautela abrió la puerta. Lo que vio lo aterrorizó tanto como lo divirtió.

La pequeña Alice estaba cocinando en una cocina de plástico de juguete y servía una cena completa con un filete de plástico, remolachas de plástico y zanahorias con rosquillas rosadas para el postre. Preparó la cena para ella, su hermano gemelo y la muñeca voladora. Don Julio tenía todas sus piernas colocadas a los lados de su cuerpo, mientras Ritchie lo sostenía como un avión y decía "¡Zoom! ¡Zoom!", cada vez que pasaba a don Julio volando frente a su cara.

Garland observó la cara de Julio. Llevaba un par de gafas de sol y tenía una sonrisa artificial congelada en su rostro. Sus ojos compuestos estaban más anchos de lo habitual. Cada vez que Ritchie gritaba "Zoom", Julio miraba a Garland. Finalmente, una voz aguda que sonaba como un robot salió de la sonriente y malhumorada mosca.

"La batería de la muñeca voladora que habla se está agotando. ¡Bip! Es hora de guardar la muñeca voladora. ¡Bip! La batería está baja y la muñeca voladora está cansada. ¡Bi-i-i-i-p!"

El joven abogado contuvo su risa. "Escuchad niños, mi nombre es Garland. Esta muñeca es especial. Se cansa y se enfada muy rápidamente. Necesito llevármela por un ratito y recargar sus baterías". Trató suavemente de rescatar a don Julio de las manos del niño.

Ritchie no quería dejar que don Julio se fuera tan fácilmente. "Oiga señor, ¿puedo quitarle las alas primero?"

Don Julio respondió con su aguda voz robótica. "¡Escucha, pequeño hijo de puta! ¡Bip! ¿A ti te gustaría si te arrancara los pelos de las cejas de uno a uno?" ¡Bip!"

"¡Ha dicho malas palabras! ¡Es mala! ¡Se lo voy a contar a mi abuela!" El niño dio un salto, luego tiró a don Julio al suelo y le dio una patada.

"Oh, mierda, mi espalda, b-biip".

"Escucha niño, la muñequita voladora es una muñeca realmente vieja. Tienes que ser bueno con ella. Como te expliqué antes, cuando sus baterías se agotan, se vuelve muy mala. Cogió a don Julio del suelo y lo metió en el bolsillo. Escucha, tu hermana hizo una cena buenísima. ¿Por qué no coméis esas deliciosas rosquillas?"

Alice sonrió. "¿Te gustaría cenar con nosotros? Tenemos mucha comida".

Estaba agotado. Julio se quejaba de que no le daba de comer. Los niños no le hacían caso y lo último que quería hacer en el mundo era "jugar a las casitas" con los nietos de la novia de su padre. Pero, por otro lado, quería averiguar si don Julio les había dicho algo extraño.

"Sólo un minuto". Garland corrió a su habitación, se quitó el traje y se puso un pantalón de deporte. Corrió escaleras abajo. Betty había traído una bandeja de bocadillos. Garland tomó un sándwich de salchichón. Corrió escaleras arriba y le dio el bocadillo a don Julio.

"Julio, aquí está la cena".

"Oh, Dios mío, ¿qué es esta porquería de comida? ¿No me han castigado lo suficiente usándome como si fuera un avión? Ese niño pequeño casi me rompe la columna vertebral, ¿y ahora tú me das un bocadillito de salchichón para la cena? ¡Esto es insultante!"

Garland no pudo contener su sarcasmo. "¡Lo siento mucho! Pero en el supermercado de enfrente se les acababan de agotar las existencias de caviar Beluga. ¡Cómete el salchichón! Mañana te traeré buena comida. En este momento, tengo que distraer a estos niños para que se olviden de una mosca parlante que creen que es una muñeca". Le entregó a Julio la caja de Teo. "Creo que tu nuevo guardarropa está aquí". Garland salió y regresó a la habitación donde estaban jugando los niños.

Se sentó en el suelo con Ritchie, Alice y una serie de viejos animales de peluche. Alice vertió agua de una tetera de plástico que goteaba y le preguntó si quería crema y azúcar. Ritchie jugaba con un conejito de peluche que usaba como avión sustituto. Garland sonreía cuando Ritchie decía "¡Zoom! ¡Zoom!"Cada vez que el conejo volaba por el aire. Después de un rato tiró el animal de peluche al suelo, corrió hacia la mesa preparada para tres, se sentó e hizo como si estuviera comiendo una chuleta de cerdo de plástico.

Garland se sentó con las piernas cruzadas en el suelo y fingió cortar un filete de juguete con un cuchillo y un tenedor en miniatura. "Hmmm, delicioso." Dijo. "Pero necesita un poco de sal".

Capítulo Veintiuno

Pensión de Zoraida
Calle Straight
Paterson, Nueva Jersey

No había hombre más feliz que Fergal González. Depositó su cheque de diez mil dólares en un banco local y después él y el señor Pepe tomaron un taxi y fueron a una tienda de comida gourmet a un pueblo vecino. Fergal le había prometió una vez al señor Pepe que iban a disfrutar de la mejor comida en el mundo. Decidió gastar quinientos dólares para almacenar el refrigerador en la habitación de su pensión con alimentos que consideraba deliciosamente especiales: lomo de ternera, camarones gigantes, colas de langosta y postres exquisitos. ¿Y para el señor Pepe? Qué mejor que una bolsa de cinco kilos de nueces saladas tostadas, carambolas, mangos y un pedazo de queso Jarlsberg. Esta noche iba a ser especial. Fergal prepararía la mejor fiesta de todas las fiestas para su amigo y consejero personal, el señor Pepe. Cenarían y escucharían música toda la noche. Era el momento más feliz que el viejo veterano de guerra había tenido en muchos años.

Coció los camarones frescos y para acompañarlos preparó una salsa de cóctel de kétchup, rábano picante y un chorrito de zumo de jalapeño. En otra sartén cocinó el arroz blanco y en la olla a presión preparó los gandules. Finalmente, colocó cuidadosamente en una parrilla el par de colas de langosta sudafricana condimentadas a su gusto. Como música de fondo se escuchaba una dulce bachata en un viejo reproductor de CD. El señor Pepe se sentó en una silla disfrutando de un tazón de nueces con grandes rebanadas de mango encima. Sus patas se movían rápidamente mientras empujaba trozos de nueces y mango en la boca. Las mejillas del señor Pepe se hincharon y parecían como si estuvieran a punto de estallar. Fergal sonrió felizmente. Vio que el señor Pepe se estaba divirtiendo de verdad.

"Señor Pepe, no se enferme por comer tanto. Tenemos mucha comida ahora, y tendremos más en el futuro. No hay necesidad de comer tan rápido, mi pequeño amigo", dijo mientras acariciaba suavemente la cabeza de la ardilla.

Sin previo aviso, la música se detuvo y la temperatura en la habitación cambió de ser agradablemente cálida a congelante. Cuando Fergal exhaló, vio su propio aliento helado frente a él. La ardilla dejó de comer y miró a Fergal. El señor Pepe luego estiró el cuello hacia arriba para ver alrededor de los hombros de Fergal. En una serie de movimientos rápidos, la ardilla miró hacia atrás y adelante, primero a Fergal y luego a su espalda. El señor Pepe lanzó un chillido agudo para que Fergal supiera que alguien o algo estaba detrás de él.

La cara del anciano palideció. "Ah, señor Pepe, los niños están aquí otra vez hoy, ¿verdad?"

Abrumado con sentimientos de dolor y tristeza, Fergal se dio la vuelta para mirar a un pequeño grupo de niños. Reconoció las caras de los pequeños. Les solía dar dulces en la escuela P.S. 578 cuando trabajaba allí. El niño en frente del grupo, Evan, era especialmente aficionado al turrón, un dulce de almendra que el primo de Fergal le enviaba desde España. Evan siempre sonreía y le agradecía por los deliciosos dulces. A Fergal le encantaba Evan porque no importaba la época del año, el pequeño Evan tenía siempre las mejillas regordetas y rosadas, y una mata de pelo rubio y rizado que le caía sobre la frente.

El hombre dominicano de piel oscura sabía que hacía más de treinta años que Evan había muerto, así como todos los otros niños que estaban junto a él. Eran solo sombras del pasado. Ya no eran de carne y hueso porque sus vidas habían llegado a un abrupto final. Sus caras eran muy pálidas y tenían los ojos hundidos en sus cabezas como si fueran canicas negras. Algunos de los niños estaban calvos y otros tenían mechones de pelo colgando del cuero cabelludo. Una piel muy blanca les cubría los huesos y parecían cadáveres vivos.

Eran los niños muertos de la escuela P.S. 578.

Los ojos de Fergal se llenaron de lágrimas. "¿Qué deseas? No había nada que yo pudiera haber hecho".

Evan no dijo nada al principio, pero asintió como si estuviera de acuerdo con él. Luego, lentamente, habló con Fergal.

"Señor. G", señaló unas viejas cajas apiladas cuidadosamente en una esquina. "Por favor ayúdenos. Usted sabe lo que tiene que hacer".

"No se qué hacer. Lo juro, lo juro", sollozó. Fergal se arrodilló sobre el duro suelo de madera y se cubrió la cara con las manos. Su pecho subía y bajaba agitadamente. Apenas podía respirar porque estaba muy acongojado por la tristeza.

Evan se acercó y puso su mano sobre el hombro de Fergal. "Está bien, señor G". Fergal levantó la vista y estudió la triste cara del niño que había muerto en el Hospital del Condado de Passaic hacía tanto tiempo. Debido a que provenía de una familia pobre, fue colocado en la sala del hospital reservada para los indigentes. Recordó haberlo visitado mientras se moría de cáncer. Le había traído turrón, pero el niño estaba demasiado enfermo para disfrutarlo. Evan le dirigió a Fergal una mirada compasiva.

De repente, Evan y su grupo de niños fantasmales giraron las cabezas para mirar en la otra dirección. Las tristes miradas de sus rostros muertos se convirtieron en puro terror. Corrieron y se escondieron detrás de Fergal.

"Oh no," susurró el Evan. "Ella viene. Por favor, debe ayudarnos".

Fergal se calmó, miró a su alrededor y se puso de pie. Los niños estaban detrás de él. Una niebla negra se formó sobre la cabeza de Fergal, y en el centro de la niebla vio un conjunto de enormes colmillos y el cuerpo de una gran araña. La araña bailaba en el aire directamente sobre su cabeza haciéndole burla.

"¡Déjalos en paz!"

"No puedes decirme qué hacer, viejo estúpido", dijo la araña. "Además, ¿quién te creería? Estás loco", susurró la araña. "Nadie creería las palabras de un hombre que se ha pasado la vida entrando y saliendo de instituciones mentales. Los espíritus de los niños me pertenecen".

Sin previo aviso, el señor Pepe saltó de su silla y se paró sobre sus patas traseras. Comenzó a arañar el aire mientras intentaba defender a Fergal. Soltó un chillido agudo y la araña saltó hacia atrás en la oscura niebla. De repente la imagen desapareció junto con los espíritus de los niños. La temperatura de la habitación se calentó y la animada música de bachata llenó la habitación nuevamente.

El conserje retirado hizo la señal de la cruz. Fergal contuvo el aliento cuando el señor Pepe saltó sobre su hombro. La ardilla lo acarició.

"Gracias señor Pepe. Gracias. Miró hacia la caja de papeles viejos. Tal vez no sea demasiado tarde. Haré algo. Sí que lo haré."

Capítulo Veintidós

El despertador del joven abogado sonó a las 6:30 de la. mañana Se había acostado muy tarde y el nuevo día había llegado demasiado pronto para él. Don Julio estaba despotricando en inglés y en español mientras paseaba de un lado a otro de la parte superior de la cómoda de Garland.

"¡Míreme! ¿En qué estaba pensando Teo? Tiene que llamarlo por teléfono inmediatamente. Necesito ropa adecuada y tengo mucha hambre. ¡Quiero huevos! Hágame unos huevos mexicanos o una tortilla o cualquier otra cosa. Pero primero necesito un poco de bicarbonato. Ese sándwich de salami de anoche me está dando acidez de estómago".

Garland extendió la mano derecha hasta el viejo despertador y le dio un golpe para que dejara de sonar. Se sentó en la cama y miró a la mosca enojada que estaba encorvada y paseándose nerviosamente.

Aparentemente, Teo no le había mencionado a la costurera que la ropa que necesitaba era para hombre. Don Julio llevaba un abrigo de flores con botones y bolsillos grandes, acompañado por un llamativo gran sombrero de paja con un gran girasol en la parte del frente. En lugar de las botas de vaquero, don Julio completaba su atuendo con un par de zapatillas de ballet cubiertas de pedrería rosa.

Al ver a Don Julio con su ropa nueva, Garland saltó de la cama y se echó a reír.

"Pareces una abeja reina. No, en realidad, te pareces más a una vieja drag queen. ¡Qué sombrero más precioso! ¿Tienes un bolso a juego y un collar de perlas? Tu bigote te da un toque… especial".

"¡Esto no es gracioso! ¡Estoy humillado! Y ese salami que me dio anoche me ha destrozado el estómago. ¡Deme un poco de bicarbonato y luego hágame una tortilla de jamón y una taza fresca de Nescafé ".

"Cálmate, Julio. Una cosa a la vez. Primero llamaré a Teo y le diré que necesitas ropa de hombre".

Dígale que lo haga rápido. No puedo investigar un crimen vestido como mi abuela".

La mirada en la cara de Garland cambió. "Lo siento Julio, tendrás que quedarte aquí. Te estás volviendo demasiado grande para esconderte bajo mi cuello. Ya no puedo llevarte conmigo".

"¿Qué? No puede dejarme aquí solo. ¿Y si me encuentra Isabela? Ella me matará. Al menos, Teo y usted pueden protegerme ... hasta cierto punto".

"Julio, ella no sabe que estás vivo".

"Incorrecto. Ella *sabe* que estoy vivo. Por eso sigo creciendo. Ella simplemente no me ha encontrado todavía. Y la luna de sangre se acerca. Nos estamos quedando sin tiempo".

Lo último que Garland quería hacer era llevarse a Julio. "¿Qué tal si te mudas con Teo?"

"No es buena idea, ahora está demasiado ocupado. Está preparándose .

"¿Para qué?"

"Para la batalla que viene, la batalla entre Isabela y él. Tenemos que ayudarlo".

"Mira, te sigo diciendo lo mismo. Te ayudaré con la demanda en contra de la ciudad, la escuela o cualquier persona o entidad que tenga que enfrentar para solucionar esta situación. Te ayudaré a buscar al asesino de Julio López en la medida en que la ley me lo permita. Pero esas personas que conocí el otro día en Edward Williams están involucradas en cosas que van más allá de mi entendimiento. Francamente, el hecho de que estés aquí es incomprensible. Todavía no entiendo realmente nada de esto Julio. No creo que pueda protegerte, incluso si quisiera".

"¿Alguna vez pensó que todo esto significa algo?"

"¿Qué significa?"

"Fui traído a su vida. Creo que todo esto debe de tener un significado".

Garland se sentó en el borde de su cama. "¿Como qué? ¿Esta llegando el final del mundo? ¿El Apocalipsis?"

"No, no necesariamente. Quise decir, Garlando, que usted y yo estábamos destinados a encontrarnos. Por favor, arregle lo que las malas personas destruyeron hace tanto tiempo". La mosca puso dos de sus seis piernas en sus caderas y comenzó a caminar como un vaquero que había pasado demasiadas horas en la silla de montar. "Al igual que John Wayne diría 'Esto es un ajuste de cuentas, socio'".

"Ves demasiadas películas americanas del oeste". Garland se pasó las manos por el pelo. "No lo sé. Para mí esto ha sido un sendero a la locura. Julio, solo estoy tratando de sobrevivir el día a día. Te diré qué vamos a hacer. Muy bien, puedes quedarte aquí siempre y cuando no te hagas mucho más grande. Ya te estás acercando al tamaño de un perro. ¿Estás de acuerdo?"

"¡Vale! ¡Trato hecho!" Extendió una pierna y estrechó la mano de Garland. "Ahora mi Nescafé por favor, con azúcar".

"Te haré un poco de café y luego tengo que ir a trabajar. Tenemos algunas entrevistas con testigos sobre el caso ambiental que involucra a Julio López".

Capítulo Veintitrés

Garland fue a una cafetería cercana y pidió un panecillo. Después del primer bocado, determinó rápidamente que estaba rancio. No le importaba. Había pedido algo para comer solo porque su estómago le gruñía. Condujo rápidamente por las calles de la ciudad de Newark hasta llegar a la Clínica del Pueblo para su entrevista con una abuela que había perdido un hijo por cáncer en la escuela primaria P.S. 578.

El joven abogado entró corriendo por la puerta principal. Se sentía culpable porque sabía que estaba atrasado para su cita. Llegar a tiempo para cualquier cosa siempre era un problema para él, a menos que tuviera una comparecencia ante el tribunal. Pasó rápidamente por la sala de espera donde se encontraban los clientes de la clínica conversando animadamente entre sí. La sala de espera de la Clínica del Pueblo testaba abarrotada ese día. Por el rabillo del ojo, creyó ver a un cliente con un rostro familiar ... un rostro familiar que llevaba una ardilla en la axila.

¡Oh no! No este tipo otra vez. Apuesto a que quiere demandar a otro dueño de restaurante. Garland pensó para sí mismo. *No tengo tiempo para él en este momento.*

Ina estaba fuera de la sala de conferencias hablando con Pete O'Connell, a quien llamaba cariñosamente "Petey". La pareja hablaba en voz baja. Cuando Garland se acercó, Ina movió la cabeza.

"Bien, bien, bien. Qué amable de tu parte aparecerte tan puntualmente".

"Lo siento. Mi padre tuvo compañía ayer por la noche y, sinceramente, fue una visita de parientes inesperados agotadora".

"Entiendo, querido. Solo estaba tratando de molestarte. Pídele a mi amigo Petey que te explique lo fastidiosa que puedo ser, especialmente cuando estoy trabajando en un juicio".

155

Pete se rió. "Sí, mi chica era una verdadera prima dona. Pero también era uno de los mejores abogados litigantes con los que he trabajado en la oficina del fiscal ".

"Oh, deja de alagarme, tonto. Cambiando de tema, Garland tienes un testigo muy interesante en la sala de conferencias. Su nombre es Letty Johnson. Su nieto, Earl Johnson, era uno de los niños que fue a la escuela con Lilliana".

"Así que supongo que cuando dices 'era', quiere decir que él no lo sobrevivió".

Pete intervino. "Sí, señor abogado, cree que el nieto de la Sra. Johnson fue uno de los niños en la clase de Lilliana que nunca llegó al siguiente grado".

Garland miró a través de la ventana de la sala de conferencias. Vio a una mujer negra con el pelo gris corto y rizado y largas uñas rojas. Sus manos estaban apoyadas en la mesa de conferencias. Estaba bien vestida y aparentaba tener unos setenta años.

"Esa señora es la abuela de Earl Johnson y también la antigua secretaria del difunto Julio López ".

"¿De Verdad? ¿Y cómo la encontró?"

"Lilliana se acordó de ella. Parece que Lilliana y Earl eran amigos en la escuela P.S. 578. La abuela Johnson solía llevarlo a la escuela todos los días".

"Esa es una gran coincidencia".

"Sí lo es. Y ella puede ser capaz de proporcionarnos información sobre lo que pasó con el agua en la P.S. 578." Se volvió hacia Garland. "Vamos a ello, ¿de acuerdo? No tenemos todo el día. Esta tarde tenemos una cita en la Mansión de los campos verdes".

"¿Un hogar de ancianos? ¿Por qué?"

"Porque esa es la residencia actual del doctor Josiah Meadowlac, el forense que hizo la autopsia de Julio López".

"¿Cómo obtuvo esa información?"

Pete sonrió. "Yo tengo mis trucos. Pero tenemos que trabajar rápidamente en esto. Nuestro querido doctor no se hace más joven mientras estamos aquí".

Garland miró a Ina. "Su amigo Petey es realmente increíble".

Pete se erizó. "Señor, a usted no le permito que me llame Petey. Solo a la señora de la casa se le permite hacer eso", dijo mientras señalaba a Ina.

Garland hizo una leve reverencia. "Mis humildes disculpas. Espero que no se hayan ofendido. Escuche, vi al tipo de la ardilla allá afuera otra vez. ¿Está demandando a otro restaurante por un sándwich de atún?"

"No te preocupes, querido", ronroneó Ina. "Me encargaré del hombre ardilla. Ustedes dos cuiden de esa hermosa dama en la sala de conferencias".

****

Ina regresó a la sala de espera, llevó al señor Gonzales y al señor Pepe a su oficina y cerró la puerta. Garland y O'Connell abrieron la puerta de la sala de conferencias donde estaba sentada Letty Johnson. Lilliana ya había estado hablando con ella y había tomado muchas notas. La señora Johnson se levantó cuando Garland y O'Connell entraron en la habitación. Mientras se ponía de pie Letty Johnson les extendió la mano a Pete y Garland para saludarlos. Parecía tensa pero decidida.

"Gracias por recibirme. Me ha tomado un largo tiempo decidirme a venir".

Letty Johnson estaba vestida muy profesionalmente. Llevaba un traje hecho a medida y un bolso muy caro. Con ojos tristes, se volvió hacia Lilliana. "Te has convertido en una joven tan hermosa. Y un abogado ¡qué impresionante! El pequeño Earl también quería ser abogado. Siempre le gustó discutir conmigo, especialmente cuando llegaba la hora de ir a la cama o tomar un baño. Era un pequeño luchador, pero murió antes de tener una oportunidad. Y es por eso que estoy aquí". Los ojos de Letty Johnson se llenaron de lágrimas al hablar de su difunto nieto.

"Señora. Johnson, ¿qué puede decirnos sobre el agua en la escuela P.S. 578?" Garland permaneció observando tranquilamente mientras O'Connell iba directamente al grano.

Se sentó y se calmó. "Señor O'Connell, todo lo que puedo decirles es que mi ex jefe, Julio López, estaba investigando algo. Creo que lo mataron antes de que lo que fuera que había descubierto pudiera salir a la luz".

"¿Alguna vez habló de esto con la policía?"

Ella asintió. "Sí, en 1988. Me reuní con el detective Claiborne, Klagdorn" No recuero su nombre.. Y no llegué a ninguna parte. Dijo que fue un suicidio y que mi jefe fue encontrado muerto rodeado de bolsas de cocaína. Y que simplemente me olvidara del asunto. Su voz se hizo más fuerte. "Yo conocía muy bien a ese joven. Nunca tomó drogas de ningún tipo".

Garland intervino. "Conoces a la señora Johnson, estamos ante un asunto civil, no criminal".

"Lo sé. Lilliana me lo explicó. Pero creo que los criminales están al otro lado de esto. Mi nieto murió de cáncer a causa de algo a lo que estuvo expuesto en esa escuela. Creo que la madre de Lilliana creía que tenía que ver con el agua. Cuando mi jefe comenzó a investigar el asunto, murió misteriosamente".

"Hábleme sobre el agua otra vez, señora Johnson". O'Connell preguntó: "¿Qué sabe al respecto?"

"¿Personalmente? No se nada. Pero les puedo decir que la clase de segundo grado de la Sra. Smith fue la que más sufrió el problema. Curiosamente, otros niños en la escuela también se enfermaron, pero tres cuartas partes de la clase de la señora Smith murieron".

"¿De Verdad?"

"Y si no murieron en segundo grado, sufrieron cáncer más tarde". Suspiró. "Todos solían beber de esta fuente de agua justo fuera de la clase. Lilliana fue una de las pocas sobrevivientes. Otros niños que no se enfermaron probablemente se mudaron antes de beber mucha agua. Solo me estoy imaginando lo que pasó aquí".

"Pero ¿por qué el agua y no el aire o algo más?"

"La Autoridad del Agua de Riverwood tuvo problemas hace años. Estaban bombeando agua del río Passaic directamente al sistema público de agua. Ese río estaba contaminado con cromo hexavalente y una sustancia química llamada PCB. La Sra. Johnson negó con la cabeza. "Con la cantidad de basura industrial que la gente tiró a ese río durante décadas tenemos suerte de que el río no brille en la oscuridad".

"Piensa que el agua del río Passaic se bombeó a la escuela P.S. 578?" Preguntó Garland.

"Sí, y creo que a Julio López se le ocurrió eso. Lo empezó a investigar después de que la señora Ramos y Lili vinieran a la oficina. Un día, después del cierre, apareció de la nada una caja en la puerta de su oficina legal. No había remitente en la caja o ninguna otra información."

"¿Qué había en la caja?"

"Informes de ingeniería, notas de funcionarios de la ciudad. Yo estaba allí cuando Julio abrió la caja. Cuando miró los papeles, pensé que los ojos iban a salirse de sus órbitas. Dijo "¡Jesucristo!" Y entró en su oficina".

O'Connell parecía emocionado. "Señora. Johnson, realmente podríamos usar esos discos. ¿Donde están ahora?"

La cara de la mujer se crispó enojada. "La oficina de Julio fue asaltada el día después de que fue encontrado muerto. Los ladrones tomaron dos cosas, una computadora modelo Leading Edge D y la caja de informes. Todo lo demás se dejó intacto incluyendo quinientos dólares en la caja chica. El robo fue extrañamente específico".

Pete asintió. "Es obvio que no estaban buscando dinero. Querían ver qué sabía el abogado".

Garland estuvo de acuerdo. "Pero esta información es muy útil. Había algo en esos registros. Algo que ni la escuela ni la Autoridad del Agua de Riverwood querían que el abogado viera".

Lilliana tocó suavemente el hombro de Letty. "¿Cómo están los padres de Earl tomando todo esto? Debe ser difícil para sus padres pasar de nuevo por la muerte de su hijo ".

"No, no es difícil para ellos en absoluto. Sus padres nunca fueron realmente parte de su vida. La madre de Earl murió en las calles de Paterson. Mi hijo nunca vino a ver a su único hijo. Ya no sé dónde vive. Oí a un primo decir que se había ido hacia el sur, a Georgia o a Florida. Pero yo crié a ese niño desde que nació y yo tuve que poner su ataúd en la tumba. Así que realmente solo ha sido difícil para mí".

Se limpió una lágrima que le caía por la cara. "No quiero pensar que mi nieto, esos otros niños y Julio murieron por nada".

"O'Connell tomó su mano. "Yo le prometo que no será así. Llegaremos al fondo de esto". Luego se dirigió a los abogados y preguntó. "¿No lo vamos a hacer?"

Garland asintió. "Sí. Lo haremos. ¿Me pueden disculpar un minuto? Tengo que hacer una llamada telefónica." Garland salió silenciosamente de la sala de conferencias y se dirigió al pasillo. Sacó su celular y llamó a Teo. Después de unos segundos, Garland escuchó una voz familiar con suave acento cubano en el otro extremo del teléfono.

"¿Quien es?"

"Teo, soy yo. Tenemos que hablar. Voy a ver al doctor Meadowloc.

"¿Quién es ese?"

"Es el forense que hizo la autopsia de tu sobrino. Está ingresado en un asilo de ancianos, por lo que debe estar en muy mal estado. El nombre del lugar es Green Fields Manor ".

"Te encontraré allí."

"No, no lo haga. Voy con un antiguo detective de policía. Trabaja para la Clínica del Pueblo. Sería demasiado incómodo si usted viniera y comenzara a hacer preguntas. Ya nos encontraremos más tarde ".

Garland no podía ver que al otro extremo del teléfono el viejo santero se estaba sonriendo. "Sí, ya nos encontraremos."

Capítulo Veinticuatro

Green Field's Manor
Hackensack, New Jersey

O'Connell y Garland se detuvieron en el estacionamiento de Green Fields Manor en el Cadillac 2018 XT5 de O'Connell. Mientras estaba sentado en el suave asiento de cuero del Cadillac, pensó que O'Connell tendría un retiro financieramente cómodo. El vehículo era impresionante comparado con su pequeño Ford Fiesta.

"¿Listo para entrar?" Preguntó O'Connell.

"Por supuesto".

"Yo no. Odio estos lugares. Mi suegra está en una de estas casas de ancianos. Cuando llegas a mi edad, te empiezas a preocupar. Nadie que haya tenido una vida productiva quiere terminar así. Seamos sinceros. Uno pasa de ser joven, sano y de comer bistec a convertirse en una cáscara de maíz seca que apenas puede tragar puré de guisantes. Personalmente, si llego a ese punto, preferiría que alguien me metiera una bala en la cabeza".

Garland sintió que se le revolvía el estómago. "¿Siempre es usted tan alegre?"

"Claro que lo soy. Ser alegre es lo que me mantiene vivo. Vamos, Gary, vamos y terminemos con esto".

"Es Garland. Pero me rindo".

La pareja entró en Green Fields Manor y se detuvo en el mostrador de seguridad. Cuando pidieron ver al Dr. Meadowloc, el guardia les preguntó si eran miembros de la familia. Sin acelerarse, O'Connell le mostró una placa y el guardia le dio acceso de inmediato al pabellón del Dr. Meadowloc en el asilo de ancianos. Ambos hombres se detuvieron en la estación de enfermeras y pidieron que los dirigieran a la habitación del doctor Meadowloc.

"Caballeros, me temo que no encontrarán al Dr. Meadowloc con muchas ganas de conversar. Está muy cerca del final de su vida, y pierde la consciencia frecuentemente. Pueden intentar hablar con él, pero es probable que no les responda. Ha tenido varios ataques y tiene aproximadamente 95 años. No creo que saquen mucho de él ", declaró la enfermera.

"Gracias señora. No creo que vaya a ser una entrevista muy larga. Le prometo que seremos muy respetuosos con el Dr. Meadowloc".

"Él está en la habitación 101B. Es una habitación privada".

Mientras Garland caminaba por el pasillo hacia la habitación del Dr. Meadowloc podía percibir el olor a lejía y alcohol, y a otras cosas desagradables en las que no quería pensar. De repente se vio superado por la sensación de que Pete O'Connell probablemente tenía razón. Una bala en la cabeza era una mejor manera de irse de este mundo que esperar a que otras personas te cambiaran los pañales. Esta no era manera de vivir. Garland respetaba a la gente que trabajaba en este lugar porque probablemente estaban haciendo el trabajo de los ángeles por un salario mínimo y muy poca gratitud.

O'Connell golpeó suavemente la puerta cuando entró en la habitación del doctor Meadowloc para anunciar su llegada. Realmente no importaba lo que hiciera porque Meadowloc no habría notado la diferencia.

Allí, en la cama del hospital, yacía un anciano muy arrugado y en posición fetal, vestido con una bata de hospital. Sus ojos estaban cerrados y su boca congelada en una posición abierta. El hombre parecía un pequeño pájaro muerto en rigor mortis. Estaba conectado a un monitor cardíaco. Aunque el latido de su corazón era constante, el investigador y el abogado podían escuchar un silbido audible cada vez que inhalaba. El hombre acostado en la cama se aferraba a la vida con un hilo. El Dr. Meadowloc estaba inconsciente y sin capacidad para interactuar con el mundo que lo rodeaba.

"Creo que esto va a ser una pérdida de tiempo, Pete".

"Bueno, ya que estamos aquí, déjame que lo intente de todos modos ¿verdad? ", Dijo O'Connell. "Dr. Meadowloc? ¿Dr. Meadowloc? —Gritó. "¿Me oye señor? ¿Puede escucharme?"

El hombre acostado en la cama continuó manteniendo los ojos cerrados e hizo un sonido de gorgoteo sin ninguna respuesta.

"Esto no va a ninguna parte", susurró Garland. "Está medio muerto. Deberíamos irnos cuanto antes".

"Si, tienes razón. Este tipo está fuera de este mundo. No tenemos nada que hacer aquí".

Garland y O'Connell giraron y abandonaron la habitación. Por el rabillo del ojo, Garland se dio cuanta de que había un hombre de mantenimiento que le parecía extrañamente familiar. Mientras estudiaba la figura, se dio cuenta de que Teo López estaba limpiando el suelo con una fregona. Teo le guiñó un ojo, mientras continuaba limpiando el piso frente a él. Garland se volvió hacia O'Connell. Necesitaba distraerlo.

"Está bien, está bien, entonces, ¿cuál es nuestra próxima misión? Estoy pensando que necesitamos obtener los registros ambientales de la escuela, ¿no?" Garland empujó a Pete por el pasillo de Green Fields Manor en la dirección opuesta a Teo, el falso hombre de mantenimiento.

"Sí," dijo Garland, "me parece que eso es lo correcto. Creo que probablemente deberíamos obtener los registros ambientales, tal vez almorzar, y reunirnos con Ina para discutir los planes futuros".

****

Teo era un excelente observador. El momento era perfecto. Todos en la estación de enfermería estaban ocupados y nadie se daría cuenta de que un empleado de mantenimiento se dirigía hacia la habitación del doctor Meadowloc. Miró por el pasillo. Todo estaba tranquilo. Continuó limpiando el suelo del pasillo. Nadie se dio cuenta de que un trabajador de la limpieza recogía la basura y limpiaba el suelo en la habitación de un paciente. Sería un momento perfecto para tener una conversación con el doctor. Golpeó suavemente la puerta para ver si el doctor Meadowloc estaba despierto.

Al igual que O'Connell y Garland antes que él, vio al frágil hombre inconsciente que hacía mucho tiempo había realizado la autopsia a su sobrino. Apenas podía creer que este caparazón humano hubiera sido una vez un médico. Miró el tablero con la información médica colocada a los pies de la cama del hombre para asegurarse de que era Josiah Meadowloc. Teo silenciosamente cerró la puerta, apoyó la fregona contra la pared y puso el cubo a un lado. Cerró los ojos y levantó las manos. Comenzó a cantar en voz baja en español y en yoruba. Con cada palabra que salía de los labios de Teo el cuerpo del Dr. Meadowloc comenzaba a retorcerse. Su cabeza giró a la izquierda y a la derecha, pero sus ojos permanecían cerrados. Cuando los cánticos de Teo se hicieron más intensos una bola de humo salió del cuerpo del Dr. Meadowloc.

El fantasma flotaba en el aire sobre el cuerpo tendido en la cama.

"¡Te exijo que aparezcas en forma placentera y que digas la verdad!" Ordenó Teo.

La bola de humo asumió la forma humana de un Dr. Meadowloc de mediana edad. El hombre que antes yacía arrugado en la cama era ahora una figura robusta, aunque algo transparente. La figura volvió a mirar el cuerpo marchito de 95 años sobre la cama y miró a Teo.

"¿Que es esto? ¿Y quién eres? —Preguntó el doctor Meadowloc con severidad.

"Esto, Dr. Meadowloc, es su forma astral. Su forma terrenal es la que está acostada en esa cama. Mi nombre es Teófilo López. Y lo he convocado aquí para obtener respuestas. Este podría ser un momento de redención para usted si me dice la verdad".

"¿Qué quiere decir con redención? No necesito ser redimido. ¿Por qué si ni siquiera estoy muerto?"

"Eche un vistazo a su cuerpo allí en la cama. ¿Cuánto tiempo cree que le queda? Yo calculo que va a ser enterrado muy pronto".

"¿Entonces qué quiere?"

"Usted le practicó la autopsia a mi sobrino Julio López. Él fue asesinado."

"Hice muchas autopsias en mi época. No recuerdo eso".

"¡Mentiroso! Piénselo con más cuidado. Usted fue quien dijo que mi sobrino murió de una sobredosis de cocaína. Mi sobrino nunca consumió ninguna droga, pero, lamentablemente él estaba investigando a la Autoridad del Agua de Riverwood.

"Oh, sí", suspiró el espíritu. "Me acuerdo de eso. ¡Fue terrible! Todo lo que sé es que recibí el cuerpo de ese joven literalmente cubierto de cocaína ".

"Mi querido doctor, este es el momento de conseguir su redención. ¿Quién le obligó a mentir sobre la autopsia?"

El doctor Meadowloc vaciló. "No fue solo la cocaína la que lo mató. Descubrí un golpe en la parte posterior de la cabeza. Primero lo dejaron inconsciente, y luego le administraron las drogas. Pero me contactaron y me dijeron que omitiera esos datos en mi informe. El espíritu ladeó la cabeza. "Me pagaron muy bien por hacerlo".

"¡Le pagaron bien por conspirar con asesinos!" Siseó. El santero intentó controlar su ira, pero Teo sintió que su fuerza se desvanecía. No podría controlar la forma astral del Dr. Meadowloc por mucho más tiempo. Necesitaba una respuesta rápida por lo que persistió.

"¿Quién le pago?"

Alguien llamó suavemente a la puerta.

Antes, de que el espíritu pudiera responder, la forma del Dr. Meadowloc se desvaneció. Volvió a convertirse en una borrosa bola de humo y luego volvió a sumergirse rápidamente en el cuerpo tendido en la cama. El Dr. Meadowloc se convulsionó, gimió y luego su frágil cuerpo comenzó a temblar. El monitor cardíaco comenzó a sonar a un ritmo rápido. El latido de su corazón cambió de un ritmo constante a una taquicardia salvaje. Los ojos del doctor Meadowloc se abrieron de golpe mientras jadeaba para respirar. Miró a Teo, que estaba a los pies de su cama, tranquilo y sin emociones.

Luego se oyó otro golpe en la puerta. "¿Hola? ¿Puedo entrar y cambiar las sábanas?", Preguntó una amable voz.

Teo respondió abriendo rápidamente la puerta. "¡Gracias a Dios que vino! Estaba limpiando el suelo y vi que su ritmo cardíaco está aumentando. ¡No sé lo que está pasando! ¡Creo que necesita ayuda!"

La asistente de enfermera salió para buscar a la enfermera a cargo y el médico de

turno. Teo inmediatamente salió de la habitación. Observó desde el pasillo como el personal médico se apresuró a entrar con un desfibrilador y palas en un esfuerzo por salvar la vida de Meadowloc. Después del primer shock, su corazón comenzó a latir. Notó que Meadowloc todavía lo tenía en su línea de visión. Tomó toda la fuerza que le quedaba al moribundo pronunciar débilmente las palabras "escuela, Van Marcherz". El santero disfrazado de hombre de mantenimiento asintió. Los ojos de Teo volvieron a mirar el monitor cardíaco que emitía un sonido largo y constante. Un segundo intento por parte del personal médico por activar su corazón y devolverle la vida no tuvo ningún efecto.

Josiah Meadowloc estaba muerto. Teo hizo la señal de la cruz mientras observaba cómo el espíritu del hombre muerto se dirigía hacia el techo. A pesar de que detestaba lo que Meadowloc había hecho, bendijo su alma. Se preguntó si el espíritu del hombre muerto sería bienvenido al cielo o enviado a asarse en los hornos del infierno. De cualquier manera esa no era su decisión.

El anciano le había dado la respuesta que necesitaba.

****

Pete y Garland compraron el almuerzo y regresaron a la Clínica del Pueblo. A su llegada, Ina los estaba esperando. Ella les hizo un gesto para que se dirigieran hacia la sala de conferencias de la clínica.

"¡Bienvenidos! ¿Cómo les fue en la residencia de ancianos? Pero antes de saberlo, nosotros tenemos algo que decirles

"Tengo miedo de preguntar quién es el 'nosotros'"

"Entren y lo descubrirán".

Pete y Garland entraron a la sala y vieron a Lilliana, Fergal González y el señor Pepe sentados a la mesa de la sala de conferencias. El señor Pepe miró por el brazo de González. Garland hizo un gesto a Lilliana para que saliera de la sala de conferencias y se reuniera con él en el pasillo.

"Aquí vamos de nuevo. ¿Me están tomando el pelo? ¿Él está de vuelta? ¿Y ahora qué quiere? —Preguntó Garland.

"Mantén la voz baja". Lilliana agarró la mano de Garland. "Mira, él es un poco psicótico. Al parecer, él y el señor Pepe tuvieron una gran fiesta anoche. No sé si está tomando sus medicamentos.

Creo que ha estado bebiendo. No lo sé. Huele a alcohol, pero está diferente. Está hablando de una caja de discos.

"¿Qué? ¿Elvis salió de su tumba y le dio algunas copias autografiadas de Jailhouse Rock?"

"¡Deja de hacer bromas estúpidas! Él era un empleado de mantenimiento de la P.S. 578."

"¿Qué? ¿Quieres decir que el Hombre Ardilla tiene los registros medioambientales de hace treinta años?"

"Creo que sí. No lo sé ". Ella negó con la cabeza. "Tenemos que hablar con él. Me preocupa que él esté al borde de un abismo psicótico".

"Está bien". Garland entró en la habitación y miró a González y al señor Pepe.

Algo era diferente. Garland tuvo que mirarlos dos veces. González no era el hombre desaliñado que había visto en el pasado reciente. Llevaba traje y corbata, y estaba bien afeitado con un corte de pelo de estilo militar. Parecía años más joven. Este no era el mismo hombre sucio con la barba desaliñada y la ropa harapienta al que Garland había convencido para que aceptara diez mil dólares en un caso que sabía que no podía ganar. González había cambiado completamente. Garland observó la expresión en el rostro de Lilliana mientras miraba al "nuevo y mejorado" Fergal González. Era una mirada de empatía y afecto.

Los ojos del hombre de González estaban llenos de miedo y sus manos temblaban a causa de tantas décadas de haber tomado medicamentos antipsicóticos. Lo único que resultaba familiar de Fergal González era la presencia de su "asesor financiero", el señor Pepe. La cabeza peluda de la ardilla y sus ojitos brillantes se asomaron por debajo del brazo de González. En una silla al lado de González había una vieja caja rota sujeta con una cuerda y llena de papeles que se habían puesto amarillos con el paso del tiempo.

"Señor. González, entiendo que tiene información sobre el sistema de agua de la escuela P.S. 578."

González asintió. "No sé lo que tengo. Sé que los niños me dijeron que viniera. Mi memoria ya no es tan buena. Pero tengo estos papeles. Los niños me hablaron de ellos".

Lilliana se sentó a su lado y con suavidad le puso la mano en el hombro. "Sé que esto es difícil para usted, pero necesitamos que conteste algunas preguntas. Sr. González, ¿qué son estos papeles? ¿Dónde los consiguió?"

Sus ojos comenzaron a llenarse de lágrimas y su voz vaciló. "Los niños me hablaron de ellos. Vi a muchos pequeños que seguían muriendo. Fui a muchos funerales. Todo fue tan triste, tan triste. Sabe que yo era un conserje en P.S. 578. Estuve entrando y saliendo de esas oficinas y aulas durante años".

"¿Y luego qué pasó?" Preguntó Garland.

Su voz tembló. "En 1988, los niños me contaron lo de los papeles. Dijeron que encontraría un montón de cartas que parecían muy importantes. El día en que estaba vaciando la basura en la oficina del Sr. Van Marcherz, vi algunos papeles. Parecían que venían del gobierno o algo así. Puse los papeles en dos cajas. Se volvió para mirar a Lilliana.

"Señor González, aquí solo hay una caja. ¿Dónde está la otra?"

"La dejé en la oficina de un abogado, esperando que él hiciera algo, pero nunca supe de él".

"¿Recuerda quién era el abogado?"

"Un tipo en Paterson. Pero oí que murió. González se volvió para mirar a Lilliana.

"¿Recuerdas la clase de Mrs. Smith? Ella tenía esa vieja fuente de agua justo al lado del salón de clases. Te recuerdo señorita Lilliana. Bebiste de esa fuente. Y recuerdo lo enferma que estuviste".

Lilliana bajó la cabeza. —Yo también lo recuerdo a usted señor González. Solía darnos dulces. Nos los daba a mí y a mi amigo, Evan, pero él murió".

"Esa agua, esa agua tenía un olor terrible. Parecía clara, pero olía a huevos podridos ".

Garland tomó la caja de González y la colocó en la mesa de conferencias. Empezó a mirar los papeles amarillos. Mientras sus dedos recorrían los papeles, sacó una hoja al azar y comenzó a leerla. Sus ojos se ensancharon. Su corazón se aceleró. "Sra. Ramos, ¿podemos salir de la habitación por un minuto?"

"Claro". Los dos salieron de la sala de conferencias.

En el pasillo, Garland le mostró el papel en la mano. "Lilliana, esto es enorme. La muerte de ese abogado, el agua".

"¿Me lo puedes explicar mejor?"

"Mira esto." Le entregó el papel. "Esta es una carta del Departamento de Protección Ambiental de 1986. Fue dirigida al director de la escuela, Robert Van Marcherz. Esto es increíble. En 1986 se le notificó a este tipo que el sistema de agua necesitaba un filtro. Estaban bombeando agua directamente del río Passaic al sistema de agua de las escuelas. Sin el filtro, el agua era peligrosa. Jesús, mira con qué estaba contaminada esa agua. Cromo hexavalente, PCB's. Estas cosas son cancerígenas. Mira todo esto". Sus ojos se encontraron con los de ella. "Lo siento mucho. No es de extrañar que la gente se enfermara y muriera ".

La mente de Garland comenzó a girar dentro de su cabeza. *Teo y don Julio tenían razón. El sobrino de Teo estaba descubriendo todo esto y por eso lo mataron.*

"Lilliana, esto es mucho más grande de lo que pensé. Hay cosas que tengo que explicarte. Ahora mismo tenemos un problema real. Nuestro testigo principal está sentado en la sala de conferencias hablando con una ardilla."

"Creo que tenemos un caso muy bueno aquí. Fergal, tal vez esté loco, pero no es estúpido ". Tomó la carta de las manos de Garland. "Incluso si las personas que escribieron estos documentos están muertas, tenemos un registro oficial del gobierno".

"Tenemos que volver allí y averiguar qué más sabe".

Los dos volvieron a la sala de conferencias. El ambiente era algo más ligero. Pete y González estaban envueltos en una animada conversación. Lo que fuera que estaban discutiendo parecía hacer que González se sintiera menos ansioso.

Fergal, mira quién ha vuelto. Nuestros abogados están de vuelta. Peter sonrió.

"¿Sabías que Fergal y yo estuvimos en Vietnam al mismo tiempo? Probablemente pasábamos uno frente al otro en patrullas nocturnas".

"Me dieron un corazón púrpura por recibir un disparo", anunció González con orgullo.

"A mí también, Fergal. ¿Sabes qué? Mi amigo, Fergal, se metió en un problemita con el director Van Marcherz. Cuéntaselo, amigo".

González negó con la cabeza. "Van Marchez era un vagabundo. Le dije que los niños me decían a mí que no estaban bien. Le comenté que estaba preocupado por el agua. Me amenazó y entonces lo golpeé con la fregona y de repente me encontré despedido y en una institución mental".

Pete le dio una palmada en la espalda. "No te preocupes mi amigo. Yo habría hecho lo mismo con Van Marcherz. Excepto que yo lo hubiera golpeado en la nuca con mi Beretta.

Pete miró a la ardilla que todavía estaba asomándose por debajo de la axila de González. "¿No es así, señor Pepe?"

La ardilla chilló en respuesta.

González sonrió. "El señor Pepe está de acuerdo".

Capítulo Veinticinco

Poblado de St. Moritz
Residencia de lujo para personas jubiladas
San Peterburgo, Florida

Para reabrir la investigación sobre la muerte de Julio López, también tendría que investigar las circunstancias que rodearon los problemas ambientales de la escuela P.S. 578. Los dos eventos estaban estrechamente relacionados. Pete O'Connell sabía que necesitaba comenzar a rebuscar en el pasado y que la mayor parte del cualquier investigación policial se basaba en personas y evidencias. Lamentablemente en un caso como éste en el que los hechos pasaron hace treinta años, ésta sería una tarea extremadamente difícil. Algunos testigos mueren, los que aún están vivos no quieren involucrarse o sus recuerdos se han desvanecido y los documentos se han perdido o han sido destruidos.

Ina decidió enviar a Pete a Florida para visitar al detective retirado que había dirigido la investigación del homicidio de Julio López. Le había comprado a su investigador favorito un billete de clase económica en United Airlines. Su asiento estaba en el pasillo de salida. Ina había pagado un poco más para que Pete tuviera suficiente espacio para estirar sus largas piernas y para que en caso de que el avión tuviera que hacer un aterrizaje de emergencia O'Connel, como el superhombre que era, pudiera ayudar a los pasajeros a salir del avión.

Pete tenía ideas diferentes. Si iba a sentarse en un avión durante más de dos horas, sus hernias de disco requerían que mejorara su asiento. De ninguna manera podría mantenerse erguido después de estar en un asiento económico, incluso con el espacio adicional para las piernas. Y, además, le encantaban los beneficios adicionales de estar en United First Class ... más atención por parte de las azafatas bonitas, comida de una calidad ligeramente mejor y alcohol ilimitado. O'Connel se sentía más que feliz de pagar la diferencia.

Se dirigía a San Petersburgo para encontrarse con el ex detective Ted Klagborn, el detective jefe que cerró el caso del asesinato de Julio López. Basado en la información limitada proporcionada por el secretario del fallecido Julio López, había hecho un seguimiento del detective de homicidios que se había retirado a Florida. Antes de volar, había investigado algunos antecedentes sobre su colega jubilado y lo que encontró fue realmente curioso.

Para ser un hombre que vivía de una pensión pública de ochenta mil dólares al año, el detective retirado tenía unas propiedades muy valiosas. Era propietario de un condominio de un millón de dólares en el Vinoy Resort and Golf Club en San Petersburgo, conducía un nuevo sedán Mercedes Clase E, que cambiaba cada año y además, acababa de regresar de unas largas vacaciones en las que había pasado un mes en Aruba, un mes en Cerdeña y tres semanas en una villa en la isla de Santorini. Cuando O'Connell lo llamó para concertar una cita, Klagborn se jactó de haber gastado cinco mil dólares en una mesa de Texas Hold'em Poker en el Casino Venetian en Las Vegas.

La verdad es que esto no tenía mucho sentido. O'Connell sabía que un policía podía tener una jubilación cómoda, especialmente si había estado haciendo negocios al mismo tiempo y había tenido suerte en sus inversiones financieras. Pero Klagborn Parecía que estaba haciendo todo esto demasiado bien para haberse jubilado hacía treinta años. Le gustaría haber podido ver sus estados de cuenta bancarios, pero sin una citación y una investigación activa sobre Klagborn como sospechoso, esto no era posible. O'Connell estaba allí porque Klagborn era una persona que podía tener información relevante. Pete se enorgullecía de poder vender nieve a los osos polares, pero estaba a punto de remover detalles de un evento muerto hacía mucho tiempo. Klagborn ya le había dicho que el caso estaba cerrado y que no tenía más información o nada más que añadir. Estaba sorprendido de que Klagborn hubiera accedido a hablar con él por teléfono.

****

Alquiló un cómodo sedán en un servicio de Enterprise Rental Car. Klagborn vivía en lo que llamaba una pequeña casa de campo en la sección Snell Isle de San Petersburgo en el Club de Golf Vinoy. O'Connell sabía que la "cabaña" era en realidad un condominio de lujo detrás del campo de golf. Se suponía que el viaje sin tráfico desde el aeropuerto internacional de St. Petersburg Clearwater a la casa de Klagborn debiera de durar tan solo quince minutos, pero por la razón que fuera, el tráfico estaba atascado en Coffee Pot Boulevard y un viaje de quince minutos se convirtió en uno de cuarenta y cinco.

Se detuvo frente a un elegante condominio en Northeast Boulevard. El investigador se sentía un poco incómodo con esta entrevista. Sabía que podía estar implicando a otro policía en acciones no muy éticas . Odiaba ese pensamiento, pero O'Connell sabía que tenía un trabajo que hacer, y eso era todo. Había vivido el tiempo suficiente para saber que el lazo de hermandad entre policías estaba siempre presente, incluso en momentos en que no debería de ser así.

Llamó al timbre de la puerta del apartamento de Klagborn. Los sonidos sonaron como las campanadas de la Abadía de Westminster anunciando el Año Nuevo. Un hombre delgado y pequeño se asomó a través de un triángulo de vidrio transparente en una puerta de cristales muy elaborados. O'Connell mostró su placa. El hombre asintió y sonrió. O'Connell escuchó una serie de pestillos y cerraduras deslizantes antes de que la puerta se abriera por completo.

"¿Detective Klagborn?"

"Lo era. Ahora solo soy el Sr. Klagborn. Por favor entra. Llámame Ted".

Theodore Klagborn medía alrededor de 1,65 metros. Era un hombre menudo con una voz que debería haber pertenecido a un hombre como de 1,90 metros en lugar de a uno que pesaba cincuenta kilos y eso cuando estaba mojado. Tenía aproximadamente la misma edad que O'Connell, pero con una condición física bastante peor y bastantes canas. Desde la puerta de entrada a la casa de Klagborn, O'Connell podía ver directamente una gran cocina donde se encontraba una mujer alta, de piernas largas, vestida con una minifalda negra, sandalias con plataforma y una camiseta sin mangas a juego. Estaba haciendo comida en varias cazuelas que bullían en la cocina y se echaba hacia atrás largos mechones de un rubio teñido cada vez que removía el contenido de una cazuela o limpiaba un mostrador de la cocina.

Parecía tener entre treinta y cinco y cuarenta años, muchísimo más joven que los casi setenta años gastados de Klagborn."

O'Connell miró a Klagborn y sonrió. "Recuérdame que consiga el nombre de tu servicio de limpieza".

Klagborn se echó a reír. "Oh, en realidad no es mi empleada. Ella es Arelia, mi esposa. Adorable, ¿no es así?

"Sí, de verdad que sí. ¿Cuánto tiempo…?"

"Llevamos casados sólo cinco años. Yo era viudo, ya sabes. Un hombre se siente solo. Nos conocimos en uno de esos portales de internet. Estuvimos unos meses de novios y luego nos casamos en el juzgado. Ella trabajaba como modelo en Venezuela antes de casarse conmigo.

Y apuesto que ella necesitaba salir de Venezuela. Así que se consiguió un americano rico, viejo y estúpido. ¡Qué chica tan inteligente! Klagborn debe de estarse tragando el Viagra por kilos para mantener a esta chica feliz. Pensó para sí mismo.

La rubia salió de la cocina y dijo sonriendo, "¡Hola! El almuerzo estará listo en unos instantes y con un gesto cortés, volvió a la cocina.

"Parece muy buena chica, Ted. Os deseo la mejor de las suertes a los dos. Escucha, no quiero quitarte mucho tiempo".

"Oh, por favor, Pete. Estoy retirado. Todo lo que tengo es tiempo. ¿Te apetece beber algo antes del almuerzo?

"¿Y por qué no? Si no fuera demasiado problema, ¿me podrías servir un pequeño whisky con hielo?"

"Encantado. Vamos a empezar entonces, ¿de acuerdo? ¡Arelia, mi amor! —Le gritó en la cocina. "A los chicos nos gustaría tomar un whisky escocés en la sala".

O'Connell observó la reacción de Arelia cuando contestó en un tono de voz dulce y sarcástico al mismo tiempo. "Sí, cariño. Enseguida os lo sirvo".

O'Connell acompañó al anfitrión a una pequeña sala de estar. Era luminosa y soleada, con muchas mesas de cromo y vidrio que recordaban la decoración de los años 70, pero con un toque moderno. Se sentó confortablemente en un sofá de mimbre con grandes y mullidas almohadas de terciopelo. O'Connell estaba realmente impresionado por el modo de vivir de Klagborn.

"Así que debo admitir, Pete, que me sorprendió un poco escuchar que la investigación del asesinato que cerré hace treinta años se ha vuelto a abrir. Fue realmente un caso muy claro. Un caso que se abrió y cerró sin ningún problema".

"Transparencia total, Ted. Trabajo para la Clínica Legal del Pueblo en Newark, donde básicamente proveen servicios legales gratuitos para los pobres---"

"Justo uno de esos centros liberales dirigidos por los buenos samaritanos…"

O'Connel ignoró el insulto y dijo inocentemente, "¿Qué puedo decir Teddy? Yo estoy jubilado y me dan un cheque. Pero para tu información la investigación del homicidio no se ha reabierto, todavía no de todos modos. Pero ese es el problema. No fue tan claramente abierto y cerrado. Creemos que tenemos evidencia que sugiere que Julio López fue víctima de un fraude que involucró al municipio y que fue asesinado".

O'Connell percibió una pequeña contracción en el delgado labio superior de Klagborn. Durante décadas, O'Connell había sido un paciente observador de la conducta humana. Había estudiado los ojos, las expresiones faciales y los movimientos de cabeza, tanto de los testigos como de los criminales. Un movimiento o una reacción inmediata del cuerpo a palabras o situaciones, podía significar que una persona estaba diciendo la verdad o mintiendo. Mantuvo una mirada pasiva pero firme hacia Klagborn.

"Te lo voy a explicar. Hemos conseguido algunos registros que indican que hubo problemas ambientales que pudieron haber causado una epidemia de cáncer en la escuela P.S.578".

O'Connell miró el labio de Klagborn ... se contraía ... se contraía ... se contraía. Sus labios se apretaron firmemente y luego respondió: "No me digas".

"Ojalá no tuviera que decirlo, de verdad".

"Entonces, ¿estás volviendo a abrir el homicidio?"

"Todavía no, pero ---"

"En lo que a mí respecta, este es un asunto cerrado. Cuando encuentro a un hombre cubierto de pies a cabeza con cocaína, muerto en un charco de sangre, cierro mi investigación. Él murió por una sobredosis. Simple y sencillamente. El médico forense, el doctor Meadowloc, lo pensó así".

Nadie mencionó haber encontrado su cuerpo en un charco de sangre. Pensó para sí mismo. De hecho, esta es la primera vez que lo escuchaba.

"Sí, el Dr. Meadowloc. Intenté hablar con él, pero el viejo tiene un pie en la tumba y otro en una cáscara de plátano. Vive en la residencia de ancianos Green Fields y está en coma".

"Oh. ¡Qué lástima!"

"Sí claro. Así que nunca buscaste a ningún sospechoso, ¿verdad? ¿Quién fue el primero en la escena en el homicidio de López?"

"Un par de policías. Yo estaba fuera de servicio cuando recibí la llamada, pero al escuchar que se trataba de López decidí dirigir la investigación yo mismo".

"¿Por qué?"

"Bueno, yo había oído mucho de él. Era un cazador de ambulancias locales, que siempre representaba a personas contra la policía y el condado. Era un chico joven, un chico joven con una boca demasiado grande".

"No parece que te cayera muy bien".

"A ninguno de nosotros nos caía bien".

"Pero ciertamente no merecía ser asesinado".

"Fue un suicidio. El no fue asesinado Oh mira, aquí viene nuestro whisky".

Arelia entró en la habitación con una gran bandeja de plata esterlina. La apoyó sobre una mesa de cristal, para disgusto de su marido. O'Connell observó que se volvía hacia su marido y le entregaba suavemente el primer vaso. Klagborn se encrespó.

"Ten más cuidado con esa mesa de cristal. Te la acabo de comprar. ¿Qué sucede contigo? ¿Dónde están tus modales, Arelia? Sírvele a mi amigo primero".

"Lo siento. Señor O'Connell, ¿puedo servirle?"

O'Connell miró a la señora Klagborn. Él miró sus brazos bronceados y notó lo que parecían ser marcas de dedos, como si alguien hubiera agarrado su brazo y lo hubiera torcido. O'Connell miró a Arelia y luego miró a Klagborn.

"Arelia, te topaste con algo? ¿Qué le pasó a tu brazo?"

O'Connell observó de nuevo el labio superior de Klagborn ... se contraía ... se contraía ... se contraía.

Hubo un intercambio no verbal inquietante entre O'Connell y Arelia. Conocía la expresión de las mujeres que habían sufrido violencia doméstica. Entonces ella le contestó. "Estaba limpiando y luego, cómo lo dices en inglés", balbuceó tratando de encontrar la traducción correcta, "Me topé, sí, me tropecé con la pared. No es nada realmente".

O'Connell miró a Klagborn, tratando de contener su disgusto. "Es increíble cómo una pared puede saltar frente a ti". Tomó un trago mientras hacía un movimiento negativo con la cabeza. "¿Bueno, dónde estábamos? Sí. ¿Cómo terminó en el sótano de P.S.578? Si fue un "suicidio", ¿por qué decidió mojarse en cocaína en el sótano de una escuela primaria? Ya sabes, esa misma escuela donde la mitad de la clase de segundo grado murió de cáncer y el condado trató de cubrir su problema con el agua. ¿No es donde encontraste el cuerpo en el 88? "O'Connell observó cómo los ojos de Klagborn se movían hacia la izquierda para evitar el contacto directo con los suyos.

"Sí, tienes razón, creo que fue ahí donde encontré el cuerpo. Mira, era la década de los ochenta. Los asesinatos en el condado de Passaic eran constantes. ¡Dio mío! Eso era como un zoológico. Los cuerpos caían en las calles en aquel entonces, como una si fueran pájaros cayendo del cielo. ¿Qué esperas que diga? ¿Qué estás buscando?"

"La verdad, eso es todo". Bebió todo el vaso de whisky de un trago. "Acabamos de descubrir que P.S. El 578 probablemente cubrió algunos de sus problemas ambientales para ahorrar dinero. Esos ahorros se consiguieron a costo de la vida de muchos niños. Pero bueno, era una escuela de la parte pobre de la ciudad y probablemente a nadie le importaba una mierda."

"Entonces, ¿qué tiene esto que ver conmigo?"

"Nada en realidad. Pero tú llevaste el caso del asesinato de Julio López y él estaba investigando a la Autoridad del Agua de Riverwood. ¿Y mira lo que pasó? El pobre desgraciado aparece muerto. Solo pensé que quizás hayas tenido el presentimiento de que tal vez la muerte de Julio López no fuera un suicidio. Yo solo estaba buscando alguna información, eso es todo".

"Lo siento amigo, ya te he contado todo lo que sé". Le gritó a su esposa en la cocina. "Arelia, ¿dónde está nuestro almuerzo?" O'Connell notó que la actitud amistosa de Klagborn se estaba desvaneciendo rápidamente y estaba seguro de que su pobre esposa venezolana se llevaría la peor parte de la hostilidad de Klagborn una vez que saliera por la puerta.

"Sabes, Ted, tengo que ver a otras personas mientras estoy en San Petersburgo, así que creo que será mejor que no me quede a almorzar contigo si no te importa".

"¿Estás seguro? Tenemos mucha comida". El tono de la voz de Klagborn sonaba casi aliviado. "Arelia hace unos bocadillo cubanos al estilo venezolano buenísimos".

"Suena delicioso, pero me temo que voy a tener que irme".

"Déjame que te acompañe a la puerta." Klagborn se levantó rápidamente y empezó a hablar sobre su último juego de golf y los planes para sus próximas vacaciones. O'Connell respondió cortésmente hablando sobre sus propios planes, que incluían un viaje a Disneyland con sus nietos. Mientras O'Connell estaba en la puerta, Klagborn hizo una declaración final.

"Pete, tú y yo sabemos que, como policías, vemos cosas que no debemos y no vemos cosas que debemos. Creo que deberías dejar de pensar en todo el asunto de López. Han pasado más de treinta años. ¿Por qué quieres resucitar algo que está muerto?"

O'Connell sonrió. "Bueno, ¿Cuál es ese viejo dicho? ¿Los muertos viajan rápido? ¿O fue Stephen King quién escribió "A veces vuelven"? Pero gracias por el whisky".

Klagborn puso su mano en el brazo de O'Connell. "Realmente deberías dejar este asunto en paz hermano".

"No te puedo hacer ninguna promesa. Este es un asunto civil hasta el momento. ¿Pero quién sabe a dónde me llevará mi investigación? Ya sabes cómo van las investigaciones. Cuídate amigo. Ya volveré en algún momento a por ese bocadillo cubano". Los dos detectives retirados se estrecharon la mano y Klagborn cerró la puerta detrás de O'Connell.

Cuando estuvo seguro de que su visitante estaba en su auto y muy lejos, Klagborn corrió hacia una pequeña mesa y tomó un teléfono celular. Marcó frenéticamente un número. Sus manos goteaban sudor. Cuando respondió una voz masculina en el otro extremo del teléfono, Klagborn apretó los dientes.

"Hola. Si, soy yo. Me dijiste que nunca estaría atrapado en esto. Ahora tengo a un policía retirado persiguiéndome en Florida. Mantenme fuera de este lío. No voy a caer solo en esto. ¡No importa cuánto me pagues!"

Colgó el teléfono y luego corrió a un baño cercano para tomar una toalla y secarse las manos. Mientras caminaba hacia la cocina, comenzó a gritar: "¡Arelia! Es más de la una. ¿Por qué estás tardando tanto tiempo? Estoy muriéndome de hambre."

Capítulo Veintiséis

Casa de Nicholas Nowell
Fairlawn, Nueva Jersey

Todo en la vida de Garland podría resumirse en una palabra: desastre.

Cuando Garland llegó a su casa, inmediatamente subió a la pequeña habitación donde vivía don Julio. Tratar de organizar la vida de una mosca tan poco cooperativa hacía que las manos le sudaran profusamente. Estaba muy preocupado por el rápido aumento del tamaño de la mosca y su capacidad para mantenerla oculta de miradas indiscretas.

El trabajo también lo estaba consumiendo. Trabajaba gratis, vivía en la casa de su padre y se mantenía gracias a los veinte mil dólares que había recibido vendiendo el anillo de su ex prometida, pero el dinero se le estaba acabando. En realidad le estaba costando dinero ser voluntario en la Clínica del Pueblo. Como si esto no fuera suficiente, ahora parecía que la evidencia recién descubierta involucraba a la vieja escuela de Lilliana no solo en un caso de agravio tóxico masivo, sino en la reapertura de un homicidio de hacía treinta años. Garland estaba fascinado y aterrorizado al mismo tiempo. Cuando abrió la puerta de la habitación donde escondía a don Julio, no pudo contener la risa.

La novia de su padre había dejado una caravana de la muñeca Barbie en la habitación vacía del segundo piso. Don Julio le había quitado los muebles y los había colocado en un gran alféizar soleado. Tenía abierta una pequeña sombrilla con la palabra "CinZano". Había puesto una improvisada mesa de picnic. En la mesa había una tapa de botella llena hasta el borde de una mezcla de agua y miel. Una gran mosca negra tenía su brillante cabeza parcialmente sumergida en la tapa de la botella. La mosca hacía ruidos de zumbido mientras Julio sorbía un líquido transparente en un vaso rosado de la Barbie.

Era la recreación de la película "Fiebre de la Noche del Sábado".

Julio estaba vestido con un traje blanco de tres piezas con una camisa negra. Sus pies estaban cubiertos de zapatos de plataforma blancos. Una pequeña cadena de oro con un mapa de Cuba colgaba de su cuello. Estaba sentado con las piernas cruzadas en una silla de camping portátil. La expresión en la cara de la mosca era de completa felicidad.

"Julio, ¡qué traje tan bonito! ¿Ensayando para ser el rey de la disco esta noche? John Travolta estaría orgulloso".

Don Julio apuntó una pierna hacia él. "Por favor no sea celoso. Me veo bien, ¿eh? Le presento a la señorita Ivette. Ella es de Carmargue, una hermosa zona pantanosa cerca de Arles, Francia. Una dama con mucho talento. Habla francés, español y *domesticus* con fluidez, que es el idioma universal de las moscas. Una lingüista virtual, ¿quién iba a decirlo?"

"Jesucristo, vas a matarme". Garland se golpeó la cabeza con la palma de su mano, lo que dejó una marca roja en su frente. "Estás coqueteando con una mosca francesa desconocida. ¿Es esto lo que haces cuando voy a trabajar? ¿Y que pasaría si ella fuera portadora de alguna enfermedad?"

La mosca negra que había estado chupando suavemente el líquido de la tapa de la botella a través de un apéndice llamado "probóscide" detuvo lo que estaba haciendo. Se levantó en el aire, se lanzó directamente hacia el cuello de Garland y lo mordió.

"¡Ouch, maldita sea!", Comenzó a dar golpes a ciegas en el aire. Después de zumbar alrededor de la cabeza de Garland, la mosca negra salió volando de la habitación.

"¡Mire lo que hizo!" dijo don Julio tirando el vaso de Martini. Unas gotas de líquido transparente se derramaron del pequeño vaso de plástico cuando rebotó en el alféizar de la ventana. "La insultó. La llamó portadora de enfermedades y ahora se ha ido".

"¿A quien le importa? ¡Tu pequeña crepe suzette me mordió!

Julio comenzó a pasearse de lado a lado del alféizar. El sonido de sus zapatos de plataforma hacía pequeños clics cada vez que daba un paso en la madera.

"¿Por qué me odia?"

"No te odio".

"Está matando mi vida sexual", se echó hacia atrás en una silla. "Ella era una mosca Blandford, venida directamente de los pantanos de Carmargue, camuflada en un pedazo de caramelo metido en un traje Chanel de época. Y ella no era una mosca común. Le he estado dando miel y agua toda la mañana, hablándole dulcemente hasta que usted llegó. Y ya estaba a punto de hacerle el amor cuando usted hizo que se enojara y se fuera". Don Julio se levantó de la silla y se detuvo frente a la cara de Garland.

"¿Por qué no te encuentras novia? ¿Qué hay de esa joven y agradable abogada que trabaja en la Clínica del Pueblo? Tal vez usted necesita un poco de amor, ¿eh?"

Garland sonrió y habló en voz baja. "Lilliana, su nombre es Lilliana".

"Sí, sí, muy bien, amigo mío. Ahora, ¿por qué no sale con ella y me deja que me divierta?"

Garland se sentó. "Julio, tenemos que hablar. Teo tenía razón".

"Teo siempre piensa que tiene razón en todo".

"No, escúchame". Un cliente entró a la oficina. Era un hombre mayor que era portero en la escuela P.S. 578. Tenía papeles que datan de 1988. Garland se inclinó hacia delante. "Julio, ellos lo sabían. Esos bastardos lo sabían. La escuela y la Autoridad de Riverwood bombearon agua contaminada sin filtrar directamente al sistema de agua de la escuela. Fueron advertidos, pero para ahorrar dinero lo hicieron de todos modos. Ahora tenemos los documentos para probarlo. Y creo que ese el es motivo por el que el sobrino de Teo murió".

"Entonces, ¿cree que el sobrino de Teo sabía sobre el agua envenenada?"

"Sí. Una copia de los documentos fue dejada en su firma de abogados de forma anónima en 1988. Luego, de repente, el sobrino de Teo muere. El caso sobre su muerte fue cerrado como un suicidio.

Pero al día siguiente la oficina de Julio López fue asaltada. Lo único que se echó en falta fue una computadora y una copia de la caja de documentos que ahora tenemos. ¿De qué tratan los documentos? Memorandos y cartas que advierten al director sobre la contaminación del agua bombeada a la escuela P.S. 578."

Julio hizo la señal de la cruz con todas sus piernas, menos las dos sobre las que se puso de pie. "¿Teo sabe esto? Usted sabe que buscará venganza. Tiene que hacerlo."

"Julio, esto no es una pelea de sangre. Y la venganza que buscaremos será a través del sistema judicial cuando demandemos a la escuela, al director y a cualquier agencia gubernamental que se haya enterado de esto y no haya hecho nada. Luego nos acercaremos a la oficina del fiscal del condado y hablaremos sobre la reapertura de la investigación del homicidio".

"Ojalá tuviera en forma humana. Me gustaría maldecir a los asesinos personalmente. Se despertarían con verrugas, furúnculos y enfermedades. No tenemos tiempo para los tribunales".

"¿De qué estás hablando?"

"Amigo, la luna de sangre está llegando. Debemos actuar con rapidez ".

"¿Se trata de esa pequeña reunión que tuvimos en la universidad? porque quiero ser claro. Yo no quiero formar parte de ningún club al que ninguno de esas personas pertenezca, Julio. No tengo ningún interés. "Pueden hacer su vudú, magia, o brujería sin mí".

"No lo necesitan para el trabajo que tienen que hacer. Solo tenemos que resolver este caso antes de la Luna de Sangre o de lo contrario…"

"¿O si no qué?"

"Ese es el problema. No sé qué hacer. Isabela es muy peligrosa. Ella no tendría ningún problema en matarlo a usted y sus poderes serán mucho más fuertes durante la Luna de Sangre que será dentro de tres días ".

"Pensaba que era una araña gigante ¿Que me va a hacer ella? ¿Envolverme en su telaraña y chuparme la sangre?"

"Nunca se sabe."

Él suspiró. "Julio mira, no tengo tiempo para hablar más de esto en este momento. ¿Podemos hablar más tarde. Voy a salir esta noche."

"¿A dónde va a ir?"

"Por ahí."

"¿Quién va contigo?"

"Nadie."

"¿A qué hora va a volver a casa?"

"No lo sé".

Julio comenzó a darle vueltecitas a su bigote. "Tiene una cita con una mujer esta noche, ¿verdad?"

"No es asunto tuyo."

"Es esa joven abogada, ¿verdad? La señorita Lilliana".

"Hasta luego, Julio. Tengo que darme una ducha e irme enseguida". Le guiñó un ojo a la mosca. "Ese estilo de traje que tienes puesto es de hace más de cuarenta años. Mi padre llevaba un traje como ese. Un poco anticuado, ¿no crees?"

"Este traje es un clásico y no pasa de moda. Usted está celoso porque solo un tipo especial de hombre puede usarlo".

Garland se rió. "Pero no eres un hombre, ¿verdad?"

Julio comenzó a darle vueltecitas de nuevo a su bigote. "No amigo, todavía no".

****

Garland se sentía realmente nervioso. No había salido con una mujer que le interesara en mucho tiempo. Después de que Sissy Blackwood y él se separaran, Garland había participado en algunas de esas agencias que te buscan citas como Bumble, Tinder y Match.com. Garland estaba harto de las incómodas conversaciones sin sentido durante la cena, y de las mujeres que tergiversaban su edad con fotos de hacía quince años.

Pero Lilliana le intrigaba. Ella era una mujer real, reflexiva e inteligente, pero al mismo tiempo tenía una personalidad simple y sin complicaciones. Lo que más le impresionaba de Lilliana era lo amable que era con todo el mundo. Trataba a los clientes de la Clínica del Pueblo como si fueran ejecutivos adinerados empleados por una corporación multimillonaria, en lugar de personas pobres que no podían contratar un asesor legal.

Lilliana se preocupaba profundamente por las personas indigentes a las que servía.

Los pensamientos de Lilliana hicieron que el corazón de Garland se ablandara. Se encontraba a sí mismo queriendo protegerla de algo, aunque no sabía qué era ese algo. En el trabajo, cuando ella no lo estaba mirando, él le dirigía miradas rápidas y afectuosas por encima de la fuente de agua que los separaba.

Garland disfrutaba el tiempo limitado que pasaban juntos, ya sea colaborando con Lilliana en los casos, o conversando con ella mientras se comían un sándwich durante el almuerzo. Cenaban juntos de vez en cuando, pero estas eran cenas de negocios generalmente con investigadores u otros colegas en la Clínica del Pueblo.

Hacía años, había aprendido que un hombre nunca debería flirtear donde trabaja. Pero por alguna razón estaba dispuesto a hacer una excepción con Lilliana. Le tomó bastante tiempo tener el valor para finalmente invitarla a una cita oficial. Garland se sorprendió gratamente cuando dijo que sí.

****

Las últimas semanas en la Clínica del Pueblo habían sido agotadoras con largas noches de trabajo y un sueño interrumpido. Esto había estado ocurriendo durante un mes.

Lilliana le preguntó a Ina si podía trabajar desde su casa durante unos días, de miércoles a viernes. Ina estuvo de acuerdo siempre y cuando no tuviera que asistir a los tribunales y pudiera responder a los correos electrónicos. Descubrió que al trabajar desde su casa podía despejar de su cabeza las interrupciones de los teléfonos que nunca dejaban de sonar.

Además de ocuparse de los asuntos de propietarios e inquilinos de la oficina y de los casos de tenencia de drogas entre los jóvenes, Lilliana dedicaba parte de su tiempo a investigar las estructuras organizativas de las entidades públicas posiblemente involucradas en el encubrimiento en 1988 de la escuela P.S. 578. La caja de documentos había demostrado ser de gran ayuda para explicar cómo el agua contaminada entraba en la escuela y terminaba finalmente en el sistema sanguíneo de sus estudiantes.

Lo que había estado leyendo era al mismo tiempo triste e impactante.

Antes de ocupar el cargo de director de la escuela, Van Marcherz había sido profesor de educación física y director del programa de deportes. Los memorandos proporcionados por el antiguo conserje de la escuela mostraban que Van Marcherz se había quejado al director anterior por no tener suficiente equipo atlético. No parecía entender que el agua embotellada para los niños de la escuela era más importante que las nuevas pelotas de baloncesto. El agua embotellada se había proporcionado a P.S. 578 desde 1975, pero nadie preguntaba por qué.

El Departamento de Protección del Medio Ambiente de Nueva Jersey se comunicó con el director Van Marcherz para alertarlo sobre la necesidad de una filtración de agua adecuada en la P.S. 578. El problema de los contaminantes del agua del río Passaic causados por la polución industrial desde principios de 1900 no había sido examinado por el gobierno o los contaminadores. El agua era muy peligrosa, pero sin embargo, a través de tuberías viejas seguía fluyendo en la P.S.578. Las cartas escritas por varias autoridades gubernamentales explicaban que se necesitaría un filtro para evitar la invasión de contaminantes en el agua potable de la escuela. Van Marcherz había sido advertido, pero simplemente optó por ignorar las advertencias y luego pagar a una empresa ambiental privada para que analizara muestras de agua seleccionada. Por supuesto, Van Marcherz recibió la respuesta que buscaba: el agua cumplía con los estándares aceptables y, por lo tanto, no se necesitaba un sistema de filtración. Van Marcherz destinó el dinero ahorrado al no filtrar el agua, a sus propios proyectos favoritos.

Cada documento que leía le hacía más daño. recuerdos de su infancia la hicieron sufrir. Recordaba los días después de una infusión de quimioterapia cuando pensaba que nunca dejaría de vomitar. Recordaba como se agarraba a la mano de su madre mientras caminaban hacia los ataúdes de sus compañeros de clase. Parecía que ella y su madre habían asistido a un funeral cada dos semanas durante años. Una de las cosas que más daño le hacía era el vívido recuerdo de cuando el Sr. González quitaba los pupitres del aula de la Sra. Smith cada vez que un niño moría.

Ella trató de no dejar que la tristeza la embargara, pero no podía evitar sentirse culpable. ¿Por qué sobrevivió ella y no los otros niños? ¿Por qué era ella especial? Cuando se sentía absorbida por la tristeza, hablaba con Ina. Su mentora la consolaba como una madre. Entonces, de forma natural, Ina le explicaba que la mejor manera de superar las cosas horribles de su vida era pasarlas de largo y disfrutar la vida.

"El dinero no puede compensar la muerte o la enfermedad, cariño. Sencillamente, no puede. Las vidas se pierden y las enfermedades se convierten en obstáculos para hacer ciertas cosas en su vida. Hay momentos a los que nunca puedas volver", afirmaba. "Incluso Napoleón, el soldadito, dijo una vez, "Puedo recuperar los territorios, pero nunca el tiempo". Pero tu venganza vendrá en una forma diferente. Los llevarás a los tribunales y les sacarás a estas personas hasta el último céntimo. Lo único que realmente perjudica a las empresas y personas que participan en estos actos atroces es un buen saqueo de sus cuentas bancaria. Los billetes manchados de sangre y la mala publicidad es lo que más las lastima, querida. El éxito es la mejor venganza y hacer que el futuro sea mejor para los demás".

Ella encendió un cigarrillo. Un anillo de humo se formó alrededor de su cabeza como un halo que rodea a un santo y ella sonrió. "Ahora vamos a buscar a esos hijos de puta".

Lilliana redactó una querella civil que iba a hacer que las cabezas dieran vueltas en las agencias gubernamentales. Fue obra maestra de la redacción jurídica. Y se aseguró de que el nombre de Van Marcherz, el hombre mayormente responsable de todo este lío, estuviera claramente destacado como el primer acusado en el título de la querella. Guardó la queja en su computadora y luego la envió por correo electrónico a Ina para su aprobación final antes de que fuera presentada electrónicamente en el Tribunal del Condado de Passaic.

Ina tenía razón. El éxito sería su venganza.

Miró el teléfono móvil que estaba sobre el escritorio. Eran casi las 8:30. Se dio cuenta de que tenía que prepararse porque Garland estaría en la puerta de su casa en cualquier momento. Era la hora de terminar su jornada laboral y divertirse un poco.

Miró de nuevo su teléfono. Eran las 8:40. Corrió al baño para refrescarse el maquillaje. Sonó un timbre y el conserje anunció la llegada de Garland Nowell. Su corazón se agitó un poco, y no estaba segura de por qué. Después de todo, ella acababa de pasar un día entero con él. Ella lo veía todos los días, cinco días a la semana. ¿Por qué sentía repentinamente mariposas en su estómago? Después de todo, solo era una cena. En el fondo ella sabía lo que le pasaba de verdad. Le gustaba mucho Garland Nowell, el extraño joven que trabajaba gratis en la Clínica del Pueblo.

El timbre sonó. Lilliana se arregló el pelo frente al espejo. Se preparó para saludar a Garland con una gran sonrisa cuando abrió la puerta.

Un hombre alto que llevaba un gran sombrero negro de estilo Amish estaba al otro lado de la puerta. Su pelo era largo hasta los hombros con rayas rubias y grises. Su rostro era delgado y angular, con una nariz afilada y aguileña. Si no fuera por la piel que cubría su rostro, podría haber sido un esqueleto andante. Sus ojos eran profundos, hundidos y vacíos. Tenía una bufanda atada alrededor de su huesudo cuello. Llevaba una camisa negra y un abrigo largo de cuero negro.

Lilliana miró su hombro izquierdo, donde tenía un gran bulto que se hizo más prominente cuando se inclinó sobre ella. La luz ambiental en el pasillo de su condominio era suave, pero ella se dio cuenta de que el bulto en el hombro del hombre no solo era grande, sino que también se movía.

Lilliana retrocedió. "¿Le puedo ayudar?"

El hombre sonrió mostrando grandes espacios entre los dientes manchados de nicotina.

"Es casi perfecta. Usted debe ser la abogada que trabaja en el caso de la escuela P.S. 578."

Ella no perdió el tiempo y le contestó rápidamente. "Lo que yo hago no es asunto suyo". Entonces ella recordó que lo había visto antes. "usted… yo lo vi afuera en la calle fuera de mi edificio. ¿Quién diablos es usted?"

"Un amigo o quizás muy pronto … un amante" dijo mientras levantaba una mano y trataba de tocar su mejilla. Ella le dio un golpe en la mano y trató de cerrar la puerta en su cara.

"¡Aléjese de mí!"

La sombra oscura que se había estado moviendo de un lado a otro se acercó más a la luz. Lo último que vio Lilliana antes de desmayarse fue una enorme boca de grandes colmillos que se lanzaba hacia su garganta.

*****

Garland andaba retrasado. Cuando estacionó su automóvil en un garaje de Newark City cerca del condominio de Lilliana eran casi las 9:00 p.m. Ella vivía en un edificio recientemente construido que anteriormente era Hahne and Company. El edificio se estableció como una tienda por departamentos en 1858 y nunca se recuperó de los disturbios de Newark durante los años sesenta hasta que se cerró en 1987. Un constructor con mucha imaginación creó en la propiedad un edificio de uso mixto con apartamentos, lavanderías y una tienda de alimentos orgánicos. Garland se acercó a un fornido guardia de seguridad que pasaba su mirada de su teléfono celular a una revista de pesca que estaba leyendo. La mayoría del tiempo estaba absolutamente ajeno a lo que pasaba a su alrededor y a quien entraba y salía del complejo Hahne.

Golpeó el escritorio. "Hola. Buena noches. Apartamento 7A. Lilliana Ramos. Me está esperando".

El rotundo fornido y desinteresado guardia de seguridad miró a Garland y luego señaló un libro de registro. "Firme y lo anunciaré. ¿Nombre?"

"Garland Nowell".

Los ojos del hombre se abrieron. "¿Qué? Muéstreme alguna identificación.

"¿Por qué?"

El guardia se indignó. "Porque señor, usted justo estuvo aquí. Acabo de dejarlo subir a ese apartamento".

El corazón de Garland se aceleró. "¡Coge esto!" Metió la mano en su billetera y le dio su licencia de conducir. "Tiene que dejarme subir a ese apartamento. Necesito ver si ella está bien. Soy Garland Nowell".

El guardia miró la licencia y luego volvió a mirar a Garland. Cogió una radio bidireccional. "Eddie, necesitas salir del descanso y cubrir el escritorio". La expresión en la cara del guardia cambió. "Venga conmigo."

Los dos hombres corrieron al ascensor. Garland se ponía más y más tenso cada vez que una voz robótica anunciaba la llegada del elevador a cada piso. Cuando las puertas del ascensor finalmente se abrieron en el séptimo piso, Garland salió corriendo del ascensor. Sin pensarlo, corrió hacia la derecha.

"Mal camino, señor. 7A está en el lado izquierdo del edificio".

Garland se volvió hacia el departamento de Lilliana. Aunque se estaba moviendo rápido, el guardia de seguridad saltó delante de él y levantó el brazo para impedir que Garland se acercara. Garland pudo observar que aunque era casi obeso, era también extremadamente ágil.

"Deténgase. Su puerta está abierta. No sabe quién está detrás de esa puerta. Déjeme entrar primero, señor", declaró mientras desenfundaba un arma.

"¿Está armado?"

"Sí, soy un policía de Newark fuera de servicio".

"Bueno saberlo. ¿Cómo se llama?"

"Tumbler, oficial Otto Tumbler".

La puerta recién pintada del apartamento de Lilliana se abrió muy ligeramente. El oficial Tumbler se llevó el dedo índice a los labios para silenciar a Garland. Suavemente abrió la puerta con las puntas de los dedos mientras sacaba su arma. El oficial Tumbler llamó. "Sra. Ramos, ¿estás aquí? ¿Hola? ¿Sra. Ramos?"

El guardia de seguridad atravesó el umbral y entró en el comedor. Llamó a Lilliana. "Sra. Ramos? ¿Está bien? ¿Hola? Los hombres registraron el departamento. Se giró hacia Garland. "Ella no está aquí."

"Oficial, algo está mal. Teníamos una cita esta noche".

"Está bien, hombre, lo entiendo. Necesito reportar esto". Tumbler sacó su teléfono celular y llamó al 911.

Garland estaba en estado de shock. Temía lo peor. "Qué aspecto tenía el tipo que firmó como si fuera yo?"

¿El falso Garland Nowell? Alto, flaco sombrero negro grande y gabardina. Parecía un poco aterrador". El oficial Tumbler marcó el 911 y comenzó a dar órdenes. "No vaya a ningún lado. La policía querrá hablar con usted".

"Oficial, ¿este lugar tiene cámaras de seguridad?"

"Sí. Vamos a echar un vistazo, señor Nowell ".

Los dos hombres salieron del departamento y tomaron el ascensor hasta el sótano. Entraron en una pequeña oficina repleta de computadoras y equipos de seguridad.

"Los días de las viejas videocámaras y cintas de video han terminado. Mantenemos todo digital. Deberíamos ver algo. Se sentó frente a un teclado y escribió la fecha y la hora. Se abrió una pantalla de computadora y ejecutó el metraje grabado desde las 8:00 a las 9:00pm.

A las 8:40, Garland vio lo que temía. Su corazón se aceleró.

Las imágenes digitales mostraban una figura alta con un sombrero de ala negro y una gabardina también negra entrando al edificio. La figura se acercó al mostrador de seguridad. Ambos hombres observaron mientras un desinteresado oficial de seguridad ordenaba a la figura que firmara su nombre en el libro de registro sin levantar la vista.

El oficial Tumbler pausó las imágenes y señaló la pantalla. "¿Qué demonios hay en su hombro? No recuerdo haber visto esa cosa cuando entró".

Garland vaciló. "Vaya, no lo sé. Un poco se parece a una gran araña de goma. Ese tipo debe ser una especie de bicho raro. Él se rió nerviosamente. "Me refiero a qué tipo de idiota camina vestido de negro con una enorme araña de goma en el hombro, ¿verdad?"

El oficial Tumbler se encogió de hombros. "Hay gente de todo tipo, mi amigo. Veamos el resto del metraje".

Los hombres vieron cómo la figura doblaba la esquina y entraba en el ascensor. Las imágenes en el elevador mostraban al individuo con la cabeza baja y el ala del sombrero cubriéndose la cara.

"¿Ve eso allí mismo? Ese tipo sabe que lo están mirando en cámara, por eso tiene la cabeza baja", dijo el oficial Tumbler. Una voz llegó por su radio bidireccional. Lo recogió y comenzó a hablar. "Bien, bien. Tengo al chico justo aquí. No, él no fue quien la secuestró. Él es el novio, supongo".

Garland tragó saliva. *"¿Novio? Puedo lidiar con eso, pero secuestrado? ¡Dios mío! ¿En qué la he metido?"* El pensó. *Tengo que llamar a Teo.*

"Sí, soy su novio. Termine la grabación".

Ambos hombres vieron como el tipo del sombrero negro llamaba a su puerta. Vieron un breve intercambio cuando Lilliana intentó alejarlo y cerrarle la puerta en la cara. Luego, sin previo aviso, la araña "de goma" saltó del hombro del sombrero negro y se abalanzó sobre Lilliana. Después de hacer contacto con Lilliana, ésta se cayó al suelo. El hombre del sombrero negro se agachó y la cogió en sus brazos. La araña volvió a su hombro. Llevando a Lilliana en sus brazos, el hombre corrió rápidamente hacia la salida de emergencia del séptimo piso.

La grabación terminó. El siguiente fotograma de la grabación era estático en blanco y negro.

"¿Me está tomando el pelo? ¿Eso es? ¡Tiene que haber más!"

"Mire, este lugar fue construido el año pasado. El administrador del edificio aún no ha configurado las cámaras en las salidas de emergencia. Pero hay agentes de policía recorriendo el edificio por dentro y por fuera. Si ella está en el área, la encontraremos. Tenemos cámaras en el garaje de estacionamiento y sus alrededores. Tiene que haber algo".

"Eso espero antes de que sea demasiado tarde".

Rápidamente comenzó a ajustar su equipo de vigilancia. "Aquí están las imágenes del estacionamiento. ¿Tiene alguna familia?"

"No que yo sepa. No puedo creer que esto esté sucediendo".

"¿Conoce al hombre del sombrero negro?"

"Nunca lo he visto en mi vida. ¿Quién hace este tipo de cosas?"

Quienquiera que sea, sabe de usted y de ella. Recuerde que se identificó como Garland Nowell para llegar hasta ella.

"¿Está involucrado en asuntos de drogas? ¿Hay alguna gente indeseable que desee hacerle daño?"

"No, no. Nada de eso. Lilliana y yo trabajamos juntos en la Clínica del Pueblo en Newark. Es una clínica de ayuda legal para los pobres".

"¿Ella se dedica a defensa criminal?"

"Cosas menores. Nada relacionado con traficantes de drogas. Pero ella y yo estamos trabajando en un caso ambiental que puede tener serias repercusiones para un municipio local".

El oficial Tumbler parecía pensativo mientras hablaba. "Puede haber alguien al otro lado de ese caso que quiera detener el litigio incluso antes de que comience. Será mejor que tenga cuidado".

Garland cambió la conversación. "¿Tiene más imágenes? ¿Qué hay del garaje?"

"Veamos". El oficial Tumbler cambió de pantalla. "Está bien, aquí está el garaje".

Apareció otra pantalla de computadora. La pantalla mostraba al hombre del sombrero negro con una Lilliana inconsciente en sus brazos. Comenzó a caminar hacia una gran camioneta blanca. Sin previo aviso, se detuvo en seco. Lentamente se giró. La bufanda alrededor de su cuello cubría su nariz y boca. Los ojos vacíos y de aspecto muerto miraron hacia la cámara, y luego la pantalla pasó de ser completamente negra a estática.

"¿Y la placa de la furgoneta? ¿Qué hay de la furgoneta?"

Tumbler volvió al teclado y presionó varios botones. "No entiendo esto. Este es un sistema completamente nuevo. No debería haber interrupciones en el metraje. El metraje grabado entre el momento en que el sombrero negro miró a la cámara y entró en la camioneta no está aquí. Solo hay estática. No tengo nada. Absolutamente nada."

Garland golpeó su puño sobre una mesa con frustración. "Me tengo que ir."

"Necesita quedarse y ser entrevistado por la policía".

"Si quieren hablar, pueden llamarme". Garland arrojó su tarjeta de presentación sobre el escritorio. "Me voy. Ya sabe donde encontrarme."

Capítulo Veintisiete

Garland regresó a su casa y recogió algo de ropa y a don Julio. Arrojó la mosca, ya del tamaño de una muñeca Barbie, en el asiento trasero de su Ford Fiesta. Hacía un rato había llamado a Teo para hacerle saber que tendría dos invitados en su casa esa noche.

Mientras Garland se ahogaba en sus propios pensamientos, notó que la mosca usualmente tan conversadora estaba extrañamente tranquila. Olfateó el aire y percibió el olor familiar del tabaco. Mientras miraba por el espejo retrovisor, vio que don Julio se estaba fumando un purito pequeño. Sacudió la cabeza. Don Julio se había quitado su traje blanco de discoteca y ahora llevaba una camisa de guayabera, pantalones cortos y un sombrero de Panamá.

"¿Estás bien allí? ¿De dónde sacaste el cigarro?

"Mientras su padre salía con su mujer, asalté su caja de cigarrillos y tomé unos cuantos pedazos de tabaco". Movió el diminuto cigarro en el aire. "No es exactamente un Cohíba, pero era lo mejor que podía hacer con este mediocre tabaco americano. Y escúcheme, tengo un mal presentimiento sobre todo esto, muy malo".

"Ya somos dos. Quienquiera que sea esa Isabela, ella tiene a Lilliana".

"Isabela no lo hizo sola. Le puedo decir eso. Ella ha tenido quien la ayudara. Recuerde que es una araña grande y gorda, ¿no?

"¿Conoces a alguien que use un gran sombrero negro y una gabardina? Tal vez alguien de ese grupo de brujas o magos de Edward Williams College".

"No amigo, a pesar de lo que piensa, las personas de ese grupo no son malas. En lo que respecta al universo, lo mantienen muy bien equilibrado".

"¿Entonces, qué podemos hacer? La policía no sabe por dónde empezar a buscar y yo tampoco."

"Teo es un psíquico. Tal vez él pueda presentir dónde está ella".

"Sí, genial. Tengo que confiar en santeros, brujas y una mosca que habla. Pensé que mi vida era deprimente antes de conocerte. Mírala ahora".

"Pero usted no está solo en esto. Me tiene a mí."

"¿Cómo vas a luchar contra una araña amazónica del tamaño de un plato?"

"Lucho porque tengo fe". La mosca arrojó sus cenizas de cigarro en el asiento trasero del auto de Garland solo para fastidiarlo. "¿Y usted cree en Dios?"

"No. Soy ateo."

"Ay Dios mío! ¿Cree en el amor?"

"No. Bueno, tal vez, no lo sé".

"Tome mi consejo. Necesita creer en algo. Porque no creer en nada podría terminar con su vida".

Capítulo Veintiocho

Residencia de Teófilo López
Ocean Grove, Nueva Jersey

Cuando Garland y Don Julio llegaron a la casa de Teo, el viejo santero estaba esperándolos y tenía preparados filetes de salmón, arroz, frijoles, y una ensalada de aguacate picado. Cuando abrió la puerta y vio a Garland, extendió la mano y lo abrazó.

"Por favor Garland. No te preocupes. La encontraremos. Ahora entra, relájate y come."

Garland miró a Teo con ojos suplicantes. "La policía de Newark sigue llamándome. No creo que puedan encontrarla. Por lo que sé, ella podría estar muerta".

"Yo presiento que ella no está muerta. No todavía. Sé fuerte. Haremos hasta lo imposible. Lo que nadie más puede hacer. Esta es una batalla mucho más grande de lo que tú piensas".

Se sentaron alrededor de una cómoda mesa de comedor. Teo preparó un pequeño plato para don Julio, quien se había traído un cuchillo, un tenedor y una cuchara diminutos de la muñeca Barbie. Todos en la mesa estaban callados mientras Teo pasaba la comida. No se habló una sola palabra hasta que don Julio rompió el silencio.

"Maldición, he visto más vida en una morgue". Miró a Teo. "¿Cuál es el plan? Tenemos que hacer algo y hacerlo rápido. Por cierto, el filete de salmón está bien condimentado, pero demasiado seco".

"Nunca estás contento". Teo negó con la cabeza. Mirando directamente a Garland, respiró hondo. "El tiempo de Isabela en este mundo se está desvaneciendo. Ella necesita una nueva fuerza vital. Por eso se llevó a tu mujer. Ella necesita un nuevo cuerpo".

Garland dejó caer su tenedor. "¿Y cómo va a conseguir uno?"

"El peligroso ritual de anima mutatis mutanda o también conocido como cambio de alma. Isabela quita el alma de tu mujer y la coloca dentro de la araña. Isabela asume el cuerpo de Lilliana, su conocimiento y su vida. El espíritu de Lilliana es transferido y atrapado dentro de la araña. Eso es lo que le hice a Isabela hace muchos años. Para ella, éste estaba destinado a ser un viaje solo de ida al Amazonas. Ese tipo de cambio de alma puede revertirse. Él suspiró. "Pero luego está el otro tipo".

"¿Y que sería eso?"

"Ella se hace cargo de su cuerpo sin cambiar de alma. La araña muere, pero primero tiene que ...

"Matar a Lilliana". Garland terminó la frase. "No dejaré que eso suceda. Preferiría morir primero. ¿Qué vamos a hacer?"

"Antes de que el Dr. Meadowloc, el hombre que mintió en la autopsia de mi sobrino muriera", dijo apretando un puño, "murmuró dos palabras, 'escuela' y 'Van Marcherz'. Ahí es donde empezaremos".

"Entonces, ¿está sugiriendo que hagamos una pequeña visita al director Van Marcherz?", Preguntó Don Julio.

"Nosotros no la haremos", dijo Garland. "Pero sé quién puede."

Capítulo Veintinueve

Refugio antiaéreo
Sótano de la escuela P.S. 578

El aire a su alrededor era frío, pero olía a musgo y humedad. Le dolía la cabeza y se sentía febril. El lado derecho de su cuello palpitaba con fuerza. La joven quería estirarse y tocarlo, pero se dio cuenta de que tenía las manos atadas a la espalda y los pies atados por los tobillos. Escuchó un zumbido familiar, y sintió una leve brisa de aire caliente que circulaba alrededor de sus pies.

"Suena como el viejo calentador de mi oficina, pensó. ¿Dónde diablos estoy?"

Abrió los ojos y no vio más que oscuridad. Luchó contra las cuerdas que ataban sus manos y pies, pero no sirvió de nada. Donde quiera que estuviera, estaba atrapada. Se resignó, al menos temporalmente, a sentarse tranquilamente hasta que pudiera salir de esta prisión. Lilliana no tenía la menor idea de dónde estaba encerrada.

En la distancia, escuchó la voz de un hombre que hablaba suavemente y pasos acercándose. Ella gritó, "¡Ayuda! ¡Ayuda! ¡Que alguien me ayude, por favor!"

Pero antes de que la puerta se abriera, algo se descolgó silenciosamente del techo. En la completa oscuridad, Lilliana no vio nada hasta que un gran conjunto de ojos rojos y brillantes con forma de almendra, la observó de cerca. Entonces Lilliana oyó la voz ronca de una anciana. Venía de la gigantesca araña que colgaba frente a su cara.

"No sirve de nada gritar, querida. Estamos encerrados en un sótano subterráneo, un refugio antiaéreo de los años 50. Nadie puede oírte. Yo apenas me puedo escucharme a mí misma aquí abajo".

"¿Quién eres y qué quieres de mí?" Susurró débilmente.

La voz se rió. "Paciencia, ten paciencia. Pronto lo descubrirás. Ah, mi Tredd está aquí".

El hombre que había estado hablando y caminando entró en el lóbrego cuarto con su gabardina oscura y su sombrero de ala ancha. Tredd Van Marcherz accionó un interruptor en la pared. Varias bombillas incandescentes que colgaban del techo iluminaron la habitación.

"Mmmm interesante. Estoy sorprendido de que todavía funcionen. Después de todo, ¿cuántos años han pasado desde que se encendieron, querida? ¿Cincuenta años, tal vez?"

"Mucho más tiempo que eso, mi amor", respondió la araña. "Yo creo que setenta y cuatro años. Después de todo, este edificio fue construido en 1945 y probablemente, este refugio antiaéreo también".

La araña que colgaba frente a Lilliana se separó de su hilo de seda y se escurrió por el piso de cemento. Trepó por una de las piernas de Tredd, luego cruzó su pecho y se colocó cómodamente en el hombro izquierdo del hombre. Lilliana observó al hombre que con la araña sentada en su hombro caminaba hacia ella. Se arrodilló y le sonrió a Lilliana, quien estaba sentada en el frío suelo de cemento con la espalda apoyada contra una pared.

La mente de Lilliana se aceleró. Se preguntó si estaba alucinando. Estaba atada y atrapada en un sótano escuchando a una araña parlante del tamaño de un plato. Pero como ya que sabía que no podría salir de allí por el momento, trató de obtener información. "¿Que quieres de mi?"

"Es complicado, señorita". El hombre se quitó el sombrero e inclinó la cabeza. "Verá, debería estar encantada de ser un sacrificio como parte de un plan mucho más grandioso".

"De que estás hablando. ¿Qué plan?"

Lilliana observó mientras la araña giraba sus ojos hacia el hombre y hablaba. "Ella no necesita saber más. Ella solo necesita mantenerse viva hasta la Noche de la Luna de Sangre".

"Sí, sí querida. Tal vez haya dicho demasiado. ¿Tiene hambre? ¿Le gustaría comer algo, señorita Ramos?"

"Vete al infierno." Ella le escupió en la cara. "¡No quiero comer. Quiero que me liberes!"

Sin reaccionar, se limpió la saliva de la mejilla. "El infierno es un lugar muy familiar para mí. No sé si usted lo sabe, señorita Ramos, pero el veneno de la araña Theraphosa Blondi no es tan tóxico como el de otras arañas y serpientes. Pero al mirar su cuello y, basándome en la irritación y la inflamación que rodea la marca del mordisco, me atrevo a asegurar que usted es alérgica al veneno. Si mi María Isabela la atacara de nuevo, probablemente usted moriría".

"Entonces, ¿qué quieres? Si piensas matarme, hazlo de una vez".

"¡No!" Siseó la araña cuando sus mandíbulas se abrieron y cerraron. "No la mataremos ahora. Tenemos que esperar a la Luna de Sangre. Y entonces morirá".

"Nadie sabe que está aquí, señorita Ramos. Y nadie la encontrará nunca. Pero en realidad me gustaría que alguien venga a buscarla".

"¿Y quién sería?" Preguntó Lilliana.

El hombre que me puso en el cuerpo de esta araña. Si él viene a buscarla ofreceré dos sacrificios por el precio de uno. Y mis recompensas serán mayores de lo que nadie pudiera imaginar ".

****

Durante la mañana siguiente se estaban haciendo muchos planes en la Clínica del Pueblo. Garland había contactado a Ina, pero cuando llegó al trabajo, la policía ya estaba allí.

Garland estaba asustadísimo. Miró en la oficina de Ina. Ella estaba sentada en su escritorio revisando papeles. Garland la miró y se detuvo en la puerta. Su corazón estaba palpitando con ansiedad.

"Ina-"

Ella lo miró por encima de sus gafas. "Esto no es tu culpa, Garland. Ahora entra, siéntate y háblame".

Se tiró en una silla. "Siento que sí es mi culpa. Si hubiera llegado a tiempo a nuestra cita tal vez podría haber evitado que esto sucediera".

"Mira, ya he hablado con la policía. Revisamos sus archivos para ver si había un acusado o un caso que ella estuviera llevando que podría haber estado involucrado con el secuestro. No había nada excepto un montón de disputas de inquilinos y propietarios, el caso de la famosa ardilla, posesión juvenil de marihuana y cosas parecidas. Absolutamente nada especial, excepto ...

Terminó su oración. "La PD. 578. El caso ambiental".

"Sí. O'Connell estuvo hablando con la policía de Newark. Piensan que pueden tener parte de la matrícula de la camioneta cuando entró al garaje, pero las cámaras de seguridad en ese garaje no sirven para nada". Ina se recostó en su silla y levantó una ceja.

"Sabes, me dijeron que el hombre que la secuestró firmó su nombre en recepción como Garland Nowell. Por lo tanto, ellos saben quién eres. ¿Estás involucrado en algo desagradable como problemas de drogas, juego o tal vez una amante despechada? ¿Hay alguna parte oscura y emocionante de tu vida que nadie conozca?"

Una mosca que habla, un santero que quiere vengarse por la muerte de su sobrino y un club social de brujas, pensó para sí mismo. *Nada extraño por aquí.*

"No Ina. Mi vida es bastante aburrida. No hay nada excitante en ella."

"No creí que lo hubiera, pero tenía que preguntar".

"Todo esto tiene que ver con el caso de la escuela P.S. 578 ".

"Creo que eso es exactamente correcto. Y creo que debemos seguir con el caso mientras la policía hace su trabajo".

Garland asintió. "¿Que hacemos ahora?"

"Lilliana me envió una copia de la demanda por correo electrónico antes de que todo esto sucediera. La estoy leyendo y haciendo algunas correcciones. Cuando esté terminada quiero que el maldito documento sea presentado en los tribunales inmediatamente. Y quiero una gran cobertura de prensa. Necesitamos sacar esto a la luz ".

"¿Qué quieres que haga?"

Ella le pasó un borrador de la demanda 'La Clínica del Pueblo contra Van Marcherz y la Junta de Educación del Condado de Passaic'. "Empieza a leer. Trabaja con O'Connell y asegúrate de que tengamos la evidencia para respaldar lo que alegamos. Vamos a demandar a algunas personas bastante poderosas. Cuando le disparas a este tipo de animales, disparas para matar, no para herir. Necesitamos ganar ".

"Mensaje recibido."

Ina se levantó de su escritorio y se sentó en una silla junto a Garland. "Sé que estás muy preocupado. Lilliana es como una hija para mí. Yo me siento igual."

"Si ese bastardo la lastima, lo mataré cuando lo encuentre".

"Ahora, ten paciencia Garland. Lilliana es una joven muy fuerte. Sobrevivió al cáncer, siendo una pobre inmigrante fue a la universidad y completó la carrera de derecho como estudiante becada. Ella es una persona increíble. Si alguien puede sobrevivir a esto, es Lilliana. Pero el tiempo es esencial en cualquier secuestro. Y no quiero tener que defenderte por un cargo de homicidio. Ahora vamos a trabajar en el caso P.S. 578. Es lo que Lilliana hubiera querido".

Capítulo Treinta

Pensión de Zoraida
Paterson, Nueva Jersey

Después de una visita a su psiquiatra, el Dr. Eahrbern, Fergal recibió una renovación para su medicación. Para pasar el día entretenidos, Fergal y el señor Pepe se sentaron en el parque de St. Michael para alimentar a la población local de palomas. Había comprado una gran bolsa de granos de maíz. Con una sonrisa bromista en su rostro, roció el maíz alrededor del banco del parque donde él y su compañero se sentaron. Las palomas locales lo invadieron, para disgusto de las otras personas en el parque que pensaban que los pájaros eran sucios y ruidosos.

Una anciana que vivía en la pensión de Zoraida le gritó a Fergal.

"¿Por qué alimentas a esas ratas con plumas, muchacho?"

"No es asunto tuyo, Lola. ¡Esos pájaros son mis amigos!" — Gritó él.

"¡Loco imbécil, cómo pierdes el tiempo, alimentando pájaros sucios! ¡Tú y tu amiga, la ardilla, debieran estar en un hospital psiquiátrico!

"¡Dime algo que yo no sepa!"

Fergal se rió mientras vaciaba la bolsa de granos de maíz en el pavimento. Para disgusto de Lola, vinieron muchas más palomas y la rodearon. Miró a Lola y luego señaló un árbol al otro lado del parque.

"Mira allí, vieja murciélago. Hay un árbol precioso para que te cuelgues boca abajo. ¡Ja, ja, ja!" Encontró otra pequeña bolsa de maíz en su bolsillo, la abrió y arrojó un puñado de maíz en dirección a Lola para que las aves volaran hacia ella y le picotearan los pies.

Era enero y estaban a bajo cero, pero el aire frío no le molestaba ni a Fergal ni a su ardilla. Desde que recibió la compensación en su caso de derechos civiles, Fergal había estado disfrutando de la vida, gastando dinero en las cosas que quería. Su compra más reciente fue una chaqueta de esquí muy cara en Nordstrom. Los mantenía a él y al señor Pepe bastante calientes. La ardilla se escondía dentro de la chaqueta y de vez en cuando asomaba la cabeza, olfateando el aire frío antes de volver al cálido escondite bajo la axila de Fergal.

Fergal le preguntó al señor Pepe. —"¿Te gusta mi chaqueta nueva, señor Pepe? Está hecha por un tal señor Burberry y estaba rebajada de $ 1.200 a $ 800".

La ardilla respondió con un chillido. Fergal buscó en un bolsillo, sacó unos anacardos y se los dio al señor Pepe, luego miró al reloj de pulsera Invicta que había comprado en Wal-Mart. "Ahora tenemos que irnos".

La oscuridad llegó rápidamente, y sentarse en un parque en la ciudad de Paterson, después del anochecer, puede ser peligroso. Exactamente a las cinco en punto, Fergal caminó hacia Tranquilty House, un comedor comunitario cerca de su casa de huéspedes. Se arriesgaría a ingerir una comida gratis de pollo duro y sobre cocinado, judías verdes enlatadas sin sabor y puré de patatas instantáneo, todo cubierto con una salsa oscura y grasienta. El señor Pepe y Fergal acordaron que no comerían el desabrido pudín de chocolate que servían en Tranquility House ya que en casa los esperaba un postre mucho más fino.

El día anterior, Fergal había comprado una tarta de cerezas y éclairs en una panadería gourmet francesa. Fergal tenía sesenta y ocho años y sabía que estaba justo en el límite de ser considerado diabético. Lo último que necesitaba era azúcar de cualquier tipo, pero no podía resistir la tentación de las grandes y suculentas cerezas que flotaban dentro de una cubierta de hojaldre liviano y tierno. Lo había consultado con el señor Pepe y como se esperaba, la ardilla estuvo de acuerdo con él: hacer trampas en su dieta de vez en cuando no era algo terrible.

Metió la llave en la cerradura y abrió la puerta de su habitación en la pensión. El señor Pepe saltó de su axila y se dirigió directamente hacia una pequeña mesa de la cocina. Se incorporó sobre sus patas traseras y lo miró.

"Ahora, espere un minuto, señor Pepe. No se impaciente que ya traigo la tarta. Me muevo tan rápido como puedo".

Colgó su nuevo abrigo en un armario mientras silbaba "La vida es un carnaval" de Celia Cruz. Le dio la espalda a la ardilla y sacó una gran caja blanca del refrigerador. Después de cortar la cuerda roja y blanca de la pastelería, sacó la tarta de cerezas y la colocó con amor en un plato grande. Cada nota que Fergal silbaba era acompañada de ladridos y chillidos de la ardilla. Era un extraño dúo musical entre un hombre y su ardilla.

Luego, sin previo aviso, la ardilla dejó de hacer ruido. Fergal dejó de silbar. Era como si el tiempo se hubiera detenido. El aire en su habitación se volvió frígido, y cuando exhaló, pudo ver su aliento.

Estaba pasando ... otra vez.

Sin motivo aparente, Fergal se sumergió en una profunda tristeza, ese tipo de tristeza que uno persona siente cuando alguien recibe noticias de una muerte. Puso sus manos a ambos lados de su cabeza. Las visiones de su pasado inundaron su cerebro. Como en una película de terror, Fergal vio los eventos más horribles de su vida con cada olor, cada lugar y cada emoción que acompañaron cada incidente.

A medida que avanzaba en el tiempo, sintió el calor de las selvas de Vietnam y vio a un simple soldado que llevaba un M-16. En el siguiente destello, olió el aroma enfermizo y dulce de los arreglos florales mientras estaba de pie junto al ataúd de su madre en una funeraria. Luego sintió un escalofrío cuando percibió la frialdad del cuerpo sin vida de su hijo. Su hijo murió a causa del síndrome de muerte súbita infantil, justo después de que regresara de la guerra.

Los recuerdos le rompieron el corazón. A lo largo de la vida, la muerte había sido una compañera que conocía demasiado bien. Y fue aquí una vez más.

Encontró su voz y dijo. "Sé que estáis ahí. ¿Qué queréis?" Luego se dio la vuelta para enfrentarlos.

Los niños de la escuela P.S. 578 estaban de vuelta. Se pararon frente a él como pequeños soldados pálidos. Evan dio un paso adelante desde la parte posterior del grupo.

"Señor. G., todavía necesitamos su ayuda".

"Les di los documentos que querían. Sé que debería haber hecho eso hace años. Él suspiró. "¿Qué pasa esta vez?"

"Nuestra amiga, Lilliana, está en peligro y necesita nuestra ayuda".

"¿Quién le quiere hacer daño?"

"Un hombre malo. Un hombre muy malo que vive en la escuela. Él se la llevó".

Sacudió la cabeza. "No entiendo. Nadie vive en la escuela".

El niño pequeño sonrió y negó con la cabeza. "Nuh-uh. El hombre malo lo hace. Vive en la escuela. Muy abajo".

"¿Qué puedo hacer?" Fergal se inclinó y miró a los ojos del niño muerto. "¿Cómo se llama?"

El niño fantasma extendió sus brazos para abrazarlo. "Necesita ayudarla antes de que el hombre malo la lastime, y la Luna cambie su color al de la sangre. Si la Luna se convierte en sangre, se habrá ido para siempre".

Fergal envolvió sus brazos alrededor de Evan.

"¿Y cuándo va a suceder eso?"

"Mañana", susurró.

"¿Qué debo hacer?"

Antes de que el niño fantasma respondiera, él y los otros niños, desaparecieron. El señor Pepe saltó de la mesa, se acercó a Fergal y se subió a su hombro. La ardilla le acarició la oreja y Fergal le dio una palmadita en la cabeza.

"Tenemos mucho trabajo que hacer, señor Pepe", suspiró. "Pero antes de eso nos vamos a comer un poco de pastel".

Capítulo Treinta Y Uno

El día de la luna de sangre
Hogar de Teófilo López
Ocean Grove, Nueva Jersey
9:00 a.m.

El viejo Santero había creado un templo dedicado a Yemayá en su casa. Las paredes de la sala del templo estaban pintadas de azul y blanco. Su altar contenía elementos del océano como conchas marinas, estrellas de mar secas y caballitos de mar. Había colocado una sopera llena de agua salada en el altar. En el centro de estos símbolos de agua, se alzaba una gran estatua de una mujer bronceada con el pelo rojo y largo. Estaba rodeada por una botella de vino blanco, siete centavos, siete claveles azules y blancos, y siete estatuas de delfines. Siete velas azules habían estado encendidas durante siete días, junto a una gran piedra aguamarina.

Había otras estatuas en su altar, como La Caridad de Cobre y Kwan Yin, pero Teo había dedicado el trabajo de toda su vida a Yoruban, la Gran Madre de los Océanos. Como uno de sus hijos, ahora le pediría a la diosa justicia no solo en este mundo, sino también en el próximo.

Teo había estado atraído por el mar desde que era un niño. Cuando era pequeño se sentaba en la playa y le hablaba al océano. El agua era su mejor amiga. Mientras estaba frente la orilla, le decía al mar qué bonito era. Después de un rato, una voz dulce y maternal le respondía agradeciéndole sus amables palabras.

Una vez, cuando tenía diez años se había ido nadando demasiado lejos. Una gran resaca lo succionó mar adentro. Teo recordaba la cara de su madre mientras estaba de pie, indefensa en la playa, llorando y viendo como su pequeño era arrastrado bajo las olas.

Cuando estaba casi inconsciente escuchó la misma voz maternal que siempre le había hablado en la playa.

"Ten fe mi hijo precioso. Eres uno de mis hijos y te tengo protegido en mis brazos."

Teo recordaba los brazos protectores y fuertes que lo sacaron de entre las olas. Tosió y expulsó el agua de sus pulmones y una vez que recuperó la conciencia, se encontró montando la cresta de una ola que lo depositó suavemente en la orilla a los pies de su madre. Esa era la fuerza de Yemayá, la Madre del Mar. Ella le había salvado la vida. Ahora salvaría la vida de otra persona, Lilliana.

Pero sabía que lo que enfrentaría sería mortal. Le suplicaría a la diosa humildemente que lo ayudara, tal y como lo hizo cuando era pequeño y cabalgó con él en la cresta de la ola hasta que lo regresó a la orilla. Cerró los ojos y dejó que su mente volviera a la playa en la que había jugado cuando era niño.

Sonó el timbre y su meditación se rompió. Teo se levantó y abrió la puerta ligeramente y vio a Garland al otro lado de la puerta sosteniendo una maleta.

"Teo, déjame entrar. Tenemos que hablar".

"Sí. Vamos a hacerlo ahora porque no tenemos mucho tiempo. Por favor, entra y siéntate".

Teo lo acompañó a la sala de estar y le pidió que se sentara. Garland colocó la pequeña maleta en una mesa de café y abrió los costados. Levantó la tapa y salió Don Julio.

La mosca se había hecho más grande. Ahora medía setenta y cinco centímetros y aunque todavía llevaba puesto su traje blanco de John Travolta, le quedaba completamente ridículo. Los pantalones eran demasiado cortos, la chaqueta era demasiado pequeña y la mitad de sus pies se le salían de los zapatos. Una vez más, se le había quedado pequeña su ropa. Y como siempre, Don Julio estaba extremadamente molesto.

"¡Mírame! ¡Este es el trabajo de María Isabela! Esa horrible araña podrida. ¡Cuando sea más grande que ella, le arrancaré las piernas de una en una y disfrutaré cada minuto!"

"Cálmate, Julio. Todo esto terminará en breve. Te conseguiré ropa nueva".

La mosca miró a Teo. "¿Tienes herramientas en tu garaje? Necesito herramientas".

Teo parecía curioso. "Sí. ¿Por qué? ¿Necesitas arreglar algo?"

"Sí". La mosca salió volando de la habitación y se dirigió al garaje de Teo. Garland miró a Teo.

"¿Deberíamos seguirlo?"

"No, déjalo jugar en el garaje. Necesito hablar contigo."

"Tenemos que encontrar a Lilliana, Teo. La policía está investigando, pero no tiene pistas. Ella podría estar muerta en este momento".

"Yo presiento que ella no está muerta. Pero sí siento que la mantienen viva con un propósito, y una vez que ese propósito haya terminado, morirá. Todo sucederá esta noche".

"¿Cómo podemos encontrarla?"

"¿Ya presentaste esa demanda?"

"No aún no. Estoy a punto de concluirla. Luego se archivará electrónicamente y se presentará hoy a parte demandada, los abogados de la escuela PS 578. ¿Por qué?"

Teo se paseó nerviosamente por la habitación. "¿Puedes entregársela directamente al director Van Marcherz?"

"Sí, puedo hacer que el investigador O'Connell haga eso. ¿Por qué?"

"Será interesante ver si Van Marcherz tiene alguna reacción a la demanda".

"Y qué crees que conseguirá eso?"

"Creo que conseguirá muchas cosas". Respiró hondo. "¿Crees en el cielo y el infierno? ¿El bien y el mal? ¿Dimensiones a otros mundos?"

Garland se echó hacia atrás en una silla. "¿Por qué no? Tengo una mosca de setenta y cinco centímetros vestida con un traje de Travolta y ahora está en un garaje tratando de construir algo. Entonces sí, honestamente creo que sí. Creo que hay cosas en este mundo que nunca entenderé, y cosas en este mundo que nunca deberían ser manipuladas, como lo oculto. Teo, lamento decir esto, pero desearía no haberos nunca conocido ni ti ni a la mosca ".

"¿Y a Lilliana?"

"Bueno, no llegaría tan lejos".

"Pero cómo tú dices, ya estás dentro. No hay vuelta atrás. Y ahora debes prepararte y luchar con nosotros, si quieres salvar a tu mujer".

"Entonces, ¿qué quieres que haga?"

"Don Julio y tú vendréis conmigo esta noche para encontrar a Lilliana y destruir a la bruja María Isabela. Tendremos ayuda de otros. Pero esta pelea realmente nos pertenece".

"Excelente. ¿Cómo vamos a encontrar a la bruja?"

"Mi amigo, creo que ella está tratando de encontrarnos a nosotros. Creo que Lilliana fue raptada por Isabela y su cómplice no solo para robarle el alma, sino también para sacarme fuera de mi escondite. Pero estoy listo Lo sabremos antes de que salga la luna".

Garland se puso de pie. "Lo que sea necesario, estoy listo ..."

Antes de que pudiera terminar la oración, ambos hombres escucharon un gran estrépito proveniente del exterior. Teo y Garland atravesaron la cocina hacia el patio trasero. Teo tenía una cochera victoriana muy grande en la parte trasera de su propiedad que había convertido en un garaje para su automóvil y herramientas. Las puertas del garaje estaban bajadas, pero a través de la parte superior del cristal los dos hombres vieron chispas volando. Se miraron el uno al otro.

"¿Qué demonios crees que está haciendo Julio allí?"

"No lo sé. Pero entremos rápidamente antes de que queme mi casa ".

Teo levantó la puerta del garaje. Vio a la mosca luchando con una sierra de mesa pequeña mientras cortaba un gran cubo de basura de aluminio. En el poco tiempo que había estado en el garaje, había causado estragos. La mayoría de las herramientas de Teo estaban esparcidas por el suelo. Julio había cortado varios agujeros en el basurero y dejado los pedazos esparcidas. Algunas piezas eran redondas, mientras que otras eran cuadradas o rectangulares. Había tirado otra lata de basura en el garaje, había sacado todo y abierto las bolsas para encontrar una lata de sopa vacía.

"Julio, ¿qué estás haciendo? Esparciste mi basura por todas partes. ¿Por qué has hecho agujeros en mi bote de basura?"

La mosca no se disculpó. "Esta noche entramos en batalla con una bruja. ¿Ustedes dos piensan que soy un idiota? Voy a entrar con protección. Estoy haciendo una armadura corporal con tu basurero. Se parecerá a la armadura utilizada por el Rey Arturo y los Caballeros de la Mesa Redonda. Mira esto. Ya casi termino con el peto". Don Julio tomó dos piezas redondas de metal unidas por cordones de cuero. Lo colocó sobre su cabeza. Parecía la imagen de un anuncio para avisar la apertura de una nueva tienda o restaurante.

"Decidí dejar más espacio en la parte de atrás para poder alcanzar la máxima velocidad de vuelo".

Teo se cubrió la boca con la mano. Garland sonrió. Los dos hombres trataron de no reír. Garland señaló la lata de sopa. "¿Qué vas a hacer con eso?"

Don Julio se acercó y agarró la lata de sopa Campbell vacía. Se la puso en la cabeza. "Voy a hacer un casco una vez que lo limpie y corte agujeros para mis ojos". Una gota de sopa cayó cerca de su boca, y la chupó. "Crema de tomate. No está mal."

Teo ya no pudo contenerse. Se rio a carcajadas. "Amigo mío, me comí esa lata de sopa la semana pasada. Estás comiendo sopa de la semana pasada". Don Julio comenzó a gritarle a Teo, pero la lata de sopa se cayó, le cubrió por completo la cabeza y ahogó las palabras de la mosca. El peso de la lata era demasiado e hizo que Don Julio se cayera de espaldas.

Garland se encogió de hombros. "Siéntase feliz, Teo. Al menos, está reciclando. Es bueno para el medio ambiente. Sabe, siento que estoy en una mala película de ciencia ficción. Si sobrevivimos a este desastre esta noche, ¿qué va a hacer con el guerrero de la sopa Campbell?"

"No tengo idea". Se volvió hacia Garland. "Pero deberías irte a casa ahora. Somete la demanda hoy mismo. Dentro de poco recibiremos noticias".

"¿Pero cómo?"

SOBRE DIOSES, MOSCAS Y ABOGADOS DESESPERADOS

Probablemente lo descubrirás antes que yo. Ahora vete a casa y espera.

****

Garland regresó a la Clínica del Pueblo. Llegó alrededor de las 3 de la tarde. La secretaria de Ina tenía la demanda lista para ser presentada ante el Tribunal del Condado de Passaic. Garland revisó los documentos rápidamente y los firmó. La secretaria trabajó rápidamente. Echó un vistazo a los papeles y los subió a la página web del juzgado. Después de imprimirlos, le entregó una copia a Garland.

Ina y O'Connell estaban sentados en la sala de conferencias. Garland vio que estaban hablando en voz baja, pero necesitaba interrumpirlos.

"Ina, necesito que esto sea entregado en mano hoy".

"¿Alguna razón en particular por qué?" Ella sonrió casi sabiendo la respuesta.

"Es algo que hay que hacer, Ina. Lilliana hubiera querido que hiciéramos esto".

Ella asintió. "Entiendo. ¿Están todos los documentos listos?"

"Sí."

"Investigador O'Connell, sé que normalmente vas a tu casa ahora, pero ¿te importaría trabajar un poco de tiempo extra?"

Se recostó en su silla. "Como soy el investigador del caso, no puedo presentar la denuncia. Pero puedo ir con alguien que pueda ".

"Déjame adivinar. Tienes un amigo en el Departamento del Sheriff del Condado de Passaic".

O'Connell sonrió de oreja a oreja. "¿Cómo lo adivinaste?"

****

Escuela PD 578 - Oficina de Robert Van Marcherz
Passaic, Nueva Jersey
3:45 p.m.

O'Connell y el sheriff J. Harry Smith se detuvieron frente a la P.S. 578. El día escolar había terminado y los niños salían de la escuela primaria por las puertas principales. Era un día frio. Los dos investigadores estacionaron al otro lado de la calle con el motor de sus autos en marcha, esperando a que la multitud de autobuses, padres e hijos disminuyera. Una vez que vieron que la multitud se disipaba, O'Connell y Smith entraron en acción.

O'Connell tocó el timbre. Una voz femenina del interior de la escuela les pidió a los hombres que se identificaran. Smith explicó que eran de la Oficina del Sheriff. La voz luego les dijo que colocaran sus caras frente a una pequeña ventana de vidrio. Las luces parpadearon y luego la puerta zumbó y se abrió para permitir su entrada a la P.S. 578. Cuando cruzaron el umbral, vieron un letrero que tenía una flecha apuntando en dirección a la oficina del director Van Marcherz. Siguieron la señal y los condujo a la oficina del asistente administrativo de Van Marcherz. O'Connell sonrió para sí mismo mientras la miraba.

Esa vieja lleva demasiado maquillaje en la cara. Y ese lápiz de labios rojo en esa arrugada piel blanca hace que se parezca a la abuela de Drácula, pensó. *Y ¡Dio mío, aquí hace tanto calor como en el infierno!*

"Caballeros, soy la señora Ford, asistente del director Van Marcherz. Aquí están sus tarjetas de identificación con la foto. Pueden quitarse los abrigos y colgarlos en el armario del conserje justo detrás de ustedes".

O'Connell miró a Smith. "¿El armario del conserje? ¿Quiere que cuelgue mi abrigo al lado de los artículos de limpieza del conserje?"

La señora Ford se rió. "Oh, por favor no se ofenda. Es solo que estamos renovando la sala de profesores y los armarios para los abrigos. Simplemente no hay mucho espacio en este momento. Así que solo estamos tratando de hacerlo lo mejor posible considerando las circunstancias. El conserje tuvo la amabilidad de trasladar sus suministros a otro lugar para que pudiéramos colgar nuestros abrigos en su armario. Es muy espacioso. Ya lo verá una vez que abra la puerta. Los sombreros y guantes se colocan en los estantes superiores".

"Bueno. Entendemos sus problemas de espacio, ¿no, Harry?" O'Connell guiñó un ojo. Vio como Harry se encogió de hombros en respuesta, desinteresado en toda la conversación. Simplemente estaba allí para entregarle los papeles al director de la escuela, y luego cobrarse la invitación que le había hecho O'Connell de una cerveza bien fría cuando terminaran.

"Estoy bien. Me quedaré con mi abrigo puesto si no le importa".

O'Connell estaba asándose en su grueso chaquetón. Se lo quitó y abrió la puerta del armario del conserje. Se sorprendió realmente. La vieja secretaria con el terrible maquillaje tenía razón. Era un gran vestidor y tenía varios abrigos colgando. Había un abrigo en particular que inmediatamente llamó su atención, y por un momento no pudo quitarle los ojos de encima.

Era un largo abrigo de cuero negro.

Quizás esto no hubiera sido motivo de alarma si no fuera porque había un sombrero negro de ala ancha de aspecto amish colocado sobre el largo abrigo de cuero negro. O'Connell tenía buen ojo para los detalles y recordó las imágenes de la cámara de seguridad en las que se veía que el hombre que secuestró a Lilliana Ramos llevaba una larga gabardina negra y un gran sombrero negro. Sintió que la sangre le corría por la cara, pero mantendría la información para sí mismo, por ahora. Debía mantener la calma.

La Sra. Ford anunció al director Van Marcherz que había dos policías esperándolo afuera. O'Connell escuchó un sonoro "¿Qué?" seguido por un revoloteo de papeles antes de que Van Marcherz apareciera en la puerta. Cuando entró en la habitación, O'Connell notó que el director parecía estar muy nervioso.

"Buenas tardes caballeros, ¿cómo puedo ayudarlos?"

O'Connell le devolvió la sonrisa. "Desafortunadamente, tenemos que darle algo. Harry, por favor entrégale los papeles al señor Van Marcherz".

El oficial del sheriff le entregó la demanda titulada La Clínica del Pueblo contra Robert Van Marcherz, Escuela Pública 578. "Lo siento amigo", dijo Harry seriamente. "No es nada personal."

"Por supuesto". Van Marcherz tomó los papeles. O'Connell notó que cuando comenzó a leer las primeras páginas, su cara se puso roja. Levantó la vista hacia O'Connell.

"No tengo ni idea de qué se trata. Estamos muy orgullosos de ser ambientalmente conscientes. Remitiré estos documentos a nuestros abogados escolares de la firma Williams y Fisk. Es una prestigiosa firma en Newark. Tiene los mejores abogados. Es realmente un grupo impresionante. Resolverán esto fácilmente".

O'Connell le dirigió una sonrisa irlandesa diabólica. "Oh, estoy seguro. Pero, hablando de otra cosa completamente diferente, realmente me encanta esta gabardina de cuero negro que vi en su armario. Es fantástica. ¿Dónde la compró?"

¿El largo abrigo de cuero negro?

"Sí, y parecía que había un sombrero que hacía juego. Muy genial. Muy vanguardista. ¿Dónde lo compró?"

Van Marcherz parecía desconcertado. "Oh, eso no es mío. Pero conozco el abrigo. Le pertenece a mi hijo. Es conserje en la escuela ".

"Oh. Es tan original. ¿Sabe dónde la compró? Me gustaría comprarme una igual".

"Cuando lo vea, le preguntaré. Tengo que volver a estos contratos que estaba revisando. Bueno, ¿hay algo más, en lo que los pueda ayudar caballeros? Si no es así, la señora Ford los acompañará hasta la puerta. Gracias por venir". Van Marcherz regresó a su oficina y cerró la puerta.

O'Connell miró a la señora Ford. "No hay necesidad de mostrarnos el camino. Ya lo conocemos".

Ella sonrió y asintió. Los dos hombres se alejaron. Cuando O'Connell salió por la puerta, vio un viejo letrero de que decía "refugio subterráneo". Sabía que muchos edificios antiguos en Passaic todavía tenían estos refugios de los años 50 y 60 enterrados en las entrañas. Tenía una corazonada. El abrigo, el sombrero y el refugio le hacían pensar que tal vez Lilliana estuviera más cerca de lo que pensaba. Llamó a Garland.

Capítulo Treinta Y Dos

La noche de la luna de sangre
6:00 p.m.

Garland tomó el teléfono en la Clínica del Pueblo. Había anotado anteriormente todo lo que le había dicho O'Connell, quien le pidió que le proporcionara la información a la policía local. Pero primero decidió hablar por teléfono con Teo.

"La demanda fue presentada esta tarde. O'Connell entregó los documentos. Mientras estaba en la escuela, vio una larga gabardina negra y un sombrero de ala ancha. Resulta que pertenecen al hijo de Van Marcherz, que es un conserje en la escuela. La escuela tiene un antiguo refugio antiaéreo. Además, creo que eso es suficiente para una orden de allanamiento, ¿no?"

"Quizás, pero si la policía se mueve demasiado rápido, este psicópata hijo de Van Marcherz podría asustarse y matar a Lilliana. Yo me acuerdo de ese chico, Tredd Van Marcherz. Un adicto a las drogas que además fue arrestado varias veces por torturar animales. Probablemente es un producto de su entorno, supongo. Regresaremos a la escuela a medianoche. Luego llamaremos a la policía."

"Lo siento, pero yo no puedo esperar tanto".

"Garland escúchame. Tienes que esperar. No tienes idea de en qué te estás metiendo, pero yo sí. No, todavía es muy pronto. Tenemos que esperar a que la luna esté en su cenit, en su pico y eso no sucede hasta la medianoche".

"Cambiando de tema. ¿Cómo está Julio?"

"Cada vez más grande. Pero después de esta noche, ¿quién sabe? Terminó de arreglar su armadura y ahora está trabajando en una espada. La está soldando".

217

"Eso sería casi divertido si la vida de alguien no estuviera en juego. Teo, voy para allá. No puedo esperar hasta la medianoche. Te veré en la escuela ". Colgó el teléfono.

Teo sacudió la cabeza. Sabía que esto era un error y que no podía detener a Garland, pero al menos podría intentar conseguirle ayuda. Levantó el teléfono y llamó al Dr. Nettlebrook.

Un encantador acento británico contestó el teléfono. "Buenas tardes, mi querido amigo".

"Hola Brogan. Debemos comenzar el proceso ahora ".

"Sí, sí, por supuesto. El Cono de Poder se unirá para evitar que la oscuridad entre en este mundo ".

"Se ha vuelto más complicado. Creemos que el ejecutante está llevando a cabo una ceremonia de cambio de alma, y ha tomado un rehén para ser utilizado en un sacrificio. Voy a interrumpir el ritual. También creo que esta misma persona es responsable del asesinato de mi sobrino en 1988".

"Ya veo que esto se ha vuelto un poco más complicado, pero sin embargo seguiremos adelante con la mayor rapidez posible. He hablado con el mago del caos, el Sr. Stremnik. Ha identificado el emblema. Pertenece a un demonio llamado Betel. El emblema se usará como objetivo para traer a esta criatura a este mundo a cambio de un alma humana. Es la mayor representación de la magia negra. De verdad que es un trabajo feo, pero todos estamos preparados para ayudar a detener esto. Ya tenemos suficiente infierno en la tierra. Ya no necesitamos más".

"Entendido."

"Este es un trabajo peligroso amigo mío".

"Estoy preparado para aceptar cualquier destino que los Orishas hayan elegido para mí".

"Teófilo, siempre sentí un gran respeto por ti. Comenzaremos a trabajar en nuestras propias disciplinas para elevar el Cono del Poder esta noche. Sabes, la última vez que hice esto fue en Inglaterra en 1940. Esa vez detuvimos a un demonio".

"Evitaste que Hitler entrara en Inglaterra. Era un demonio muy especial. Gracias amigo mío".

"La verdad Teófilo que es un placer hablar contigo. En cuanto terminemos esta conversación llamaré a todas las partes involucradas y les diré que comiencen, el trabajo mágico de inmediato. Cuídate."

"Buenas noches, mi amigo". Teo colgó el teléfono.

Capítulo Treinta Y Tres

Los magos
Una cabaña en Ridgewood, Nueva Jersey
8:00 pm. hora del este

Leopold Stremnik acababa de tomarse dos Red Bulls y comerse una caja de regaliz cuando recibió la llamada del Dr. Nettlebrook diciéndole que comenzara su ritual mágico de protección. El mago del caos de tan solo diecinueve años corrió a su habitación. Encendió cuatro computadoras portátiles, comenzó a ingresar contraseñas para cada computadora y se puso unos auriculares. Marcó números en su teléfono celular.

"Veamos, son las 10:00 en Nueva York". Dijo en voz alta. "Eso significa que mi chico debería estar profundamente dormido en su cuna en El Cairo a las 4:00 a.m.". La computadora emitió un pitido y apareció la cara adormilada de un joven árabe. "Buenos días Aledin, ¡es hora de despertarse!"

"Mierda, hombre, esto no podía esperar? Son las cuatro de la mañana aquí. ¿Qué pasa? ¿Arruinaste otro encantamiento amoroso? ¿Tienes un montón de ancianas persiguiéndote por la calle otra vez tratando de meterte mano?" Con el último comentario, el joven se dio la vuelta y se tapó la cabeza con una almohada.

"No, mi hermano. Este es un asunto serio. Tenemos un loco que esté tratando de traer un demonio a la tierra. Necesitamos elevar un Cono de Poder. Necesito un poco de esa magia sufí tuya. Nettlebrook me llamó para contármelo".

El joven se sentó. "¿Nettlebrook? Entonces esto es serio. ¡Cuenta conmigo!"

La computadora volvió a emitir un sonido de aviso. Una encantadora anciana de cara redonda con mechones grises y ojos azules apareció en la pantalla de la computadora. Leopold sonrió. "Hola abuela Vivian, lamento molestarte".

"¡Feliz encuentro!", Dijo con un acento de Georgia. "Y no es una molestia querido." Me llamó Brogan. Todo mi aquelarre está aquí. Las Brujas de la Tormenta de Fuego del Sur están listas para trabajar. Enviaremos a esa criatura de vuelta a los fuegos del infierno de donde vino. ¿A quién más estamos esperando?"

La computadora volvió a sonar. En la pantalla de otra computadora apareció un joven de piel blanca, delineador negro y un mohawk negro azulado. "Londres llamando. Escuché que estamos en una crisis al otro lado del charco, ¿verdad? El Templo de la Estrella Sagrada está aquí listo para trabajar. El doctor nos llamó y nos explicó el caso".

"Nigel, ¿recibiste la copia del sello que te envié?", Preguntó Leopold.

"Sí lo he recibido. Sabemos quien es. Es uno de los demonios menores que está tratando de entrar en este mundo. Esto necesita ser detenido. Esta noche. ¿Estamos todos en línea? Veo a la abuela Vivian, a Aledin, ¿y dónde está Schmuel?"

La computadora volvió a sonar. "¿Hola? No es tarde, ¿verdad? El Dr. Nettlebrook me llamó. Un cabalista solitario está listo para trabajar".

"¿Que hora es allá?"

"Aquí en Tel Aviv, estamos en viernes y son las cinco de la mañana".

"!Hola Shalom, mi hermano! De acuerdo, todos estamos aquí. Vamos a empezar esta fiesta."

****

Hogar de Izilda Montague
Sala de rituales frente al parque Weequahic
Newark, Nueva Jersey
10:00 pm.

Los tambores sonaban ruidosamente.
Pa-Pa Ron-Pa
Pa-Pa-Ron-Pa
Pa-Pa-Ron-Pa
Izilda Montague había recibido la llamada del Dr. Nettlebrook. Era hora de comenzar el trabajo mágico en la noche de la Luna de Sangre.

Las mujeres vestidas con turbantes blancos y largas faldas blancas giraban alrededor de un altar decorado con ofrendas de ron, flores y cocos frescos. Los percusionistas sentados tocaban los mismos ritmos una y otra vez.
Pa-Pa-Ron-Pa
Pa-Pa-Ron-Pa
Izilda era una mamba, una sacerdotisa vudú, y Teo, un santero. Los caminos religiosos que habían elegido eran similares pero muy diferentes. Ambos tenían la capacidad de hacer el bien o el mal. Pero esta noche era una noche para hacer un gran bien y evitar que un gran mal pasara al mundo mortal.

Primero, le pediría a Papa Legba, el Guardián de los Senderos, su bendición para comenzar el trabajo. Si aceptaba que su deseo era digno, enviaría un loa, un Dios haitiano, para bloquear la magia malvada, o la guiaría sobre cómo podía hacerlo. A medida que el tamborileo se hizo más intenso, se dio la vuelta alrededor del altar y miró a una de sus sacerdotisas. Los ojos de la joven rodaron hacia atrás en su cabeza, y su cuerpo comenzó a retorcerse y convulsionarse. Ella comenzó a hablar en yorubano y francés. Papá Legba había respondido. Se acercaba un loa y había poseído a Yvette, una de las sacerdotisas en entrenamiento de Izilda. Yvette era una joven criolla de Mississippi. Los tambores cesaron cuando la mujer entró en trance.

"¡Sigue tocando el tambor y no pares hasta que te lo diga!", Ordenó Izilda. ¡Yvette, prepárate para recibir el loa! ¡Alabado sea Papa Legba!"

Los percusionistas golpearon con más fuerza, y los tambores resonaron en las paredes de la habitación.

Pa-Pa-Pa-Ron-Pa

Pa-Pa-Pa-Ron-Pa

Pa-Pa-Pa-Ron-Pa

El cuerpo de la joven se retorcía y convulsionaba. Se le cayó el turbante. Sus piernas comenzaron a crecer y su torso y brazos se estiraron. Sus dedos se hicieron largos y sus uñas se convirtieron en garras. Yvette solo medía un metro y medio, pero el tamaño de su cuerpo creció a más de un metro y ochenta centímetros de altura. Sus delicados rasgos faciales se volvieron más masculinos, y su piel de color caramelo se volvió blanca grisácea. Una larga cicatriz que parecía una vía de ferrocarril apareció en su mejilla izquierda. Los ojos de la joven se hundieron en su cabeza, dejando dos cuencas negras vacías con pequeñas pupilas rojas. Ella dejó caer la barbilla sobre el pecho y levantó la cabeza lentamente. Un largo cabello negro ondulado salió de su cabeza. El cabello se movía y fluía con vida propia, porque estaba compuesto enteramente de serpientes de jardín negras y delgadas como un lápiz. El espíritu miró directamente a los ojos de Izilda.

Se había ido la joven del vestido blanco puro. En su lugar se encontraba una figura masculina con un esqueleto de cara y cuerpo. Llevaba un esmoquin negro con un sombrero de copa de seda. Sacó del bolsillo del pecho del esmoquin un par de gafas de sol hexagonales y se las puso. El espíritu se apoyó en un bastón que tenía una pequeña calavera de cristal en su parte superior. Le dirigió a Izilda una sonrisa a la que le faltaban muchos dientes. El espíritu parecía una estrella de rock muerta de los años setenta que había sido revivida como un zombi. Los bateristas y las sacerdotisas tenían expresión de susto y los ojos muy abiertos, ya que acababan de presenciar la transformación de Yvette. Sus caras estaban entre el asombro y el puro terror mientras el extraño personaje hablaba.

"Hola hermana, me envió Papa Legba. Tenía pensado hacer el amor con una mortal esta noche, pero en lugar de eso me enviaron a recoger un alma. Se acercó a Izilda y señaló con una sola garra. "¿Eres tú? Sabes que nos podemos echar un polvo rápido antes de que aparezca mi puta esposa, Maman Brigitte. Después de todo, tengo este precioso cuerpo joven. Déjame usarlo. ¿Qué dices? ¿Hacemos el amor?"

Era el barón Samedi, señor del cementerio, un malvado espíritu de los muertos. Era el esposo de otro poderoso espíritu de la muerte, Madame Brigitte. La pareja a menudo peleaba porque el barón Samedi tenía la debilidad de perseguir a las mujeres mortales. El barón miró el cuerpo de Izilda como un perro hambriento que acaba de encontrar un solomillo crudo. "Hmmm, Madeimoselle", dijo.

En la tradición vudú, el barón Samedi era capaz de curar o destruir. Izilda respiró hondo y se inclinó ante el espectro de la muerte. No era un loa con quien se podía jugar porque era muy temperamental. Si la persona que lo había convocado lo ofendía, mataría al sacerdote vudú. Sin embargo, tenía la capacidad de salvar una vida si lo deseaba. Todo dependía de su estado de ánimo.

"Buenas tardes, mi señor barón Samedi. Por favor acepte mi humilde ofrenda. Izilda inhaló un cigarro y sopló el humo en su cara.

El barón inhaló el humo a través de la abertura ósea en su cráneo donde habría estado una nariz, luego lo exhaló por la caja torácica. Como lo haría un caballero, se quitó el sombrero de copa en respuesta al favor. "Hmmm, gracias. Me gusta un buen cigarro en la noche. Por cierto, su mamá, mi Lady Mavis le envía su saludo desde el otro lado", siseó.

"Por favor, envíale mi amor".

"¡No soy tu mensajero! Le pediste ayuda a Papa Legba. Él me envió. Aquí estoy. Entonces, ¿qué demonios quieres?"

"La magia oscura se está preparando para la Luna de Sangre".

Se rio por lo bajo. "Es lo que he escuchado, es lo que he escuchado. Alguien está siendo muy travieso. Alguien quiere venir del infierno".

"Lord Baron, ese espíritu no pertenece a los vivos".

"¿Entonces quieres que me pelee con este idiota? Tengo suficientes espíritus locos en la tierra de los muertos. No me acerco a los espíritus infernales". Dijo mientras admiraba sus garras.

"Pero mi Lord Barón Samedi, eres un escolta de los muertos. ¿No puedes escoltar al espíritu ...?"

"¿Escoltar al espíritu de regreso al infierno? ¡No!", Gritó. "Trabajo en cementerios. Evito que los muertos se conviertan en zombis y, en ocasiones, he salvado a alguien de mí. Pero no me acerco a los hornos del diablo. No es mi territorio ". Se frotó pensativamente la barbilla huesuda. "Aunque hubo una vez en la que empujé a un alma a través de las Puertas del Infierno. Odiaba a ese tipo. Era un completo imbécil".

Izilda se postró ante el gran señor vudú de los muertos. "Gran Barón Samedi, el más brillante de todos los espíritus, te suplico que me ayudes a salvar una vida esta noche".

Él suspiró. "Uno morirá esta noche. Eso es todo lo que puedo decirte. Escoltaré a esa persona a la Tierra de los Muertos, personalmente, si eso te hace sentir mejor".

Izilda levantó la cabeza. "¿Y quién será?"

"¡No es asunto tuyo! Esa es mi elección."

"¿No me ayudarás a evitar la entrada del mal en el mundo de los vivos?" Sopló más humo de cigarro en su dirección. Izilda sabía que al Barón de la Muerte le encantaba el humo del cigarro.

"Pensaré en ello". Inhaló el humo e Izilda volvió a mirar cómo el humo salía de su caja torácica vacía, donde el corazón y los pulmones hubieran estado en una persona viva. "Hmmm, bien". Se frotó las garras. "Está bien, me convenciste. Te ayudaré, pero entonces, querida mía, vas a estar en deuda con el Gran Barón Samedi. Más humo, por favor".

Izilda respiró hondo y sopló una gran nube de humo de cigarro en su dirección.

El barón nunca especificó los términos del trato. Podía decidir pedirle relaciones sexuales periódicas, cigarros, ron y una fiesta con percusionistas todos los sábados por la noche en su honor. O también el barón Samedi podría quitarle la vida y convertirla en su consorte permanente en la Tierra de los Vudús Muertos.

"Si ayudas a bloquear el mal que viene a este mundo desde el infierno, haré lo que me pidas, Lord Baron Samedi."

"Muy bien", sonrió el esqueleto. "Tenemos un acuerdo". Con esas palabras, el espíritu se desvaneció. El cuerpo de la joven cayó al suelo. Parecía estar semiinconsciente y la ropa estaba hecha jirones.

"Dale a Yvette un poco de agua y algo de comida", dijo Izilda mientras se preguntaba qué traería el resto de la noche. "Y un vestido nuevo".

****

Eran casi las 9:30. La enfermera Bridgette Leere estaba terminando de escribir unas notas en el dosier de su paciente. Flowercross West, la planta para pacientes con cáncer, estaba inusualmente silenciosa. Algunos de los pacientes más graves habían fallecido, y los pocos que quedaban en la sala descansaban cómodamente en sus camas. En su mayor parte, la sala estaba prácticamente vacía y el piso del hospital estaba en silencio.

Escuchó el sonido de unos pasos que le resultaban muy familiares.

Él ha vuelto, pensó.

"Buenas noches, Dr. Quietus".

Un caballero alto y delgado, de unos cuarenta y tantos años con el pelo ligeramente canoso, una cara larga y gafas negras con montura redonda de carey se paró frente a la estación de enfermeras. Buscó torpemente algo en su portapapeles y parecía estar incómodo. Su bata de laboratorio tenía varias manchas de café.

"Doctor, creo que necesita enviar esa bata de laboratorio a la tintorería".

"Oh sí, sí lo sé. Por cierto, Bea, estás muy guapa esta noche, como siempre. Yo, yo esperaba que pudiéramos tomar una taza de café esta noche, después de que salgas del trabajo", tartamudeó. "Sabes, puedes llamarme Alfred".

"Alfred, recibí una llamada de Brogan Nettlebrook".

"Oh, oh, ¿es ese el tipo que sabe lo mío? ¿Me refiero a ti y a mí?

"Sí. Y necesita nuestra ayuda esta noche. Algo está pasando. Algo muy importante ".

Se ajustó las gafas. "¿Necesita mi ayuda?"

Bea se apartó un mechón de pelo rubio de la cara. "Sí, creo que necesita toda la ayuda que pueda obtener. Me voy temprano. No hay mucho trabajo hoy y hay suficiente personal médico para cubrir la planta. ¿Irás conmigo esta noche?"

Alfred se ajustó las gafas. "Sí, iré si te parece conveniente".

****

Viktor Einorsson terminó su conversación con Brogan Nettlebrook. Estuvo de acuerdo en que ayudaría con el trabajo ritual de la noche, pero que lo haría solo y a su manera. Odiaba hacer ese tipo de trabajo en grupo. Era un hombre alto y fuerte, y se sentía más fuerte solo. Era su manera de trabajar.

Poseía una casita en Ridgefield Park, una ciudad de clase trabajadora en el norte de Nueva Jersey. Viktor había construido una habitación sobre su garaje, y era en esa habitación donde tenía un altar dedicado a Odin, Thor y los otros dioses nórdicos. Era un altar simple, una pieza de madera cuidadosamente pulida que había hecho con el tronco de un gran roble que había cortado en su patio. Sobre el altar había estatuas talladas a mano de Odin y su esposa Frigg, ubicadas entre hojas secas de roble. Junto a eso había un cáliz de bronce y un athame, un daga ceremonial.

Para comenzar su trabajo, Viktor meditaba en las runas, pequeñas piedras con un antiguo alfabeto germánico tallado en ellas. Las piedras rúnicas se usaban desde la época de los vikingos para predecir el futuro, responder preguntas sobre el presente y advertir sobre los eventos por venir. Había un escondite especial dentro del altar de roble donde había escondido sus piedras rúnicas. Cuando deslizó la estatua de Odin por la parte superior del altar, se abrió un pequeño cajón. Viktor metió la mano y sacó una bolsita de cuero hecha a mano. Dentro de la bolsa estaban sus preciosas piedras rúnicas que él mismo había creado con arcilla. Quitó dos de las piedras de la runa, Tiawaz, la runa de la victoria y Algiz, la runa de la protección, y las colocó sobre el altar.

Una oración a Odín el Padre Todopoderoso abrió la ceremonia. Se aclaró la mente y pensó en bosques claros en una noche de luna. Se centró en las runas e imaginó enviar victoria y protección a quien lo necesitara. Cerrando los ojos, Vicktor rezó a Odín pidiéndole sabiduría, fuerza y la capacidad de enviar esa energía a aquellos en peligro esta noche. Las runas comenzaron a brillar. Él sonrió. Odin había respondido.

****

James Yao acababa de terminar una conversación telefónica. Fue justo entonces cuando el Dr. Nettlebrook lo llamó para solicitar sus servicios. Aceptó ayudar, aunque estaba exhausto. Pero por lo menos él estaba donde quería estar, lejos del ruido de la ciudad de Nueva York.

Yao acababa de sellar un acuerdo importante que resultó en otro contrato de un millón de dólares. Al final del día, sería un poco más rico de lo que ya era. El distribuidor de importación / exportación tenía un apartamento en el Upper East Side de Manhattan, pero prefería pasar su tiempo solo en su finca de cincuenta y cinco acres en Suffern, Nueva York. Yao llamó a su propiedad "High Ground" (tierra alta) debido a su ubicación en las montañas Ramapo. High Ground era el único lugar donde podía practicar Gu, el arte de la magia del veneno.

Como era enero, hacía demasiado frío para que el mago trabajara afuera. Yao se retiró a su biblioteca oculta que contaba con más de diez mil libros, muchos de los cuales no tenían precio. Tomó una copia rara de la *Moralia* de Plutarco. Cuando levantó el libro, todo el estante se deslizó hacia atrás, lo que le permitió entrar en una cámara secreta que había construido detrás de la estantería.

La cámara era la sala del altar dedicada a los antiguos dioses chinos. Era su espacio sagrado, un lugar donde rezaba y practicaba la magia que le había enseñado su familia. Se inclinó respetuosamente cuando entró. Fue detrás de una pantalla negra barnizada y se desnudó. Se quitó su costoso traje y se puso una bata de seda roja y negra hasta el suelo. Cuando terminó, Yao se movió lenta y deliberadamente hacia un pequeño pero adornado nicho pintado de rojo y dorado, tallado en la pared de la habitación de su templo.

En el nicho había un arreglo de fotografías en blanco y negro, Polaroids antiguas de colores e imágenes de daguerrotipo del siglo XIX. Yao había colocado fotos de sus familiares fallecidos en un gran óvalo dentro del nicho. Se inclinó nuevamente y colocó flores y fruta fresca ante las fotografías de sus antepasados mientras les pedía su bendición.

Después de unos minutos, dejó el altar de sus antepasados y dirigió su atención a las cuatro enormes estatuas de piedra al otro lado de la habitación.

Yao había creado estatuas de piedra para honrar a cuatro poderosos dioses chinos. En el centro estaba el Emperador de Jade, el dios que había creado a la humanidad con arcilla del río Yangtze. A la derecha del Emperador de Jade estaba Guanyin, la Diosa de la Misericordia. A la izquierda estaba Yan Wang, el Señor de la Muerte y el Inframundo, y finalmente a la izquierda de Yan Wang estaba Caishen, el Señor de la Riqueza.

Se inclinó ante el Señor de la Muerte. De la base de la estatua, quitó un caldero grande con una tapa que se abrió en dos mitades. El mago colocó el caldero en un pedestal grande y abrió la tapa del caldero por un lado. Yao se alejó del caldero y dirigió su atención a tres pequeñas jaulas cubiertas con una tela de terciopelo negro cerca del pedestal. Retiró la tapa de la primera jaula. Dentro de la jaula había una mamba negra, una de las serpientes venenosas más grandes del mundo. Al principio, la serpiente estaba bastante activa. Siseó y se deslizó por el interior de la jaula. Yao levantó la mano sobre la jaula. La serpiente cerró los ojos y no se movió. Luego metió la mano en la jaula y sacó la mamba negra. Colocó la serpiente dentro del caldero y cerró la tapa.

Fue a la segunda jaula. Dentro de esa jaula había un escorpión árabe negro con una gran cola. El escorpión estaba activo y listo para atacar. Una vez más, Yao agitó su mano sobre la jaula y el arácnido se quedó flácido, pareciendo casi muerto. Yao recogió el escorpión y lo arrojó al caldero donde había colocado la mamba negra.

Finalmente, regresó a la última jaula cubierta donde una viuda negra había construido una gran red. La araña intentó saltar de su red hacia él. Yao agitó su mano sobre ella y la araña cayó al fondo de la jaula. Metió la mano, recogió la araña y la colocó en el caldero con los demás.

Cuando las tres criaturas estaban en el caldero, cerró la tapa del contenedor. Colocó el caldero a los pies de la estatua de Yan Wang. Yao agitó sus manos sobre el caldero. Los ojos de la estatua comenzaron a brillar hasta que toda la estatua quedó envuelta en una luz amarilla brillante. Yan Wang se hizo más humano en apariencia. Entonces el dios le habló a Yao.

"Me traes una ofrenda, Maestro Yao. Eso es bueno."

"Me siento honrado de que aceptes mi ofrenda, Yan Wang. Esta noche debo participar en una algo muy importante. Necesito crear el veneno más mortal, mi Señor".

"Ya veo. La serpiente, la araña y el escorpión son tres criaturas mortales, tres de los venenos más letales. ¿Quién ganará la batalla? Me encantan las apuestas. Especialmente cuando la muerte está involucrada. La estatua sonrió. "¿Deseas mi bendición?"

Él hizo una reverencia. "Sí mi señor."

"Entonces uno debe morir esta noche".

"Que así sea. Por un bien mayor"

La estatua de Yan Wang volvió a hacerse de piedra. Yao colocó sus manos sobre el caldero y gritó: "¡Levántate y pelea!" El caldero cerrado comenzó a vibrar y temblar mientras las criaturas dentro de él luchaban por sus vidas. Durante casi quince minutos se oyeron sonidos salvajes y silbidos provenientes del caldero. Yao cerró los ojos y mantuvo las manos sobre el caldero. Finalmente todo quedó en silencio.

Entonces el caldero brilló con un misterioso color verde. Mientras Yao estaba allí, mantuvo los ojos cerrados hasta que escuchó la voz del Señor Wang en su mente.

"Maestro Yao, la araña ha derrotado a la serpiente y al escorpión. Su veneno y espíritu serán los más venenosos de todos. ¡Bien hecho!"

Sus ojos se volvieron hacia el cielo. "Gracias, mi señor Wang".

****

El padre Elías Hearn estaba tratando de relajarse con una taza de té de Darjeeling acompañada de una rodaja de limón fresco. Presentía que sería una noche agitada. Era la Noche de la Luna de Sangre cuando las fuerzas del bien y del mal chocarían. Cuando estaba a punto de tomar su té, sonó un teléfono en la rectoría de St. Morand. Ya sabía quién estaba llamando.

"Buenas noches Brogan", dijo. "Esperaba tu llamada".

"Ya me lo imaginaba. Esta noche es la noche."

"Sí, ya lo sé. Lo sentí. Esta noche diré una misa pidiendo que San Miguel interceda".

"Gracias."

"¿Y harás tu trabajo cabalístico?"

"Por supuesto. Hay que mantener fuera a los espíritus malignos que quieren entrar en el reino de los vivos".

"¿Lo has nombrado e identificado?"

"Sí."

"No me digas su nombre. No podemos darle más energía de la que merece ".

"Estoy de acuerdo. Elías, estoy realmente preocupado".

"Yo también. Pero tenemos el poder del bien apoyando nuestro trabajo. Podemos vencerlo. Te deseo mucha suerte esta noche, Brogan. Dios te bendiga. Ya es la hora". Colgó el teléfono.

Nettlebrook trataba de mantener la fe. Sabía que Elias Hearn no era un sacerdote ordinario. Los ángeles lo apoyaban y sus oraciones al Arcángel Miguel eran más poderosas que las de la mayoría de los sacerdotes. Como sacerdote católico era un formidable adversario del mal. Brogan Nettlebrook tampoco era exactamente un hombre débil. Él conocía y entendía el funcionamiento místico de la magia cabalística. Podía desterrar demonios, convocar ángeles y comunicarse con espíritus en diferentes mundos. Había visto muchas cosas en sus noventa y tantos años y había muy pocas cosas que lo molestaran o sorprendieran.

Pero por alguna razón, esta noche sentía algo que no había sentido en muchos años: miedo.

Capítulo Treinta Y Cuatro

El ajuste de cuentas
Refugio antiaéreo en la escuela P.S. 578

Garland llegó a la P.S. 578. Aparcó su automóvil y corrió por el estacionamiento vacío de la escuela tratando de entrar sin ser visto. Fue a la parte trasera de la escuela y tiró de la manija de la puerta. No tuvo ningún resultado. Trató de abrir una ventana, pero estaba cerrada por dentro. Se le encogió el corazón. La escuela estaba rodeada de cámaras de seguridad. Si rompía la ventana o la cerradura de la puerta, sonarían las alarmas y la policía estaría allí en segundos. Vio pequeñas luces rojas parpadeantes que indicaban que las cámara estaban funcionando y apuntaban directamente hacia él. Inmediatamente se alejó de su alcance. Esperaba no haber sido grabado.

Garland no era un héroe. Era solo un tipo que se había involucrado en algo que no entendía. No tenía ni idea de en qué se estaba metiendo. Su cuerpo se sentía congelado por el aire helado de enero, y estaba preocupado. ¿Qué iba a encontrar cuando entrara a ese sótano? ¿Sería el cuerpo frío e inerte de Lilliana? Esta noche era todo sobre magia, monstruos y sangre. Garland se apoyó contra la pared de ladrillo. Le dio un puñetazo porque se sentía indefenso, frustrado y fuera de lugar.

Por el rabillo del ojo vio algo naranja, brillante y luminoso. Miró hacia arriba y vio la majestuosa belleza del cielo.

"La Luna de Sangre", susurró.

"Es realmente hermosa, ¿no?"

Lentamente, se dio la vuelta. Vio una figura resplandeciente, vestida con una camisa blanca de manga corta y pantalones blancos de verano, medio escondida bajo la sombra de la luna. Por un minuto, pensó que estaba viendo un fantasma.

"Teo, ¿eres tú? Te ves, te ves diferente. Estás radiante y no tienes abrigo. ¿No te estás congelando?"

"No, no tengo frío en absoluto. ¿Tienes miedo? No lo tengas. Un joven grande y fuerte como tú podría probablemente destrozar a un anciano como yo con un solo golpe", dijo riéndose.

"Honestamente, lo dudo. Pero no estoy asustado porque pueda morir. Si eso pasara, estoy preparado. Me aterra no poder salvar a Lilliana".

"Confía en que ella todavía está viva. Lo presiento."

"¿Cómo vamos a ganar esta batalla? Yo no soy un hechicero o un santero, ni nada por el estilo. No soy ese tipo de persona. ¿Y además con quién más podemos contar para que nos ayuden? ¿Esas personas que conocí en la universidad? Había un tipo que reza a los dioses nórdicos, un niño que usa una computadora para hacer hechizos mágicos, una dama vudú, un sacerdote católico, un mago chino que no puede decidir si es bueno o malo. Y luego está esa extraña enfermera. No tengo ni idea de qué es lo que hace. No podemos ganar. Todos somos muy diferentes".

Teo permaneció inmóvil. "Sí, muchas ramas diferentes, pero todas crecen del mismo árbol. Todos son muy poderosos de diferentes maneras. Ah, y te olvidaste de la mosca parlante".

"Sí, además tenemos eso. ¿Dónde esta él?"

"Ahí viene."

A la sombra de la luz de la luna, una figura del tamaño de un niño regordete como de tres años trotaba en el pavimento. La figura llevaba una pequeña alabarda y un arma de asta de dos manos del siglo XIV. Cuando la figura se acercó, Garland trató de no reírse.

Julio había unido varias piezas metálicas de latas viejas y otras cosas que había encontrado en la basura y había creado una armadura. Una bañera de pájaros metálica le servía como protector del pecho. Una maceta de metal le servía como casco. Y una olla de cocina en la que había abierto dos agujeros para poder ver le servía como protector para la cara. Sus alas, ya de un tamaño sustancial, se asomaban por debajo de la armadura.

"Estoy listo para María Isabela", anunció.

"Pareces un juguete que solía tener cuando era niño, el robot Robbie. Excepto que Robbie estaba un poco mejor construido. No tenía una olla de hervir langostas en la cabeza. Bueno, ¿y por qué no? Tenemos que movernos. ¿Cómo vamos a lidiar con esto?" dijo, señalando la puerta cerrada.

Teo avanzó. "Así". Tocó el pomo de la puerta y cerró los ojos. Hubo un zumbido y la puerta se abrió.

"Teo, ¿qué pasa con las cámaras?"

Teo murmuró algo y cerró los ojos. Las luces de la cámara dejaron de parpadear. El santero miró a Garland. "Las cámaras están fuera, amigo. Ahora vamos al refugio antiaéreo".

****

Lilliana perdía y recuperaba la conciencia constantemente. Tredd Marcherz le había dado láudano, una substancia de diez por ciento de alcohol mezclado con opio que él mismo había creado en su sótano. Buscando en el entramado oculto de la web encontró una receta de la era victoriana para el láudano y todos los ingredientes necesarios para prepararlo. Lilliana había sido su primer experimento con la substancia. Durante los últimos días, le había estado dando la mezcla de opio y la había mantenido viva alimentándola por la fuerza con cantidades mínimas de comida. Para el ritual de *anima mutatis mutanda*, o cambio de alma, Lilliana necesitaba mantenerse con vida, aunque ésta fuera mínima.

Isabela y Tredd realizaron varios rituales tratando de abrir una puerta al infierno antes de tener éxito en hacerlo. Fue un poco más difícil de lo que pensaban atravesar el inframundo. Muros fuertes, algunos creados por magia y otros por religión, mantenían al mundo vivo separado de los seres oscuros. Sin embargo, con el tiempo, a medida que la magia negra de Isabela se había vuelto infinitamente más fuerte, ella y Tredd finalmente pudieron perforar un agujero del mundo viviente en las profundidades del infierno. Habían dominado las técnicas mágicas mediante el uso de un libro llamado *La llave menor del rey Salomón*.

En la historia, Salomón era reconocido como un Rey de Israel. Las leyendas especulaban que poseía un anillo mágico que controlaba e identificaba setenta y dos demonios. Los espíritus fueron descritos más tarde por eruditos medievales e identificados por sigilos. Después de leer *la Llave Menor de Salomón*, Tredd determinó que el infierno, como cualquier corporación comercial humana importante, tenía una jerarquía. Había reyes, príncipes, duques, presidentes y cabos comandados por el gran emperador de los demonios, Satanás. Cada demonio identificado tenía una legión de 6.666 demonios menores bajo su dominio. Se decía que el anillo del rey Salomón controlaba a todos los demonios, incluido Satanás

Tredd e Isabela buscaron la intervención directa del gran emperador. Aunque no anticipaban que Satanás respondería directamente, la pareja asumió que recibirían la ayuda de un rey o un príncipe. Cuando los dos llevaron a cabo un ritual para convocar demonios, se sorprendieron al descubrir que un demonio llamado Betel, un cabo insignificante en la jerarquía del infierno, respondió a su llamada. Según la Llave Menor, Betel tenía el poder de encontrar objetos perdidos, hablar los 7.103 idiomas del mundo humano y transferir las almas de humanos a animales. Era la parte del cambio de alma lo que más les interesaba. Lilliana era el recipiente perfecto para recibir la transferencia del espíritu de Isabela con la ayuda de Betel.

Lilliana se mantenía sentada, atada a una silla. Sus piernas estaban adormecidas por estar en la misma posición durante diecisiete horas al día, excepto por los períodos de descanso en el baño. A su derecha había una vieja cómoda. Tredd la desataba, le permitía realizar las funciones corporales necesarias y luego la ataba nuevamente. Tenía un gran cuchillo de caza atado a su cinturón. Periódicamente lo movía frente a su cara como un recordatorio de que ella estaba muy cerca de la muerte. Entre el láudano y la pobre alimentación, Lilliana estaba débil. y frágil Cuando Tredd no la estaba mirando, lo hacía la araña. Hubo un momento en el que encontró un poco de valor y se dirigió a la araña.

"Tú, bruja de los ojos rojos", susurró. "¿Por qué tú y tu novio no me matáis y termináis con esto?"

La araña se echó a reír. "Oh querida, lo haremos. Si tuviéramos alguna misericordia, pondríamos tu alma en el cuerpo que actualmente estoy habitando y te daríamos la oportunidad de otro tipo de vida". Ella abrió la boca enseñando los colmillos. "Pero no tenemos piedad. Así que tu vida como la conoces llegará a su fin".

"Tu asqueroso novio mató al abogado de mi madre, ¿no? Julio López descubrió que el agua de la P.S. 578 estaba contaminada y murió por eso".

"¡Qué pena! ¡Qué triste! ¿Realmente importa? Eso fue hace muchos años".

"Muchos niños murieron y yo estuve muy enferma. ¡Sí importa! ¡No te saldrás con la tuya!"

"Casi estoy esperando que no nos salgamos con la nuestra. Espero que venga a buscarte mucha gente . De verdad que lo espero".

Se deslizó por el suelo desde el otro lado de la habitación. "Espero especialmente que el bastardo que metió mi espíritu en el cuerpo de esta araña venga a buscarte. Entonces finalmente conseguiré mi venganza ".

Lilliana sacudió la cabeza. "Quizás esta vez alguien pueda transferir tu espíritu a una cucaracha".

$$****$$

Teo, Garland y Julio tuvieron dificultades para encontrar la entrada al refugio antiaéreo debajo del sótano de la P.S. 578. Muy pocas personas sabían que esta área de la escuela existía. Había sido cerrada y sellada años atrás debido a problemas con asbestos. Había una pequeña puerta que conducía al antiguo refugio. Después de recorrer el sótano de la escuela, Garland vio un pequeño letrero del refugio antiaéreo en una puerta de metal oxidada.

"¡Seguidme! Garland abrió la puerta. La escalera estaba oscura, pero el cuerpo brillante de Teo proporcionaba suficiente luz para evitar que el trío se tropezara con las escaleras y entre sí. Cuando bajaron la escalera, el aire cambió. Se hizo pesado e incómodamente caliente.

"Huele a huevos podridos aquí abajo", dijo don Julio. "En circunstancias normales, el olor a comida podrida no me molestaría, pero esto, esto es diferente. Me da asco. ¿Puedes sentir el calor?"

"No es olor a huevos podridos, Julio. Es el olor a fuego y azufre. Estás oliendo el aroma del inframundo, el olor de los demonios. Empeorará cuanto más nos acerquemos. Y, por supuesto, sabes de dónde viene el calor".

El trío continuó su descenso. El aire a su alrededor se calentaba cada vez más y el olor a azufre empeoraba. Garland se limpió el sudor de la frente. Finalmente, no pudieron ir más allá. A lo lejos, vieron una última puerta. Era la puerta por la que tenían que pasar antes de llegar a la sala principal del refugio antiaéreo. Garland respiró hondo. Habían llegado a su destino. Garland miró a través de un pequeño cristal en la puerta. Lo que vio lo aterrorizó.

Las paredes de la habitación estaban pintadas de negro con pentagramas invertidos. Se había construido un altar improvisado para dos cuerpos. El cuerpo desnudo de Lilliana yacía sobre una mesa mientras la gran araña que era doña Isabela descansaba sobre otra. Tredd llevaba una larga túnica blanca con capucha y sostenía algo en la mano. Su piel era tan pálida como su túnica. Comenzó a cantar en latín. Un anillo de fuego apareció, rodeándolo a él y al altar. Fuera del gran anillo, apareció un anillo de fuego más pequeño. Quemaba con un brillo aterrador y arrojaba el mismo olor horrible.

"Teo, ¿qué está pasando? Esto parece una escena de una película de terror de bajo presupuesto ".

"Esto, amigo, es magia ceremonial de tipo medieval. El mago tiene que permanecer dentro del círculo grande. El demonio aparece en el círculo más pequeño. No puede salir del círculo cuando viene el demonio. Si lo hace, muere. ¿Esa cosa que tiene en la mano? Es una varita que controla el espíritu.

"¡Dios mío!"

"Esperemos que Dios y muchos otros más estén con nosotros esta noche", susurró Teo.

"Entonces, ¿qué hacemos santero Teófilo?", Preguntó Garland.

Teo se puso muy serio. "Llamaré a los Orishas para que me den fuerzas. En el momento adecuado, romperemos el círculo e interrumpiremos el trabajo. Y con suerte la enviaremos al infierno".

"Déjenme a Isabela", susurró Julio, "tengo este hacha. Le cortaré las piernas de una en una. La enviaré al demonio en pedazos, una pierna cada vez ".

"Julio, sé paciente. Tu tiempo llegará. Ahora debemos salvar la vida de la chica ".

Tredd Van Marcherz se había transformado. Ya no era solo el loco asesino que vivía en el sótano de su padre. Vestido con su túnica y en un estado hipnótico, se había convertido en algo mucho más poderoso, mucho más peligroso. Estaba mentalmente disociado con todo lo que lo rodeaba. Tenía una sola misión: abrir un camino desde el infierno al mundo de los vivos.

En un estado de trance, caminó dentro del círculo de llamas en sentido contra reloj. En su mano sostenía una vara larga y delgada. Cada vez que pasaba el círculo más pequeño, apuntaba el palo en esa dirección y cada vez que lo hacía aparecía una nube de humo amarillo y el olor a azufre aumentaba. Las llamas alrededor del círculo se hicieron más altas y más intensas. Tredd comenzó a cantar cada vez más fuerte:

Venit obedientes animae viventis! Veni!

Venit obedientes animae viventis! Veni!

Venit obedientes animae viventis! Veni!

Venit obedientes animae viventis! Veni!

"Teo, ¿qué está diciendo?"

"Ven, criatura obediente, ven. ¿No estudiaste latín en la facultad de derecho?"

"Lo siento, no era un requisito".

"Tenemos que esperar hasta que convoque al demonio".

"¿Estás bromeando? ¡No! Yo no voy a esperar. Esto es una locura."

"¿Recuerdas lo que te dije? Las reglas de esta magia son específicas y peligrosas. Debemos esperar, amigo".

"¿Por qué esperar? Entonces, ¿puede abrir una puerta de entrada para inundar el mundo de maldad? Cerremos esto antes de que sea demasiado tarde".

Don Julio lo interrumpió. "Creo que el abogado tiene un punto razonable".

"¡No! Necesitamos que el demonio presente tome a Isabela".

Garland intentó abrir la puerta pero Teo lo contuvo. Garland se enojó y empujó al Santero fuera del camino. Garland abrió la puerta y entró en la habitación. Los ojos del mago inmediatamente miraron a Garland. Cuando sus ojos se encontraron, Garland se sorprendió.

Los ojos de Tredd ya no eran ojos humanos normales con pupilas e iris, sino que eran óvalos negros y brillantes. Tredd se aferró a la varita de su conjurador y apuntó a Garland. Una fuerza invisible lo levantó del suelo y lo arrojó a través de la habitación, golpeando su cuerpo contra la pared. Por un momento, cayó al suelo sin sentido. En su mente, vio un extraño símbolo y la cara de Viktor Einorsson. Escuchó la voz de Viktor riéndose de él.

"Vamos campeón. No te dejes vencer. Mi abuela se mueve más rápidamente que tú. ¡Levanta el culo y ponte de pie!"

Garland fue invadido por una oleada de fuerza física. Se miró las yemas de los dedos y vio unas pequeñas chispas que las rodeaban. Segundos después, volvió a ponerse de pie y corrió hacia Tredd. El mago ladeó la cabeza y pareció confundido. Estaba sorprendido de su rápida recuperación.

Teo y Julio habían seguido a Garland a la habitación. Teo miró a la gigantesca araña amazónica cuyo tamaño se había triplicado. Ya no era del tamaño de un plato, Isabela era ahora tan grande como el altar sobre el que había sido colocada. Sus ardientes ojos rojos eran tan grandes como platillos.

"Teófilo, ha pasado mucho tiempo. Y veo que trajiste a Julio contigo. Disfrutaré matándolos a los dos esta noche".

"¡No si yo te mato primero, María Isabela de la Fraga!"

Teo colocó sus manos juntas lo que produjo una bola de relámpagos. Echó una maldición y levantó las manos a una cierta distancia, creando una bola blanca azulada de pura energía entre sus palmas. Parecía como si fuera a lanzarle la bola de relámpagos a

Isabela, pero giró rápidamente sobre sus talones y se la arrojó a la cara de Tredd. El movimiento tomó al mago por sorpresa y lo tiró al suelo. La varita cayó de su mano. Teo le gritó a Garland.

"Garland agarra ese palo!"

Garland estaba poseído por una energía extraña que nunca antes había sentido. Sintió una subida de adrenalina como si fuera un piloto de carreras a punto de cruzar la línea de meta o un león a punto de atacar a la presa que había estado cazando. Cuando llegó al otro lado de la habitación, recogió la vara. El joven abogado notó rápidamente que el palo tenía sellos tallados y piedras semipreciosas incrustadas en él. Alguien había trabajado mucho para hacer esto. Garland sonrió y miró los ojos negros de Tredd.

"¿Estás buscando tu varita mágica, amigo?" Rompió la varita en dos pedazos y la arrojó al suelo.

Al principio, el mago estaba enojado y lo maldijo con voz gutural. Luego se echó a reír. "No puedes evitar que venga. El portal ya está abierto. Es demasiado tarde."

"¿Para qué?"

De repente, otra voz vino a la mente de Garland y vio varias caras de personas que no conocía, pero la voz le era familiar. La voz pertenecía al chico de la computadora, Edward Williams, el mago del caos.

Amigo, este tipo cree que entiende de magia, pero no lo hace. Los espíritus lo controlan. Él no está controlando a los espíritus. ¡Recupera el poder!

Garland no tenía idea de cómo recuperar el poder, porque no tenía idea de lo que eso significaba. Allí no tenía tiempo de analizar los mensajes. Pero algo lo sacudió cuando miró al otro lado de la habitación y vio a Lilliana medio inconsciente. Sin ella, toda esta "operación mágica" fallaría ya que no habría ningún alma para transferir. Sabía que tenía que llegar hasta ella. Entonces oyó otra voz familiar pero extraña en su cabeza. Era la voz del padre Hearn.

"Las palabras son poderosas. Úsalas, hijo mío, rézale a San Ivo, el santo patrón de los abogados".

"Rezar. No hay tiempo para hacer eso", dijo en voz alta.

****

Isabela se había vuelto más grande y más fuerte. Ella saltó en el aire y aterrizó en el suelo frente a Teo. Los colmillos eran cuchillos gigantes de metal. Se lanzó hacia adelante repetidamente, tratando de atacar a Teo. Teo Era muy ágil y esquivó cada golpe mientras se preparaba para golpearla con otro rayo de sus manos.

"María Isabela de la Fraga, hubo un tiempo en que eras una hermosa mujer sensata. ¿Que pasó?"

"¡Tú eres lo que me pasó, hijo de puta! Te negaste a recorrer el camino oscuro conmigo. ¡Tú y la mosca asquerosa!"

Teo rio. "Creo que eres demasiado sensible". Con ese comentario, le disparó un rayo, tirándola hacia atrás. Don Julio voló y flotó en el aire sobre Isabela.

"Hola Isabela! ¡Cuánto tiempo sin verte!" Él balanceó su hacha y solo logró cortar una de sus piernas. Ella gritó, luego levantó otra pierna y le dio una patada a la mosca. Se dio la vuelta en el aire, perdió su casco de metal, pero voló en su dirección de nuevo blandiendo el hacha en alto. Ella se volvió y le dio otra patada. Con este golpe de Isabela, Julio fue enviado volando contra una pared. Se golpeó la cabeza y perdió la consciencia. Ella volvió entonces su atención a Teo.

Mientras tanto, al otro lado de la habitación, Garland y Tredd estaban luchando. Garland finalmente lo inmovilizó en el suelo. Continuó golpeándolo en la cara una y otra vez. Garland también sangraba por la nariz y tenía una ceja abierta. La sangre fluía a borbotones en la cara de Tredd, pero súbitamente tuvo una explosión de energía. Tredd empujó a Garland y lo apartó. Ya no le importaba Garland. Tredd estaba más interesado en lo que estaba sucediendo dentro del círculo más pequeño que había hecho con sal. Volaban chispas y el humo se elevaba dentro del círculo. Las llamas comenzaron a levantarse.

"¡Mi señor Betel llega!", Gritó. "Señor Betel ven!"

Garland encontró su oportunidad. Mientras Tredd se preparaba para dar la bienvenida al demonio a la habitación, Garland corrió hacia la mesa donde estaba Lilliana. La levantó en sus brazos y la besó tiernamente. Ella abrió los ojos un poco y susurró: "¿Garland? ¿Eres tu?"

"Si mi amor. Aguanta un poco más. Voy a sacarte de aquí ". Miró a través de la habitación y vio a Teo luchando en la batalla contra Isabela. Don Julio trataba de ponerse de pie. Teo miró hacia atrás. Una de las pinzas de Isabela le arañó, rasgándole la camisa y haciéndole sangrar.

"¡Toma a la chica y vete! ¡Ahora!"

Garland miró a la hermosa mujer que sostenía en sus brazos y le habló. "Mira, te voy a dejar apoyada por un minuto contra la pared. Vas a estar bien."

Ella sonrió. "Lo sé. Tienes que ir y ayudar a tus amigos. Ellos te necesitan."

"Toma, toma esto". Él suavemente la dejó en el suelo y le dio su abrigo.

"Espero que tengamos tiempo para estar juntos más tarde".

"Lo tendremos". Ella sonrió débilmente. "Ahora ve allí y destroza esa araña".

Las paredes de la habitación vibraban, a medida que aumentaba el calor. Durante un minuto, todos los ojos se centraron en el círculo más pequeño, donde Tredd estaba de pie con los brazos en alto esperando la llegada de uno de los secuaces del infierno.

"¡Levántate al mundo viviente Lord Betel! ¡Levántate y toma nuestra ofrenda más preciosa!"

Garland miraba con asombro. Las llamas surgieron del pequeño círculo y quemaron el techo. Cuando las llamas redujeron su tamaño y el humo se disipó apareció en el centro del anillo un hombre pequeño y delgado que llevaba un traje. Parecía tener unos cincuenta años y tenía el pelo con algunas canas. Las grandes gafas negras con montura de carey ocultaban sus pequeños ojos de cerdito. Estaba de pie con los brazos detrás de la espalda, su traje de rayas era anticuado y estaba desgastado por el uso.

En lugar de un secuaz del infierno, el hombre parecía más un profesor de derecho cansado o un compañero mayor de un bufete de abogados.

Isabela se arrastró por el suelo y corrió hacia él. "Lord Betel. Tenemos el humano para el cambio de alma".

"¿Dónde está mi sacrificio?" Una vez que abrió la boca, cualquier pensamiento de que este hombre fuera normal desapareció. La voz proveniente del demonio era profunda y gutural. "Un cambio de alma y un sirviente que me obedezca mi voluntad. Ese fue nuestro acuerdo".

Isabela se dio la vuelta. "Mi Lord Betel, tenemos una agradable sorpresa para usted. Tengo tres almas para usted además de la mujer que le ofreceré. Hay un anciano, un joven y una criatura que es mitad humana. Como sus sirvientes, serán adiciones maravillosas al Inframundo".

"Excelente", el hombrecillo esbozó una sonrisa que mostraba sus dientes alargados y afilados, como los de la boca de un lobo. "Su generosidad no pasa desapercibida. Hermosa Isabela, ¿me deja salir del círculo para permitirme darle las gracias? Él abrió los brazos hacia ella como si quisiera abrazarla.

"No, Lord Betel. Es mejor que se quede dentro de los límites del círculo, y le traeremos el alma. Ahora, ¿cumplirá su promesa y cambiará mi alma por la de la joven?"

Lanzó una risa gutural profunda. "Sí, sí, yo hice esa promesa. Y por cada promesa hay un precio a pagar. Soy un demonio de palabra. Empecemos. Maestro Tredd, ¿está listo? Tráigame a la chica".

Garland miró a su grupo y evaluó lo que estaba sucediendo. Trató de descubrir con quién podía pelear y con quién no. Vio que Teo mantenía sus ojos en Isabela. Julio trataba desesperadamente de recuperarse de su choque contra la pared. Tredd levitó del suelo y flotó hacia donde yacía Lilliana. Garland saltó delante de él. Con el demonio presente, la fuerza de Tredd aumentó. Con un solo empujón, Tredd arrojó a Garland al otro lado de la habitación.

"¡Bien hecho!", Siseó el demonio. "Tráigame a la chica".

"Sí, Lord Betel". Recogió a Lilliana, quien usó su última onza de su fuerza para arañarle la cara.

"¡Cállate y quédate quieta!" Él la abofeteó con fuerza, y su cuerpo quedó flácido.

Garland se levantó y corrió hacia Tredd. Cuando pasó, miró rápidamente a Teo. Sus facciones se habían estirado y cambiado. De repente, Garland escuchó otra voz en su cabeza. La voz era musical y familiar para él. La había escuchado una vez antes en la playa. Era la Diosa del Mar, Yemayá.

"¡Llego en un momento! Mantened al demonio hablando un poco más".

Garland se acercó y se quedó fuera del círculo más pequeño donde estaba Betel.

Las palabras del padre Hearn y el mago del caos parecían tener sentido. Intentaría recuperar el poder ... con palabras.

"Me parece Lord Betel que necesitaría un espíritu mucho más fuerte que esta chica endeble. Quiero decir, su sirviente de aquí, el Maestro Tredd no la ha alimentado adecuadamente. La han drogado por días ".

"¿A qué juego estás jugando mortal estúpido?" El demonio estaba claramente molesto y mostró su disgusto mostrando sus colmillos y siseando.

"Bueno, quiero que se dé cuenta de lo que está pasando aquí. Está a punto de colocar el espíritu de la araña en esta joven, ¿verdad?"

"Sí, ese fue el trato".

"Y al hacerlo, Isabela, quien ahora sería una mujer viva, se convertiría en su entrada al mundo humano, ¿verdad?"

"Sí."

"Y para que quede claro, usted hizo el trato con Isabela y el mago que retiene a la mujer para que puedan ser sus sirvientes, ¿verdad?"

"¡Sí! ¡Sí! ¿Y cuál es su punto?"

"Bueno, no sé cómo decir esto, pero creo que estos dos, bueno, lo han usado a usted y ha hecho el ridículo. Quiero decir, seamos sinceros. Estos, dijo señalando a la araña y su mago," han derrochado una gran cantidad de energía para traerlo aquí desde el infierno y después de todo ofrecerle un sacrificio defectuoso. Yo personalmente creo que usted se merece algo mucho mejor. Después de todo, usted es un gran señor del infierno, ¿verdad? ¿O es solo un soldadito?"

"¡Soy un señor del infierno! ¡Muéstreme respeto!"

"Oh, lo estoy haciendo, Lord Betel. De hecho, estoy tratando de mostrarle aún más respeto que sus dos supuestos sirvientes. Como Señor del Infierno, su sacrificio debe ser perfecto".

El demonio colocó una mano de tres dedos en su barbilla. "Estoy de acuerdo. Entonces, ¿qué me va a ofrecer?"

"¡Yo!"

"¡No!" La araña se deslizó por el suelo y se quedó fuera del círculo. "¡No quiero ese cuerpo!"

"Pero sería un sirviente perfecto. Mucho mejor que esta chica. Ella no está interesada en servir a nadie, y mucho menos a usted. ¿No es mejor un siervo dispuesto que uno que no quiere serlo? Y su contrato se cumpliría. Verá, sé un poco sobre derecho contractual, a diferencia de estos dos. Señaló a la araña y a Tredd".

Julio, ahora completamente despierto, corrió hacia Garland. "¡Deténgase! No puede hacer esto. No puede tomar el alma venenosa de esa arpía en su cuerpo. ¡No lo dejaré!"

Los ojos de Garland echaban chispas. "Por favor, Julio. No te entrometas".

"Lord Betel, usted lo prometió!" Gritó Isabela. "Se supone que soy una mujer. Tredd será mi amante y mi sirviente".

"¡Silencio!", Rugió Betel. "¡Me importa un bledo su vida amorosa! Prometí que cambiaría de alma y usted me prometió un sacrificio. Una vez que cambie su alma a este excelente espécimen de hombre, habré cumplido mi parte del trato. Mire su cuerpo Será perfecto. Tómelo o déjelo."

"¡Demonio bastardo!", Gritó Tredd. "¡Te enviaré de regreso al infierno!"

Betel se rio. "¿Con que? ¿Con tu varita mágica rota? ¿Crees que recibirás cualquier otra ayuda del inframundo de alguien que no sea yo?"

La habitación comenzó a vibrar de nuevo. Un chorro de agua en forma de serpiente apareció y se deslizó por el suelo. La serpiente rodeó el suelo fuera del anillo de sal que rodeaba al demonio.

"¿Qué magia es esta?", preguntó Betel.

Garland le dirigió una mirada fulminante al demonio. "No soy yo, Lord Betel. Creo que es esa encantadora dama de allá ".

"Ella está aquí. Es Yemayá. Gracias, mi diosa".

Tredd arrojó a Lilliana al suelo. De debajo de su túnica, Tredd sacó un cuchillo y arremetió contra Garland. Garland gritó cuando el cuchillo le atravesó el hombro. Se dejó caer al suelo gimiendo de dolor. En ese momento, una mano larga y acuosa sacó el cuchillo de su hombro y lo arrojó al suelo. La larga serpiente de agua que había estado dando vueltas alrededor del demonio se convirtió en un gran puño y golpeó a Tredd en la cara, tirándolo al suelo. Garland se agarró el hombro que sangraba profusamente y corrió hacia Lilliana.

En el lado del círculo donde estaba Betel, el anillo de sal se extendió un poco más. El demonio parecía confundido cuando el piso se abrió. Las llamas se dispararon y golpearon el techo. Algo se acercaba, surgiendo de las entrañas de la tierra.

"¿Quién está haciendo esto? ¿Eres tú bruja?"

"¡No!" Chilló Isabela. "¡No soy yo!"

"Unos amigos desean unirse a nosotros. Espero que no te importe ", dijo la Diosa dulcemente.

En el otro lado de la habitación, donde Teo se encontraba antes, estaba la radiante diosa del mar, Yemayá. Un globo de agua la rodeaba y ella estaba de pie sujetando un machete plateado en forma de luna menguante. Su cabello rojo flotaba suavemente en la brisa mientras su energía iluminaba la habitación. Su piel era bronceada y sus ojos eran hipnóticos como brillantes océanos verdes. Con una sonrisa inescrutable, observó su entorno. Tenía curiosidad sobre quién o qué estaba surgiendo en el círculo de demonios. Tenía algunas ideas, pero no estaba completamente segura.

La armadura de Julio sonó cuando corrió y se inclinó ante Yemayá. "Mi señora."

Ella sonrió y asintió. "Señor Mosca".

"Julio Hortachea de López, a su servicio".

El demonio más pequeño parecía aterrorizado cuando las puntas de los largos cuernos del carnero que se encrespaban comenzaron a surgir del agujero de fuego en el suelo. Lentamente, apareció una criatura de cara verde con largo cabello blanco y grandes ojos amarillos. Sus rasgos eran mitad humanos y mitad reptiles. Cuando salió completamente del suelo, se alzó sobre el demonio más pequeño en el círculo. Sus manos terminaban en grandes garras de oso que goteaban sangre. Sus labios también estaban cubiertos de sangre. Evidentemente, acababa de terminar de comer algo o alguien. El cuerpo de la criatura era grande y musculoso, pero sus pies eran pequeños como los de una cabra. Era sorprendente que unos pies tan pequeños pudieran aguantar un cuerpo tan grande y pesado.

"Furzoune, señor de las mil mentiras, devorador de almas muertas, buscador de tesoros y maestro de la política tanto del cielo como del infierno".

La criatura sonrió y se inclinó. "A sus pies, hermosa diosa."

"¿Puedo preguntar por qué estás aquí, Furzoune?"

"Betel no tenía autoridad para ingresar al mundo humano. El infierno no es diferente a las corporaciones humanas como Standard Oil, IBM, Eastern Airlines o incluso Lehman Brothers. Hay reglas, ya sabes. Cambiar almas nunca estuvo dentro de su autoridad. Tenemos una estructura muy rígida. Tenemos protocolos que Betel violó". Para enfatizar su ira, pasó una garra ensangrentada por la chaqueta de Betel y rasgó un lado por la mitad. "Además, él no es el" Señor del Infierno ". Betel es un don nadie, un soldadito, algo así como quien le archiva los papeles al diablo. Los demonios de bajo rango no tienen absolutamente ninguna autoridad para hacer contratos de sangre con mortales sin el permiso de un demonio de mayor rango como yo. Al parecer, Betel no recibió el memorándum". Pasó una garra por el otro lado del traje de Betel y arrancó el resto del traje que cubría su cuerpecillo.

Betel se estremeció. "Fue, fue un error Lord Furzoune". Con esa declaración, Furzoune lanzó un grito agudo que hizo que Betel gimiera y se cubriera los oídos.

"Betel excedió su autoridad. Dicho esto, Diosa, a Betel se le prometió un alma, y estoy aquí para recogerla. ¿Ahora quién será? Ya sabes lo que sucede cuando se rompe una promesa infernal". Él sonrió. "Puedo causar caos en el mundo de los vivos".

"¡Déjame recordarte que en términos de poder, yo soy muy superior a ti!" Golpeó su machete plateado en el suelo y los demonios tropezaron dentro del círculo. "¡Y estoy segura de que no deseas que mi esposo, Orula, vaya a hacerte una visita!"

"No, no por favor, Diosa", dijo inclinándose, "no quise ofenderte".

"Sin embargo, estoy dispuesta a cumplir el trato y proporcionarte un alma. Hagámoslo interesante, ¿de acuerdo?"

Ella apuntó su machete hacia una puerta cerrada. Cuando la puerta se abrió, Fergal González entró rodeado de los fantasmas de los niños de la P.S. 578. El señor Pepe estaba sentado sobre su hombro como un loro en el hombro de un pirata. Yemayá se acercó a Tredd Van Marcherz.

"¿Ves quién está aquí? Míralos —susurró ella". ¡Míralos! Mira a esos niños que tu padre permitió morir. ¡Siente su dolor!" Ella agitó su machete sobre su cabeza.

Primero, Van Marcherz se sintió mareado. Luego fue vencido por las náuseas. Se agarró el estómago. Su cabello se le cayó en mechones. Sus brazos comenzaron a sangrar cuando sintió el dolor de cien agujas clavadas en sus ellos. Mientras yacía en el suelo, intentó débilmente susurrar un encantamiento mágico contra la diosa. No sirvió de nada. A pesar de todo el dolor, vio los rostros de los niños muertos mirándolo. El pequeño Evan, el líder del grupo, señaló a Tredd.

"Eres un hombre muy malo", susurró.

"No, por favor, yo no te hice esto. ¡Mi padre decidió ignorar los problemas con el agua! ¡Por favor! ¡Ve a perseguirlo! ¡Toma su alma!"

Desde el fondo de la multitud, apareció otra figura. Era el fantasma del sobrino de Teo, Julio López. El espectro del abogado asesinado se paró frente a Tredd. La diosa sonrió.

"¿Te acuerdas de mí?", Preguntó mientras se inclinaba frente a Tredd. "Nunca olvidé tu cara. Eres el hombre que me mató en ese sótano hace tantos años".

"Por favor", rogó Tredd. "Ve tras mi padre. Todo esto es culpa suya. Me maltrataba cuando era un niño. Me obligó a que te matara. Tengo problemas mentales ¡Isabela, ayúdame!"

"¡Ah, sálvate tú mismo! Yo tengo mis propios problemas" — siseó ella.

"Isabela?" Susurró. "Te quiero. No me abandones, por favor ".

"Para de una vez. ¿De verdad crees que alguna vez te amé? Eres tan débil."

Al otro lado de la habitación, Furzoune, aún confinado dentro del círculo mágico junto con Betel, había estado disfrutando sádicamente de la humillación de Tredd. Mientras Betel continuaba encogiéndose bajo su poder, Furzoune se dirigió a la Diosa.

"Esto es divertido. El amor es tan voluble, ¿no? Diosa, me gustaría poseer el alma del mago. La araña tiene razón. Es débil, pero lo más importante es que es moldeable. Puedo convertirlo en el más sumiso de mis esclavos".

Yemayá parecía pensativa. "No, no. Eso sería demasiado fácil. Ella miró a la araña. "Tengo algo mejor en mente".

El señor Pepe saltó del hombro de Fergal. La pequeña ardilla se lanzó hacia donde estaba la enorme araña lista para atacar. El señor Pepe se puso de pie sobre sus patas traseras y olisqueó el aire con nerviosismo. Isabela se echó a reír.

"¿Eso es todo lo que tienes? ¡Tienes que estar bromeando! ¿Una ardilla? ¿Estás enviando una rata para matarme? Esta no sería una pelea justa, ¿no te parece?" Ella se lanzó hacia adelante. Sus mandíbulas trataron de clavarse en la ardilla, pero se quedaron a solo milímetros del señor Pepe.

"No Isabela, esta será una pelea justa", anunció la diosa cuando se volvió hacia Garland y sonrió. "Señor, Yao le envía sus más cordiales saludos".

Apenas había terminado la declaración cuando el señor Pepe comenzó a aumentar de tamaño. Su cuerpo se hinchó y unas piernas extra angulares le salieron a los costados. La cara y el cuerpo de la ardilla comenzaron a cambiar hasta convertirse en la imagen exacta de Isabela. El señor Pepe se había convertido en una araña, mucho más grande que Isabela con las mismas pinzas mortales, pero con el arma adicional de la cola de un escorpión.

Isabela asumió una posición de ataque, pero la araña ardilla se movió más rápido. La cola del escorpión de Pepe picó a Isabela en el medio de la espalda. Ella gritó. Julio, ahora consciente, vino corriendo con su hacha y se la enterró en la espalda. Isabela giró la cabeza, luego mordió su armadura con la mandíbula. Julio estaba sangrando, pero se las arregló para asegurar que el hacha permaneciera firmemente clavada en la araña.

De repente, las patas de la araña amazónica se tambalearon. Se movió de lado a lado brevemente antes de colapsar en el suelo. El veneno de magia negra de Yao había funcionado. Isabela finalmente estaba muerta por la picadura del escorpión. Una nube de humo se levantó del cuerpo de la araña y tomó una forma sólida en forma de mujer. Isabela apareció como la mujer que había sido tantas décadas atrás. En su juventud, en realidad había sido bastante hermosa, con largo cabello negro, grandes ojos sensuales y labios carnosos. En este momento, parecía aterrorizada y no podía mirar directamente a Yemayá.

"María Isabela de la Fraga, has ofendido a los Orishas. Tus acciones y las del mago que has entrenado resultaron en el derramamiento de sangre inocente. Ya no te considero una de mis hijas, y no tengo la obligación de protegerte. Te entregaré a uno de mis hermanos, el Gran Barón Samedi."

La música de rock comenzó a sonar fuertemente. Desde el otro lado de la habitación, Garland y Lilliana se miraron el uno al otro.

"Garland, esa canción…"

"Sí, la estoy escuchando".

"¿Es esa "La Autopista al infierno "de AC / DC?"

"Sí lo es. Me pregunto quién vendrá de visita ahora. No creo que pueda soportar más sorpresas". Murmuró Garland seriamente.

El barón Samedi apareció en una nube de humo morado con forma de hongo. Llevaba un espectacular esmoquin de raso morado con un sombrero de copa negro y una capa de terciopelo negro. Se había trenzado el cabello de serpiente en mechones para tener una apariencia más limpia y ordenada. Llevaba un pañuelo de color lavanda en el bolsillo del esmoquin y se apoyaba en su bastón. Siempre tan caballerosamente elegante, parecía que estaba a punto de asistir a una ópera. Cuando vio a Yemayá, se inclinó de manera efusiva.

"Mi Señora del Mar, un mortal me dijo que viniera. ¿Cómo puedo ayudar?"

"Tengo un alma recientemente fallecida para ti".

"Oh, bien. ¿Dónde la envío?"

"Donde quieras, pero ¿puedo hacerte una sugerencia?" Yemayá apuntó su machete en dirección a los dos demonios atrapados en el círculo mágico.

"Claro que sí."

El barón Samedi saltó en el aire y agarró a Isabela en sus brazos esqueléticos. Olisqueó su cabello y sus senos. Acarició su cabello nuevamente e intentó besarla. Isabela volvió la cara y se retorció en sus brazos.

"¡Suéltame! Hueles como un cementerio".

"Soy el maestro de los cementerios. Hmmm, me encanta el olor de los recién muertos. Es una pena", dijo mientras continuaba acariciando su cabello. "No tenemos tiempo para conocernos".

"¡Suéltame!"

"Pero déjame decirte que nuestro amor no puede ser. Somos muy diferentes Quiero decir, yo soy un amante ardiente, muy instruido, un viajero constante. Tú y yo somos totalmente opuestos. Soy intelectual y tú eres todo lo contrario. No te enfades. Simplemente no eres mi tipo. ¡Oh, bueno!" Se volvió hacia los demonios que parecían entusiasmados ante la perspectiva de recibir un alma. "Furzoune, viejo amigo, ¿cómo estás? Mucho tiempo sin verte. La última vez que nos vimos fue cuando empujé esa alma a través de la puerta del infierno y escapé. Siento mucho haberlo hecho."

"No pienses en eso".

"¿Cómo se llamaba ese tipo otra vez?"

"No lo recuerdo. Era un alma olvidable. Tenía un pelo horrible, según recuerdo. Sus discursos políticos no tenían sentido y no dejaba de hablar de sí mismo. Tenía la necesidad de seguir diciéndome lo genial que era". Respondió Furzoune. "Hazme un favor. No me mandes más políticos. Esta alma no es política, ¿verdad?"

"No, solo una vieja bruja disecada para agregar a tu colección. ¡Agárrala Furzoune!"

El espectro de la muerte arrojó a Isabela gritando a los brazos de Furzoune mientras todos en la sala observaban. Furzoune la atrapó en el aire. Cuando aterrizó en sus brazos, había pasado de ser una mujer joven y bella a una horrible y vieja bruja. Su piel era como una vieja alforja de cuero y su cabello era gris amarillento. Furzoune lamió el costado de su cara arrugada con una larga lengua serpentina.

"Ya verás, Isabela, me bien lo vamos a pasar juntos. Serás mi mascota personal. Creo que te llamaré Lizzie. El demonio miró a Yemayá. "Diosa, creo que nuestro acuerdo se está cumpliendo".

Isabela miró a Yemayá suplicando. "Diosa por favor, no pertenezco al infierno".

"Isabela, abriste el portal. Quisiste traer el infierno a la tierra y lo lograste. Has recibido exactamente lo que pediste. ¡Ahora vete!"

Los demonios asintieron respetuosamente a Yemayá. Un abismo ardiente se abrió en el piso de cemento del refugio antiaéreo. Ferzoune giró en círculo mientras comenzaba su descenso de regreso al infierno con la vieja Isabela gritando histéricamente en sus brazos. Mientras descendía, agarró al llorón de Betel por su traje rasgado y lo arrastró junto con él. El barón Samedi inclinó su sombrero hacia la Diosa y desapareció. Cuando los demonios estuvieron completamente fuera de la vista, el piso de cemento se cerró. El suelo se quedó como si nada hubiera sucedido allí.

Yemayá se dirigió a Don Julio. "Don Julio, mi tiempo en este cuerpo es corto. Has servido honorablemente. Puedo convertirte de nuevo en el hombre que una vez fuiste, pero serás un mortal más. ¿Qué deseas?"

"Gran Diosa, me gustaría seguir siendo una mosca, quizás a tiempo parcial, pero una versión mucho más pequeña. Me gusta la tierra y no quiero dejarla tan rápido. Puedo ayudar a ese joven abogado. Puedo enseñarle nuestros caminos. Eso es todo lo que realmente quiero. Pero como las moscas tienen una vida útil corta ..."

"Entiendo". Ella sonrió y asintió. Entonces su atención se dirigió a los niños y al sobrino de Teo. Ella usó su machete para abrir una puerta en una pared de cemento. Una vez que se abrió el agujero, una luz maravillosa y reconfortante brilló a través de la habitación. Como si fuera una suave ola en un océano tranquilo, flotó hacia el niño que estaba frente a los otros.

"¡Eres un niño tan valiente! ¿Cómo te llamas, niño?"

"Evan, señora".

"¿Puedes llevar a los otros niños a través de esa puerta hacia la luz?"

"Sí, señora". Evan se volvió y le sonrió a Lilliana. "¡Adiós!"

La Diosa señaló en dirección a la puerta. "Muy bien. Ahora, al otro lado de esa puerta, encontrarás personas que te aman y ángeles esperando para saludarte. ¡Date prisa ahora!"

Todos miraron a los niños que guiados por Evan reían, mientras saltaban y corrían hacia la luz. Julio López siguió lentamente detrás de los niños. Luego se volvió y miró a la Diosa".

"¡Gracias tío!" Una vez que pasó por la puerta iluminada, la puerta se cerró y la pared, al igual que el piso de cemento, parecía intacta.

Fergal vio el pequeño cuerpo del señor Pepe, que yacía en el suelo. Había cambiado de araña a ardilla. El señor Pepe estaba inconsciente pero aún respiraba. Fergal lo cogió en sus brazos.

La diosa miró a Fergal. "No te preocupes hijo mío, tu pequeño amigo solo necesita tiempo para recuperarse".

Fergal asintió cortésmente. Acunó al señor Pepe en sus brazos y salió de la habitación.

Yemayá se volvió hacia Garland. Hizo que Lilliana se pusiera de pie. La pareja se inclinó respetuosamente. Besó suavemente a Garland en la frente y dijo, "Debo dejarte ahora. Te gradezco todo lo que has hecho desde el fondo de mi corazón".

Con su trabajo hecho, Yemayá, la Diosa del Mar, desapareció.

El cuerpo de Teófilo López se derrumbó en el suelo. Atrás quedó el cuerpo robusto y el cabello oscuro. Ahora era delgado y de aspecto frágil como un hombre de ochenta años. Garland se arrodilló en el suelo.

"Teo! Teo! ¡Háblame! Rápidamente comprobó el pulso. Era muy débil. Teófilo López se estaba muriendo. Garland levantó la cabeza. Escuchó voces humanas y comunicaciones de radio a lo lejos.

Garland grito. "¡Ayuda! ¡Necesitamos ayuda aquí! ¡Hay un hombre grave!

Un montón de policías uniformados entraron por la puerta con las armas desenfundadas. Detrás de ellos con un chaleco de Kevlar a prueba de balas, estaba O'Connell. Lilliana seguía sentada contra la pared. O'Connell le ordenó a una mujer con uniforme de enfermera que fuera a ayudar a Lilliana. La enfermera corrió hacia ella con una manta.

"Hola cariño. Mi nombre es Bea Soy enfermera. Este es el Dr. Quietus. Necesitamos llevarte a un hospital".

"Está bien", respondió Lilliana débilmente. "Escucha, ese hombre de allí necesita tu ayuda más que yo". Señaló a Teo. "Y ese otro tipo con la túnica también. Él fue quien me secuestró".

Bea le dirigió una sonrisa diabólica. "Oh, ¿te refieres a ese hombre?"

Al otro lado del suelo, Tredd Van Marcherz yacía boca abajo.

"Oops, ¡qué pena!", dijo O'Connell mientras golpeaba la cabeza de Van Marcherz en el piso de cemento. Mientras estaba en el suelo, otro oficial de policía lo esposó. Ambos hombres pusieron de pie a Van Marcherz, quien fue escoltado rápidamente fuera de la habitación, hasta una patrulla policial que esperaba afuera.

Bea se volvió para buscar al Dr. Quietus y lo llamó. "Alfred, creo que es tu turno".

El Dr. Quietus corrió hacia Garland, quien sujetaba a Teo en sus brazos. "Doctor, está muy débil".

El doctor le dirigió una mirada compasiva. Le tomó el pulso. "Llevémoslo a una ambulancia. Conseguiré una camilla". Se alejó.

Teo abrió los ojos. "Garland, gracias por ayudarme a encontrar al asesino de mi sobrino". Susurró. "Ahora se enfrentará a la justicia".

"Claro que lo hará. Yo no hice mucho Creo que le debemos de agradecer todo a Julio".

Una gran mosca aterrizó en Teo. Garland sonrió. "Mira quién está de vuelta en forma de mosca gorda".

"Hola mi gente", dijo Don Julio. "Teo, hombre, no tienes muy buen aspecto".

Teo miró a Garland a los ojos. "Garland, la energía de Yemayá era muy poderosa. Ha debilitado mi cuerpo. Pero eso está bien. Veré a la Diosa muy pronto".

"No, no, solo necesitas ir al hospital. Vas a estar bien. No estás listo para reunirte con el hombre del sombrero de copa ".

Teo sonrió. "¿El Barón Samedi del cementerio? No es tan malo. Un poco demasiado mujeriego, pero es bueno".

"No vas a ir a ninguna parte. Mira aquí viene el médico con una camilla. Vamos a llevarte al hospital" .

El Dr. Quietus y un paramédico levantaron al frágil Santero y lo colocaron en la camilla. Miró a Garland. "¿Por qué no nos vemos en el hospital?"

"Sí, claro que sí".

"Muy bien. Deberíamos irnos". El Dr. Quietus le dijo al paramédico que viajaría en la parte de atrás con su paciente, y que lo llamaría si necesitaba ayuda. Le pidió que comenzara con una solución intravenosa y que lo conectara a un monitor cardíaco. Después de que el paramédico terminó, el Dr. Quietus explicó que Teo había sido su paciente durante muchos años y que quería hablar en privado con él. El paramédico estuvo de acuerdo, así que cuando terminó, se sentó en el asiento delantero de la ambulancia con el conductor.

Cuando estuvieron solos el Dr. Quietus le preguntó a Teo. "¿Cómo está Sr. López?"

"He tenido mejores días". Susurró. "Sé que ha venido por mí. Espero haber vivido una vida lo suficientemente buena como para entrar en un lugar tranquilo. ¿Debo llamarle señor Ankou? ¿Ha venido por mi alma? Sé que en Bretaña, Francia, recogía almas en un carro de cuatro ruedas tirado por caballos, pero estos son tiempos modernos, ¿verdad? ¿Ahora usa ambulancias?" Él se rió entre dientes.

"Ah, mon ami, debemos mantenernos al día con la sociedad actual, oui?" Cuando el Dr. Quietus habló esta vez, tenía un notable acento francés. "No pensaba que me reconocerías. Tú, mi querido amigo, has vivido una vida ejemplar en la tierra. Por lo tanto, un hombre como tú no tiene nada de qué preocuparse en el más allá. Descansa en paz."

"Es bueno saberlo". Teo sonrió y se quedó dormido. Justo cuando la ambulancia se detenía frente al Hospital General Passaic, el corazón de Teo dejó de latir.

Capítulo Treinta Y Cinco

Era un día inusualmente cálido y soleado de febrero, un día peculiar para un funeral. El servicio en el St. Morand fue rápido. El padre Hearn presidió la misa del entierro cristiano, y aunque la iglesia estaba abarrotada, Garland rápidamente se enteró de que Teófilo Rodrigo López no tenía parientes.

Para su sorpresa, una semana antes alguien dejó un curioso documento en la Clínica del Pueblo. Antes de que ocurriera toda la locura en la noche de la Luna de Sangre, había llegado a la Clínica del Pueblo un grueso sobre enviado a la atención de la Directora, Ina Furnstein. Había instrucciones específicas de que el documento no se abriera hasta después de la muerte de Teófilo López. Fue su última voluntad y testamento en el que dejaba todas sus propiedades a Garland Nowell y le daba instrucciones para la inhumación de su cuerpo. Teo le pidió que después de su muerte, lo incineraran y que cuando llegara el primer día cálido de la primavera sus cenizas fueran arrojadas al océano con siete monedas nuevas.

El testamento también autorizaba a Garland a organizar una gran comida en el restaurante Los Tres Gatos, con todos los platillos favoritos de Teo, carne de cerdo y almejas, arroz y frijoles, plátanos maduros y chuletas de cordero. Exigió además que Garland colocara un gran estatua de Yemayá en el centro de la fiesta, ya que deseaba que ella presidiera la comida en su memoria.

Garland y Liliana se sentaron en un sofá de terciopelo de color naranja brillante frente a unas muy elaboradas cortinas, también de terciopelo, a juego con los aleros. El restaurante los Tres Gatos estaba abarrotado y Garland miraba a la multitud entre confundido y divertido.

"¿Quiénes son todas estas personas Garland?" Preguntó Lilliana. "Pensaba que Teo no tenía familia".

"No, no la tenía. La mayor parte de su familia ha fallecido. Estas son todas las personas a las que les ha dado orientación espiritual o asistencia financiera a lo largo de los años. Parece que ayudó a mucha gente durante su vida ".

Ella lo rodeó con el brazo. "Teo era un buen hombre, un hombre increíble. Lo siento mucho."

"Gracias. Es tan raro. Me siento un poco perdido sin él. Me imagino que todas estas personas se sienten como nosotros".

"Bueno, yo no soy para nada como usted, Sr. Nowell".

Un James Yao muy bien vestido estaba de pie en la puerta, y esta vez tenía una sonrisa en su rostro. Garland no sabía qué hacer, así que solo dijo hola.

"Hola señor Yao. Gracias por venir."

"Ni lo menciones. Teo fue mi amigo por muchos años. Y por favor llámame James".

"Por supuesto. Pareces mucho más amistoso de lo que eras cuando nos conocimos. Quizás te haya juzgado mal".

"Quizás yo hice lo mismo contigo, Nowell. Y una pregunta estúpida. ¿Estamos en la casa de alguien?"

"Sí. Pertenece a esos tres tipos con delantales blancos corriendo por la cocina, los hermanos Corazón. Y esa viejita que está haciendo la comida es su madre, la jefa de cocina".

"Estoy familiarizado con este tipo de lugares. He comido en muchos restaurantes clandestinos en el barrio chino. Escucha, ¿puedo hacerte otra pregunta?"

"¡Por supuesto!"

"Entiendo que eres el heredero de Teo".

"James, yo no tenía idea. Aparentemente, alguien entregó un sobre en mi oficina una semana antes de la, el ..."

"¿El incidente de la otra noche?", dijo mientras le guiñaba un ojo a Garland.

"Sí. Teo debe haber sabido que iba a morir. Yo no tenía ni idea de que él no tuviera familia. Tampoco tenía ni idea de que me apreciara tanto".

Yao se rio. "Yo tampoco. Oye, ¿dónde está la mosca?"

Garland señaló a través de la habitación a un hombre bajo, gordito y de cabello blanco con un chaleco de brocado de colores. Tenía un gran bigote y llevaba un par de gafas de sol falsas de marca Dolce y Gabana. Don Julio estaba de pie en el centro de tres mujeres jóvenes mientras sorbía lentamente una copa de vino tinto. Estaba en la gloria, contando historias y haciendo reír a las jóvenes.

James sacudió la cabeza. "Increíble. Pensé que quería seguir siendo una mosca doméstica".

"Sí y lo es, pero aparentemente él puede ir y venir de mosca a hombre ".

"Cambio de forma, Nowell. Se llama cambio de forma ".

"Lo que sea. Aparentemente, mientras él esté vivo y yo sea dueño de la casa de Teo, tengo que proporcionarle un lugar para que viva. ¿Adivina qué? Si quiero vivir en la casa, tengo que compartirla con él", dijo Garland sarcásticamente. "A menos, por supuesto, que quieras llevártelo".

"No, no, Nowell, no te preocupes. Es todo tuyo. Oh mira, Izilda acaba de llegar. Debo saludarla". James Yao se alejó rápidamente.

"Sí, sí claro Yao. ¡Cobarde! ¡Huye mientras puedas!"

"¿Quién era?" Preguntó Lilliana inocentemente.

"Un maestro de la magia venenosa china llamada Gu".

"Ya, ¿Es él el responsable de convertir esa ardilla en la otra araña escorpión?

"Sí. ¿Ves, esa mujer de allá? ¿A la que Yao corrió a saludar? Ella es una poderosa reina vudú. ¿Y ves ese tipo alto, que se parece a Thor y que tiene aspecto de comer uñas en el desayuno? Es un trabajador de construcción de día y un mago nórdico de noche. ¿Y ese chico con el Ipad? Es una especie de mago del caos y un genio matemático".

"Recuerdo a esa mujer. La enfermera que me dio una manta. Y a ese doctor. ¿Quiénes son?"

"Ella realmente es enfermera, pero no tengo idea de a qué o con quién está conectada en el mundo de la magia. Ese tipo de pelo blanco con el traje horrible que está hablando con el sacerdote que celebró la misa de Teo era miembro de un grupo llamado Aurora Dorada. Él, Teo y el sacerdote han sido amigos durante muchos años".

Lilliana parecía confundida y asustada. "Entonces, ¿todas estas personas tienen trabajos diarios normales? Todos se conocen pero sin embargo practican diferentes formas de magia ".

"Teo no era un mago. Practicaba la santería, una religión. Pero creía que sin importar las diferencias de las personas, todos podrían trabajar juntos si unían sus fuerza para el poder del bien".

"¿Y la mosca?"

"¿Don Julio? No tiene más que hacer que molestarme. Él tiene algún papel en todo esto, pero no lo he descubierto. Pero si no fuera por él ", Garland extendió una mano y le tocó la mejilla, "nunca nos hubiéramos conocido".

"Lo sé". Ella lo besó en la mejilla. "¿Qué pasa contigo? ¿Cuáles son tus poderes mágicos?"

"Lilliana, solo soy un hombre normal. El único poder que tengo es buscar la verdad en un tribunal de justicia. Eso no es magia. Eso es lo que se llama normal, supongo".

"Después de la otra noche, ya ni siquiera creo saber lo que es normal".

"Eso nos convierte en dos", dijo Garland. "Un día, estoy al borde de la locura y Don Julio, la mosca, aterriza en mi casa y me pregunta si voy a terminar un poco de whisky. Luego me dice que necesita un abogado. Y luego sin saber como, me encuentro involucrado en todo esto ". Abrió los brazos para enfatizar el punto. "Nunca me preocupé por la mística. Siempre he vivido día a día, tratando de sobrevivir ".

"Hay tantas cosas que no puedo entender".

"¿Como qué?"

"¿Cómo nos encontró O'Connell, Garland?"

"O'Connell me dijo que solo tenía una corazonada. Lo llamó intuición de policía. Nada de magia. Pero luego me dijo que escuchó una voz extraña en su cabeza. Dijo que sonaba como la voz de un profesor británico. Y el profesor le dijo que tenía que ir al sótano de la P. S. 578 porque allí es donde estabas. Pero esta debe haber sido una pequeña voz bastante inteligente en su cabeza, porque el "profesor en su mente" le dijo que trajera un equipo SWAT con él por su propia seguridad ".

"Garland, entonces, ¿qué va a pasar con ese maníaco homicida que me secuestró?"

"Confesó el asesinato de ese abogado, Julio López, en 1988. También traicionó muy rápidamente a su padre, Robert Van Marcherz. La policía local arrestó al director de la escuela en su casa anoche. Está en la cárcel del condado junto con su hijo".

"¿De Verdad?"

"Y el hijo afirma que estaba bajo coacción y que su padre lo obligó a matar a Julio López por los problemas ambientales en la P. S. 578. Una vez que esto llegó a los periódicos, las compañías de seguros comenzaron a contactarnos, queriendo hablar de un acuerdo. Por lo menos podremos traer algo de paz a las familias de los niños".

"Esperemos que tengas razón. Es posible que las compañías de seguros no quieran creer en la palabra de un loco que practica magia negra y se enamora de una gran araña".

Garland luego explicó que cuando la policía escaneó el área en busca de evidencia forense en la escena del crimen, los oficiales encontraron el cuerpo de una araña muerta del tamaño de un plato. Ni siquiera los oficiales más expertos querían tocarla. Llamaron a las autoridades locales de control de animales para deshacerse de la carcasa de la araña muerta. Lo que nadie podía explicar era lo de una pequeña hacha que sobresalía del abdomen de la araña.

Garland y Lilliana se rieron. La atención de Lilliana se dirigió a otras personas que entraban en la habitación.

"¡Ina! ¡O'Connell!" Se volvió hacia Garland. "Mira Garland, gente normal". Liliana se apartó del lado de Garland y corrió hacia su investigador favorito y su mentora legal muy feliz de verlos, los abrazó.

"¿Cómo está mi pequeña?", Preguntó Ina. "Ese hombre horrible no te tocó, ¿verdad?"

"No, gracias a Dios nunca llegó a eso. Estaba más enamorado de la araña peluda".

"Si ese cabrón te puso un dedo encima, dímelo y personalmente iré a la cárcel del condado y terminaré de romperle la cabeza contra el suelo", O'Connell no pudo ocultar su sonrisa de oreja a oreja. "Por supuesto que se trataría de un accidente".

"Absolutamente", estuvo de acuerdo Lilliana.

"Y, por cierto, señoritas, escuché esta extraña historia de uno de mis amigos en el Departamento del Sheriff. El chico araña dice que su padre y la araña le dijeron que te secuestrara. Habla con una araña, ¡qué loco! De todos modos, me he enterado de que después de que se declare culpable del homicidio de 1988 y de tu secuestro, lo ingresarán en el Edificio Vroom para delincuentes en el Hospital Psiquiátrico Estatal de Trenton. Lo que se dice en la calle es que el pobre se pasa el día llorando por la traición de su amante, la peluda de ocho patas".

Ina levantó una ceja. "O'Connell, no existen las arañas que hablan. Y es bueno que ese tipo esté confinado en el manicomio por el resto de su vida. El hombre está absolutamente desquiciado."

"Por supuesto", dijo Lilliana. "Se le olvidó mencionar que había tenido múltiples conversaciones con la araña malvada que en realidad era una vieja bruja disfrazada, y que los demonios se levantaron del infierno para tratar de robarle el alma con la ayuda de la araña".

Es mejor no mencionar algunas cosas.

****

Cuando terminó la comida de Teo, Garland y Lilliana caminaron hacia su auto. Estaba a punto de abrir la puerta de su auto cuando escuchó una voz familiar.

"Bien hecho, Garlando. Teo habría estado orgulloso.

"Julio, pensé que ya te habías ido".

"No, los hermanos Corazón sacaron aguardiente antiqueño que trajeron de su último viaje a Colombia. No podía dejarlo pasar ". Sacó una botella del interior de su chaqueta y tomó un trago. "Oye, mira quién viene".

El Dr. Nettlebrook caminó apresuradamente por la calle. "Señor Nowell, ¿cómo está? Y, por supuesto, la encantadora Srta. Ramos. Garland, ¿puedo hablar con usted?"

"Por supuesto. Pero Lilliana se queda. No tengo nada que ocultarle. Ella sabe de todo. Le conté sobre su pequeño grupo de amigos mágicos".

"Ah, sí. ¿Cómo nos llamaste? La Liga de la justicia metafísica? y el club de Harry Potter. Está bien, amigos mágicos. Estoy seguro de que a Viktor le gustará ese último nombre".

Una gran figura corpulenta estaba en las sombras fumando un cigarrillo. "No me gusta nada". Viktor Einorsson salió de las sombras. "Soy un pagano. Me tomo muy en serio lo que hago. No soy el amigo mágico de nadie. Pero Nowell, me impresionaste la otra noche. Peleaste bien. Enorgulleciste al Padre de Todos".

"Oye, no sé lo que hice la otra noche, pero si de alguna manera me ayudaste. Te lo agradezco. Pero solo quiero volver a una vida normal. Julio, puede vivir en la casa y hacer lo que quiera, ser hombre o ser una mosca doméstica. Está todo bien. Para mí, esto ha terminado".

El Dr. Nettlebrook sacudió la cabeza. "El mago reacio. He conocido algunos en mi día. Hombres y mujeres que tienen dones, talentos y la capacidad de dominar cosas en el mundo invisible. Es posible que desee aprender a dominar ciertas habilidades naturales que no se da cuenta de que posee".

"Mundo invisible?" Garland golpeó su puño en el capó de su coche. "¿Me está tomando el pelo? No estoy interesado. A decir verdad, quiero olvidar lo que sucedió la Noche de la Luna de Sangre. Vi maldad, y sí, realmente tenía cuernos y una cola ".

"Sí, y también viste y fuiste testigo del poder del bien que venció al mal. Por favor, no lo olvides ".

"Cierto, pero todavía no estoy interesado en jugar con lo oculto. Es peligroso. Debería dejarse tranquilo".

"Entiendo. Pero sí creo que tiene ciertos talentos sin explotar. Si cambia de opinión, aquí está mi tarjeta. Le entregó una tarjeta roja con letras doradas en relieve.

Garland estudió la tarjeta. Miró a Nettlebrook y sacudió la cabeza. "No puedo creer esto. Ustedes se llaman 'La Antigua Orden de los Magos de la Luz de Luna". Suena como el nombre de un mala obra de Las Vegas".

"Bueno, a decir verdad, Sr. Nowell, todos tenemos, digamos, trabajos diarios. En los tiempos modernos, a menos que seas rico independientemente, uno no puede enfocarse en lo oculto todo el día. La Antigua Orden de los Magos de la Luz de Luna comenzó en las ciudades hace décadas porque era más fácil para las personas, que tenían ciertas cualidades, digamos, esconderse de lo que ustedes llaman personas normales. Somos ciudadanos normales por día. Pero tenemos luz de luna ...”

“¿Entonces ustedes trabajan a tiempo parcial, a la luz de la luna, para evitar que los demonios salgan del infierno?”

“Estás simplificando demasiado. Realmente es mucho más complicado que eso. Sé que estás muy confundido, pero déjame preguntarte esto, Garland. ¿Crees que fue una coincidencia que conociste a Don Julio y Teófilo López?”

“No lo sé. No me importa. Fue un placer hablar con usted. Se volvió hacia la mosca. “Julio, la casa es tuya. Buena suerte y buenas noches”. Le abrió la puerta del coche a Lilliana. Ella se metió en el auto y se sentó. El hizo lo mismo. Se alejaron dejando a Don Julio, Viktor y el Dr. Nettlebrook en mitad de la calle.

Viktor encendió otro cigarrillo. “No sé si volverá”.

Don Julio tomó otro trago del aguardiente. “Él volverá. Después de todo, soy su nuevo compañero de casa. Dr. Nettlebrook, ¿qué le parece?

“Todo es posible, amigos míos. Todo es posible.”

****

Mientras conducían de regreso al departamento de Liliana, ambos permanecieron en silencio hasta que Lilliana habló. “Mira, yo no te juzgaría si quisieras trabajar con esos tipos”.

“¿Con la Antigua Orden de los Magos de la Luz de Luna? No estoy interesado. Pero parece que ya que estoy atrapado con la mosca por un tiempo, tendré que hacerme a la idea”.

“Quizás el Dr. Nettlebrook tenía razón en que podrías aprender un poco más. Podrías tener una habilidad maravillosa que no comprendes muy bien”.

“No, Lilliana. Accidentalmente me involucré en esto, y ahora soy dueño de una casa y vivo con alguien mitad hombre, mitad mosca. Si los dioses fueran amables, podrían haberme dado algo genial como un Hobbit o una de las doncellas de Señor de los Anillos. Teo, el único hombre con un poco de cordura en todo esto, murió. Tú fuiste secuestrada por un mago maléfico, y casi te pierdo. Por lo que a mí respecta, estas cosas deberían dejarse en paz".

"¿Entonces qué vas a hacer?"

"¿Esta noche? Absolutamente nada más que tomar una copa en tu apartamento, si me quieres allí".

Lilliana levantó las manos, las colocó en sus sienes, y fingió que estaba hablando con un espíritu invisible. "Sí. ¡Déjame concentrarme! Los espíritus me dicen que deberías venir y quedarte. Los espíritus también me dicen que deberías hacerme unos huevos revueltos con tocino cuando te levantes por la mañana".

Garland sonrió. "¿Con o sin salsa?"

Epílogo

Fergal González cuidó al señor Pepe para que recuperara la salud. Varios meses después de la Noche de la Luna de Sangre, González apareció en la corte con el señor Pepe. Se sentó en silencio en la parte de atrás de la sala del tribunal y observó a Lilliana Ramos, en representación de la Clínica del Pueblo cuando se anotó el acuerdo con la P.S. 578 en el registro. Las familias que habían perdido a un hijo debido al agua contaminada bombeada a través de las tuberías de la escuela recibieron una compensación por una cantidad no revelada. Cuando Lilliana salió de la sala del tribunal, se detuvo para ver a Fergal y al señor Pepe y fue recibida calurosamente.

Con los honorarios recibidos por el trabajo legal de la Clínica del Pueblo sobre este asunto, podrían mantener abierta sus puertas para ayudar a los indigentes que necesitaban representación legal.

****

Robert Van Marcherz determinó que no iba a ser el único con el cargo de homicidio. Informó al Fiscal del Condado de Passaic cómo durante treinta años le había pagado al detective retirado, Ted Klagborn, y varios otros, incluido el fallecido Dr. Meadowloc, cientos de miles de dólares para mantener la boca cerrada sobre el caso de asesinato de Julio López.

Cuando la policía llegó a la cabaña de Klagborn para extraditarlo a Nueva Jersey, su joven esposa venezolana había tomado la justicia en sus propias manos. Arelia, quien estaba magullada y sangrando, abrió la puerta y señaló al hombre tirado en el piso de la cocina como una muñeca de trapo. Después de recibir tantas palizas, ella finalmente había atacado a Klagborn con sus propios palos de golf y lo había dejado inconsciente.

Cuando Klagborn se despertó en el Centro Médico de St. Peterburg, descubrió que estaba esposado a una camilla con un oficial de policía sentado a su lado. O'Connell se había asegurado de que fuera tratado como cualquier otro criminal que requiriera tratamiento médico antes de ser procesado en el sistema de justicia penal.

****

Tredd Van Marcherz fue puesto en confinamiento solitario en el Hospital Psiquiátrico Estatal de Trenton. El personal afirma que llora día y noche, llamando a una mujer llamada Isabela, pidiéndole a cualquiera que lo escuche, que le explique por qué lo dejó.

****

Izilda Montague tuvo una mañana ocupada. Tenía programado asistir a una exhibición privada de bolsos de diseñador nuevos importados de Francia. Su asistente ejecutiva, Joanie, de veinticinco años, entró corriendo en su oficina. Ella le informó que había un hombre, muy guapo, esperando verla.

"¿Tengo alguna cita para almorzar con este caballero?"

"Déjeme comprobar, Sra. Izilda". Joanie corrió de regreso a su escritorio y regresó. "¡Qué gracioso, Sra. Izilda!, lo siento, debo haberme olvidado de esta cita. Está aquí anotada, pero no la vi ayer. ¡Que extraño! Apareció justo ahora. Pero usted tiene una hora libre para almorzar hoy, si quiere hacerlo. Bueno, la verdad es que este chico en la sala de espera es muy atractivo. Tiene cabello negro azabache, ojos azules, una sonrisa deslumbrante y es alto y musculoso. No solo es guapísimo, sino que también es un verdadero cielo y además habla con un ligero acento italiano, creo".

Izilda se recostó en su silla ejecutiva. "¿Un cielo con pantalones? De Verdad? O tal vez solo otro químico aficionado que quisiera que lo ayudáramos a convertirse en el próximo Príncipe Matchabelli o Coco Chanel? Tal vez otro diseñador de bufandas que piensa que él es el próximo Hermes? Probablemente está aquí para tratar de vender algo. Dios, tengo mucho trabajo hoy. Todo lo que realmente querría hacer es comer en mi escritorio ". Ella suspiró:" ¿Este cielo con pantalones tiene nombre?"

"Sí, señora. Dice que se llama Conde Alexander Baroni de Sameddi. Apuesto a que es uno de esos nuevos diseñadores de zapatos italianos ".

Izilda sintió que un escalofrío la invadía. Ella sabía exactamente quién era y él no era diseñador de zapatos. En verdad y de hecho, era más bien un cobrador de deudas.

"Envía al señor cielo con pantalones. Lo atenderé. Después de que él entre, cierra mi puerta por favor".

En *Don Julio* se mezclan dos mundos aparentemente irreconciliables: el de las leyes y el de los espíritus. La historia se va tejiendo alrededor de personajes que pertenecen a un mundo o al otro y cuyos destinos se cruzan debido a un antiguo caso de contaminación de agua de una escuela que causó la muerte de varios niños. Entre los protagonistas de esta historia encontramos una paleta de curiosos personajes, como una mosca que habla, canta y viste unos pantalones gauchos; un abogado de altísimos vuelos defenestrado por su ex-jefe; una abogada que trabaja para las personas más desfavorecidas; un santero que quiere descubrir quién mató a su sobrino; un veterano de guerra que sigue los consejos de una ardilla; una malvadísima araña con un pasado; una versión *seglar* y actualizada de una especie de Drácula; e incluso la gran diosa Yemayá, entre otros. Cada uno de ellos realiza su aportación a esta historia que se va tejiendo alrededor del caso de contaminación que tanto dolor produjo. La trama se va desenvolviendo y vamos atando cabos, pero el tiempo se consume y todo ha de ser resuelto antes de que sea demasiado tarde.

Don Julio es un libro divertido, con un punto de misterio que engancha la curiosidad del lector y donde no falta cierta dosis de conciencia social. En su lectura es fácil apreciar que la autora conoce bien estos dos mundos que describe así como el New Jersey en el que se ambienta esta entretenida historia.

Beatriz Moral Ledesma, Investigadora y etnógrafa (Doctora en Antropología)

www.ingramcontent.com/pod-product-compliance
Lightning Source LLC
Chambersburg PA
CBHW051146030726
47504CB00004B/1074